DER MUMIENMORD

DETEKTIVIN MIT STIL, BUCH 3

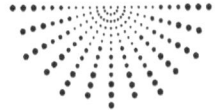

SARA ROSETT

Übersetzt von
ANNA DRAGO

DER MUMIENMORD

Buch 3 der *Detektivin mit Stil-Serie*

Veröffentlicht von McGuffin Ink

ISBN: 978-1-950054-52-7

Coverdesign: LLewellen Designs

Lektorat: Historical Editorial

Kartenillustration von L. Rosett

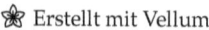 Erstellt mit Vellum

Für meine Schreibfreunde Jami und Danielle und meine treuen Patreon-Unterstützer,

Carol S. Bisig, Margaret Hulse,
Connie Hartquist Jacobs, Carolyn Schrader

EINE ANMERKUNG ZU TITELN UND NACHNAMEN

Adlige in Großbritannien werden mit ihrem Titel angesprochen und sind darunter bekannt, doch der Titel unterscheidet sich oft vom Familiennamen. So wird der fiktive Lord Mulvern in *Der Mumienmord* mit „Lord Mulvern" angesprochen, sein Name ist jedoch Lawrence Curtis. Seine Nichte Agnes hat den Ehrentitel Lady Agnes, weil ihr Vater ebenfalls ein Adliger war, aber ihr Name (und der Name, mit dem sie ihre Korrespondenz unterschreibt) ist „Agnes Curtis"

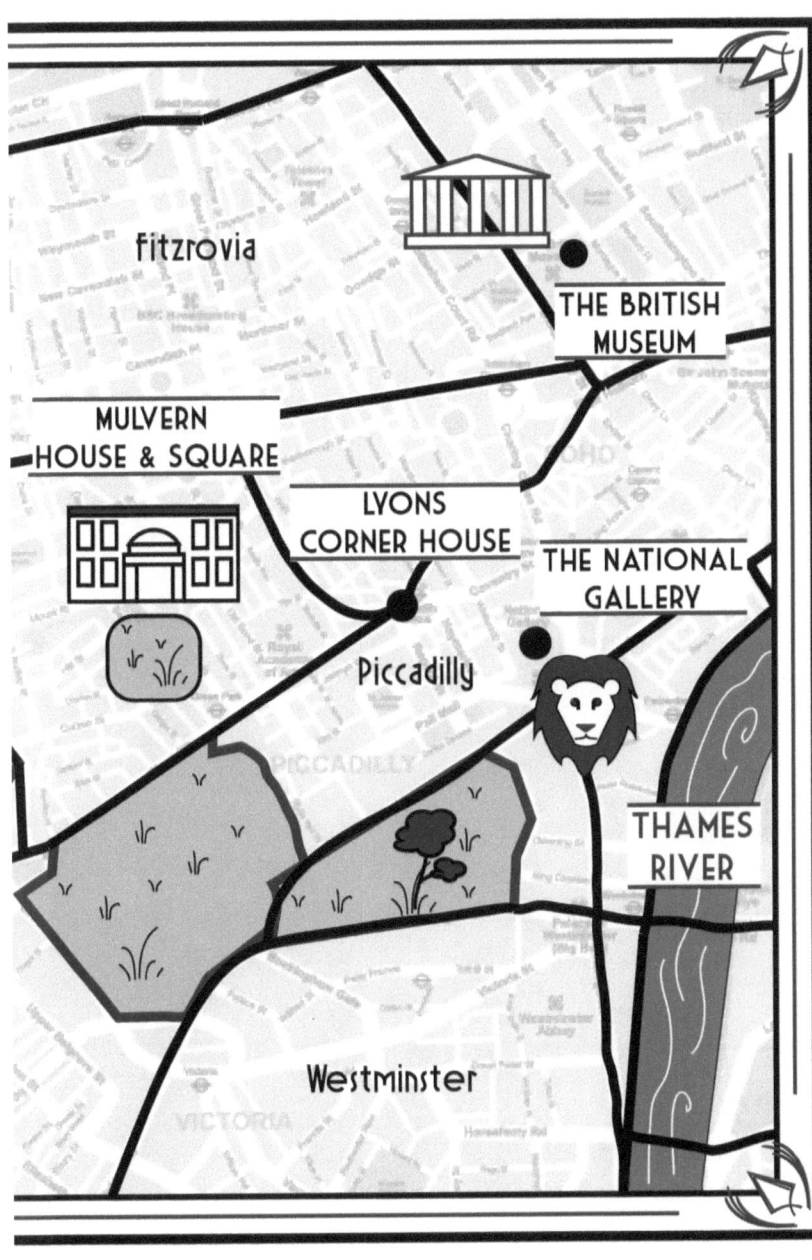

Fitzrovia

THE BRITISH
MUSEUM

MULVERN
HOUSE & SQUARE

LYONS
CORNER HOUSE

THE NATIONAL
GALLERY

Piccadilly

THAMES
RIVER

Westminster

KAPITEL EINS

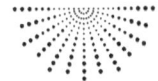

OKTOBER, 1923

Selbst an einem regnerischen Herbsttag sah Mulvern House nicht so aus, als ob der Fluch einer Mumie darüber hing. Von der Straße zurückversetzt, hinter einer von einem schmiedeeisernen Spitzenzaun gekrönten Mauer und umgeben von Rasenflächen und üppigem Grün, wirkte das Stadthaus in Mayfair solide und respektabel elegant. Jenseits des halbkreisförmigen Verlaufs der Auffahrt erhoben sich ihre drei Stockwerke in symmetrischer georgianischer Raffinesse.

Ich blieb am offenen Tor stehen und sah auf meine Armbanduhr. Viertel vor zehn. Ich war früh dran, was zeigte, wie nervös ich war. Normalerweise war ich niemand, der fünfzehn Minuten vorher zu einem Termin kam, doch ich traf mich mit Lady Agnes Mulvern. Ich wollte nichts falsch machen. Ein zu frühes Erscheinen kam nicht in Frage.

Ich ging an den offenen Toren vorbei und schlenderte durch die exklusive Nachbarschaft rund um den umzäunten Park im Zentrum des Mulvern Square. Es nieselte, doch mit meinem warmen Filzglockenhut brauchte ich meinen Regenschirm nicht aufzuspannen. Ein scharfer Wind zerrte an meinem Rock, und ich schlug den Kragen meines Wollmantels hoch. Innerhalb weniger Blocks verließ ich das Wohngebiet und passte mich dem schnellen Schritt der Passanten auf einer Geschäftsstraße in Mayfair an.

Ich hatte den Brief, den ich von Lady Agnes bekommen hatte, in meiner Handtasche verstaut, doch ich musste ihn nicht herausnehmen, um ihn noch einmal zu lesen. Ich kannte das kurze Schreiben auswendig. Lady Agnes und ihre Familie hatten Ärger mit einigen böswilligen Gerüchten über den Tod ihres Onkels. Ein gemeinsamer Freund, Sebastian Blakely, hatte Lady Agnes empfohlen, mich zu kontaktieren. Ich hatte während einer Party in Sebastians Landhaus geholfen, eine unangenehme Situation zu klären, und ich war froh, dass er mich gegenüber Lady Agnes erwähnt hatte.

Die Tatsache, dass sie mich auf Empfehlung von Sebastian kontaktiert hatte, bedeutete, dass ich vielleicht tatsächlich in der Lage war, meinen eigenen Weg in der Welt zu gehen. Ich war eine belesene Frau mit einer Ausbildung, die einer Lady angemessen war – ich konnte mich mindestens eine Viertelstunde über das Wetter unterhalten, und ich konnte bei einer Dinnerparty komplizierte Sitzordnungen regeln – doch weder meine Ausbildung noch mein Status als Gentlewoman waren von Vorteil, wenn es darum ging, eine bezahlte Anstellung zu finden. Anstatt für ein Unternehmen oder eine Einzelperson zu arbeiten, musste ich mir meinen eigenen Arbeitsplatz schaffen.

Ich machte meine Arbeit, in die ich hineingestolpert war – Leuten zu helfen, mit sensiblen Angelegenheiten diskret umzugehen –, ziemlich gut. Ich hatte die beiden Aufträge, die ich übernommen hatte, erfolgreich abgeschlossen. Ich hatte einige Fortschritte darin gemacht, meinen Lebensunterhalt zu verdienen, doch meine Geldsorgen waren noch lange nicht vorbei. Ich hatte das Gefühl, mich auf einen gefährlich schmalen Felsvorsprung hochgehievt zu haben, auf dem ich jetzt balancierte. Jeder Fehltritt konnte mich in die Masse der Arbeitslosen zurückstürzen lassen. Wenn ich Lady Agnes überzeugen konnte, mich zu beauftragen, und dann ihr Problem löste, könnte ich wirklich auf dem Weg sein. Es gibt nichts Besseres als eine Empfehlung der Aristokratie, um ein kommerzielles Unternehmen anzukurbeln.

Eine hohe Stimme zog meine Aufmerksamkeit auf sich, als ich das Ende der Straße erreichte. Ein Zeitungsjunge mit Schiebermütze rief: „Mumienspuk in Mayfair-Stadthaus! Einzelheiten in der Ausgabe! Holen Sie sich Ihr Exemplar gleich hier!" Ich gab ihm ein paar Münzen und nahm eine Zeitung. Es war keine der seriösen, respektablen Zeitungen. Diese Zeitung war *The Hullabaloo*, eine der Boulevardzeitungen, die sich auf skandalöse Schlagzeilen in Großdruck spezialisiert hatte.

Die Geschichte war auf der Titelseite und in der Mitte, oberhalb der Falte. Ich las den Namen des Verfassers: es war der Name eines Mannes, nicht meine Internatsfreundin Essie Matthews, die für die Zeitung arbeitete. Ein Bild des neuen Lord Mulvern, Gilbert, des Bruders von Lady Agnes, war neben dem Text abgedruckt, der von

3

einem – natürlich namentlich nicht genannten – Dienstmädchen handelte, das von schrecklichen Klagelauten berichtete, die aus der großen Galerie von Mulvern House kamen.

„Keiner will da reingehen", zitierte das Skandalblatt die namenlose Hausangestellte. Der Erzählung nach wurde das letzte Hausmädchen, das auf der großen Galerie abgestaubt hatte, ohnmächtig und musste von zwei Lakaien getragen werden. Als sie wieder zu sich gekommen war, weigerte sie sich, weiterzuarbeiten und gab ihre Stelle auf, um stattdessen zu ihrer Familie aufs Land zurückzukehren. Der Artikel enthielt eine Aussage eines derzeitigen Bewohners von Mulvern House – ebenfalls unbenannt – der sagte: „Niemand geht jetzt mehr in die große Galerie. Die Türen sind mit Ketten verschlossen, um diesen Geist dort eingeschlossen zu halten." Ich überflog die letzten Zeilen. „Die Schwierigkeiten für die Familie des verstorbenen Lord Mulvern, eines bedeutenden Ägyptologen und Besitzers einer Sammlung von Mumien, gehen weiter. Wird die Curtis-Familie jemals wieder frei von Qualen sein?"

Eine Kirchenglocke läutete, und ich erschrak. Es war das erste von mehreren Glockenspielen. Die Viertelstunde war um. Es war zehn Uhr, der Moment, in dem ich an die Tür von Mulvern House hätte klopfen sollen. Ich warf dem Jungen die Zeitung zu. Ich konnte sie kaum mitbringen, wenn ich Mulvern House besuchte.

„Wollen Sie sie nicht, Lady?"

„Nein, du kannst sie zurückhaben. Sie ist nicht einmal geknickt."

Er zuckte die Achseln und legte sie zurück auf seinen Stapel, während ich den Weg, den ich gekommen war, zurückstürmte. Ich erreichte Mulvern Square in wenigen

Minuten und raste durch die Tore, die Kurve der Auffahrt entlang und die Stufen zum Porte-cochère hinauf. Ich war nur ein wenig atemlos, als ein Butler mit einem Schopf grauer Haare die Tür öffnete. Ich teilte ihm mit, dass ich einen Termin bei Lady Agnes habe. Ein Lakai nahm meinen feuchten Mantel, und der Butler sagte: „Lady Agnes ist im Morgenzimmer. Bitte folgen Sie mir."

Er bewegte sich für sein Alter bemerkenswert schnell, und ich beeilte mich, mitzuhalten. Ich folgte ihm eine breite Treppe mit einem blutroten Läufer auf Marmorstufen und vergoldetem Geländer hinauf. Wir gingen durch mehrere riesige Räume mit hohen Decken, mit Seidendamast beschlagenen Wänden und wunderschönen Oberlichtern, die die Räume selbst an einem grauen Tag wie heute erhellten.

Angesichts der ausgestellten Kunstwerke und Antiquitäten wurde mir schwindelig. Kunstvolle französische Möbel, Gemälde alter Meister, römische Statuen und ägyptische Artefakte füllten die Räume. Meine Tante und mein Onkel lebten auf Parkview Hall, das einen großen Bestand an Antiquitäten und schönen Gemälden hatte, doch Mulvern House war einfach nur erstaunlich.

Der Butler betrat einen kleineren Raum mit blassgrünem Seidendamast und mehreren mittelalterlichen Wandteppichen an den Wänden. Im ganzen Raum standen Kisten gestapelt, und der Duft von Stroh lag in der Luft. Eine Frau saß an einem Louis XVI-Schreibtisch, der mit kleinen, bunten, ovalen Steinen bedeckt war. Ein dunkelhaariger, sonnengebräunter Mann, der aussah, als wäre er Mitte dreißig, saß auf einem Stuhl dem Schreibtisch gegenüber. Er trug einen tadellos geschnittenen zweireihigen Anzug. Ich glaubte, in seinen engstehenden grünen Augen eine Spur von Ärger zu sehen, als sein Blick über mich glitt.

Der Butler kündigte mich an, und der Mann im Anzug stand auf. „Mir war nicht bewusst, dass ich Ihren sozialen Kalender durcheinanderbringe, Lady Agnes", sagte er mit leiser Stimme. „Ich überlasse Sie Ihrem Besuch, aber denken Sie an mein Angebot. Sie werden nichts Besseres bekommen." Er griff nach einem Homburghut, der auf der Schreibtischecke lag. Er hielt nicht inne, um sich vorstellen zu lassen, sondern nickte nur, als er an mir vorbeiging. „Sie müssen mich nicht rausbegleiten, Boggs", sagte er zum wartenden Butler. „Ich kenne den Weg."

Lady Agnes kam mit ausgestreckter Hand auf mich zu. „Miss Belgrave. Danke, dass Sie gekommen sind." Sie deutete auf die Tür. „Sie müssen Mr. Dennett entschuldigen. Er ist gekommen, um mit mir über ägyptische Antiquitäten zu sprechen, und es ist, als hätte er Scheuklappen, wenn dieses Thema diskutiert wird. Er ist gerade aus Kairo zurückgekehrt und ist fest im Griff seiner Ägyptomanie." Ich hatte Lady Agnes noch nicht kennengelernt. Sie verbrachte die meiste Zeit in Ägypten mit ihrem Onkel bei den von ihm finanzierten Ausgrabungen, doch ich hatte auf den Gesellschaftsseiten genug Bilder von ihr gesehen, um sie zu erkennen. Ihr herzförmiges Gesicht und die rabenschwarzen Korkenzieherlocken, die zu einem kurzen Bob geschnitten waren und ihre großen braunen Augen rahmten, waren unverkennbar. Ich dachte, sie wäre vielleicht von all der Zeit, die sie in der ägyptischen Sonne verbracht hatte, gebräunt, doch ihr Teint war milchig weiß, abgesehen von einem Hauch von Rosa auf ihren Wangen.

„Gern geschehen."

Sie trug ein Kleid im Tunika-Stil mit einem schwarzroten Paisley-Print und Mandarin-Kragen. Eine breite Manschette aus glänzendem schwarzem Pelz säumte die Ärmel, und das Kleid schwebte mit ihren Bewegungen, als sie sich dem Butler zuwandte. „Boggs, schicken Sie bitte ein paar Erfrischungen hoch."

„Ja, Milady", sagte Boggs und schmolz dahin.

Eine Siamkatze kam unter einem Schreibtisch hervor, und Lady Agnes bückte sich, um mit der Hand über das cremefarbene Fell zu streichen, als sie sich an ihre Beine schmiegte. „Das ist Lapis."

„Sie ist wunderschön", sagte ich, erstaunt über die strahlend blauen Augen der Katze.

„Davon ist sie auf jeden Fall auch überzeugt", sagte Lady Agnes mit einem Lächeln.

Lapis schnupperte an meinen Schuhen, dann schlenderte sie zum Fensterbrett neben dem Schreibtisch und sprang hinauf. Sie landete auf dem Sims und streckte sich, wobei sie den Schwanz müßig herunterhängen ließ.

Lady Agnes deutete auf Sessel vor dem Kamin, in dem ein Feuer knisterte. „Bitte nehmen Sie Platz. Es ist so kalt geworden, dass ich eine gute heiße Tasse Tee vertragen könnte."

„Hört sich sehr gut an." Ich bahnte mir meinen Weg zwischen den Kisten hindurch.

„Bitte entschuldigen Sie all das Zeug." Sie gestikulierte auf die Kisten. „Ich bin dabei, die letzten Stücke für die Ausstellung zusammenzustellen. All das hier wird bald im Museum sein."

„Die Ausstellung?"

„Onkel Lawrence war in der letzten Phase der Vorbereitungen für eine Ausstellung seiner ägyptischen Antiquitäten, als er gestorben ist." Ihre Stimme und ihr Benehmen waren bis zu diesem Zeitpunkt geradeheraus und sachlich gewesen, doch jetzt mischte sich Traurigkeit in ihren Ton.

„Mein Beileid. Es tut mir so leid, von Ihrem Verlust zu hören."

„Danke."

Ein Dienstmädchen kam mit einem Teetablett herein und bahnte sich ebenfalls den Weg durch die Kisten. Lady Agnes wartete, bis das Mädchen das Teetablett auf einem niedrigen Tisch abgestellt und das Zimmer wieder verlassen hatte, bevor sie fragte: „Ich nehme an, Sie haben von den Gerüchten über den Fluch gehört?"

„Ich habe davon in den Zeitungen gelesen."

Lady Agnes schüttelte erzürnt den Kopf, als sie den Tee eingoss. „Ich bin immer noch erstaunt, dass sie sich auf Onkel Lawrence konzentrieren."

Ich nahm die Teetasse von Lady Agnes. „Und warum ist das so?" Lady Agnes' Blick wanderte zu den Kisten. „Während Onkel Lawrence' Funde an sich schon ziemlich faszinierend sind, sind sie nichts im Vergleich zur Entdeckung des Grabes von Pharao Tutenchamun. Die Zeitungen sollten sich auf die Entdeckungen von Mr. Carter und Lord Carnarvon konzentrieren, nicht auf die von Onkel Lawrence."

„Ich habe festgestellt, dass Zeitungen selten das behandeln, was man sich wünscht."

Lady Agnes lachte leise. „So wahr, Miss Belgrave. Leider lerne ich das gerade auch. Was wissen Sie also über die Situation um meinen Onkel?"

„Nur das, was ich in den Zeitungen gelesen habe. Vielleicht können Sie mir sagen, was passiert ist, und dann können wir entscheiden, inwieweit ich Ihnen helfen kann."

„Ja, natürlich." Lady Agnes nippte an ihrem Tee.

„Onkel Lawrence' Kammerdiener konnte ihn eines Morgens nicht wecken. Es war der 9. September."

Also etwas mehr als vor einem Monat, was den Mangel an Trauer in Mulvern House und Lady Agnes' Kleidung erklären würde. Der Weltkrieg hatte die strengen Regeln für Trauerkleidung und Etikette zunichte gemacht. Ich war nicht überrascht, im Stadthaus keine Anzeichen von Trauer zu sehen und Lady Agnes in bunten Farben anzutreffen. Meine Tante Caroline würde das missbilligen, doch ich sah nichts Falsches darin, die äußeren Zeichen der Trauer zu begrenzen. Ich konnte an Lady Agnes' Ernsthaftigkeit erkennen, als sie vom Tod ihres Onkels sprach, dass sie immer noch um ihn trauerte.

„Onkel Lawrence hat eine kurze Nachricht hinterlassen, in der er sagt, dass er wegen des Schreckens nicht weitermachen konnte. Die Presse hat davon erfahren. Ich habe keine Ahnung wie. Die Klatschblätter haben sich sofort auf die Geschichte gestürzt. Sie haben berichtet, dass Onkel Lawrence durch den Fluch in den Selbstmord getrieben wurde." Lady Agnes' Tasse klapperte, als sie sie abstellte. „Es ist lächerlich. Abgesehen von den absurden Geschichten über den Fluch sind die Artikel ungenau. Sie können nicht einmal den Namen der Mumie richtig buchstabieren. Sie haben *Sozar* geschrieben, was vollkommen falsch ist. Es ist *Zozar*, mit einem *Z*." Sie schloss kurz die Augen und atmete durch. „Das ist natürlich das Unwichtigste."

Ihre Erregung ließ nach, und sie richtete ihren Blick auf mich. „Ich möchte, dass Sie diesem Fluch-Unsinn auf den Grund gehen. Mein Bruder Gilbert ist ein bisschen aufgebracht, doch er hat ein gutes Herz. Er verdient nicht die Behandlung, die er von der Presse bekommen hat, die ihn als inkompetent bezeichnet hat. Es stimmt, dass er nicht dasselbe Interesse an Ägyptologie wie Onkel Lawrence hat, doch das bedeutet nicht, dass Gilbert ein Dummkopf ist. Das ärgert meine neue Schwägerin Nora auch." Die Erwähnung ihrer Schwägerin schien ein nachträglicher Gedanke zu sein.

Abgesehen davon, dass ich in der Zeitung über den Mumienfluch gelesen habe, wusste ich auch von dem Gerücht, das in der feinen Gesellschaft die Runde machte, dass Gilbert bestrebt gewesen sei, den Titel und das Geld seines Onkels zu erben. Ich kannte Gilbert ein wenig, und bei unseren Begegnungen war er mir wie ein umgänglicher, wenn auch nicht sonderlich heller junger Mann vorgekommen. Sollte ich den Klatsch erwähnen? Es war etwas, worüber ich den ganzen Morgen nachgedacht hatte, und ich hatte mich nicht für die beste Vorgehensweise entscheiden können.

Wenn Lady Agnes Anstoß nahm ... wäre meine Arbeit mit ihr vorbei, bevor sie begonnen hatte. Doch Lady Agnes schien nicht von der Sorte zu sein, die die Realität ignorierte. Nein, ich stellte mir vor, dass sie Herausforderungen kühn meisterte. Ich suchte nach der am wenigsten anstößigen Art, die Gerüchte zu beschreiben, doch bevor ich etwas sagen konnte, meinte sie: „Es ist zwingend erforderlich, dass die Gerüchte enden – und zwar alle."

Ah, also war sie sich des Getuschels über Gilbert bewusst. Das nahm ich als gutes Zeichen. Sie leugnete sie nicht und tat auch nicht so, als ob sie nicht existierten – zwei Möglichkeiten, die sich nie als produktiv erwiesen haben. „Ich verstehe Ihre Bedenken." Ich stellte meine leere Teetasse auf den niedrigen Tisch vor mir. „Ich habe einen Vorbehalt." Ich wollte Lady Agnes und ihrer Familie helfen, wusste aber nicht, ob das möglich war. „Es ist schwierig, einen Verdacht zu widerlegen. Selbst wenn ich beweisen kann, dass der Fluch nicht existiert, heißt das nicht, dass die Zeitungen nicht weiter darüber schreiben werden."

„Oh, ich möchte nicht, dass Sie den Fluch entlarven. Ich möchte, dass Sie beweisen, dass Onkel Lawrence ermordet wurde."

KAPITEL ZWEI

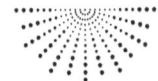

*B*evor ich Lady Agnes antworten konnte, sprang die Tür auf, und eine junge Frau betrat das Zimmer. Glänzendes goldbraunes Haar umrahmte ihre zarten Züge, und sie trug ein exquisites, blassgrünes Tageskleid. Sie wäre schön gewesen, wenn sie nicht diesen mürrischen Gesichtsausdruck gehabt hätte. Ich erkannte sie sofort. Im Mädchenpensionat, woher ich sie kannte, hatte Nora Clayton lange Haare gehabt und war etwas fülliger gewesen, doch sie hatte da schon diese selbstbewusste Art gehabt. Ihr Spitzname in der Schule war Nora Narziss gewesen – doch nur geflüstert, nie ins Gesicht gesagt.

Das Aufblitzen einer Bewegung aus dem Augenwinkel erregte meine Aufmerksamkeit. Die Siamkatze Lapis sprang mit einer leisen, sehnigen Bewegung zu Boden.

„Agnes, du musst eine richtige Zofe für mich einstellen", sagte Nora. „Diese Kreatur, die Marys Platz eingenommen hat, hat meine Parfümflasche heruntergeworfen. Jetzt riecht mein ganzes Zimmer nach Maiglöckchen."

Agnes deutete auf mich. „Wir haben Besuch, Nora.

Darf ich dir Miss Olive Belgrave vorstellen. Sie ist hier, um uns bei dieser dummen Geschichte mit dem Fluch zu helfen. Olive, das ist meine Schwägerin, Lady Mulvern."

„Wir waren zusammen auf dem Mädchenpensionat", sagte ich. „Glückwunsch zur Hochzeit." Die Hochzeit hatte drei Monate zuvor stattgefunden. Ich war nicht eingeladen worden, doch ich hatte auch nicht erwartet, eine Einladung mit Goldrand zu erhalten. Nora und ich hatten uns nie nahegestanden.

Nora warf mir einen Blick zu. „Oh ja. Ich erinnere mich. Du warst diejenige, der nicht Ski fahren konnte."

Lady Agnes' Augen weiteten sich angesichts der beiläufigen Unhöflichkeit, doch ich half ihr über den unangenehmen Moment hinweg. „Mein Asthma wird in kalter, trockener Luft schlimmer."

„Schön, dich wiederzusehen", sagte Nora ohne die geringste Aufrichtigkeit, dann wandte sie ihre Aufmerksamkeit wieder Agnes zu. „Das dumme Mädchen hat auch meine Handschuhe verloren. Sie sind nirgendwo zu finden. Dorothy wird bald hier sein, und ich muss sie finden, bevor ich gehe."

„Du hast sie wahrscheinlich in einem Taxi vergessen, wie du es mit deiner Handtasche getan hast."

Noras Augen wurden schmal. „Ich habe meine Handschuhe nicht im Taxi vergessen. Eine Handtasche vergisst man leicht. Man legt sie auf den Sitz und lässt sich dann ablenken, doch meine Handschuhe würde ich im Taxi nie ausziehen."

Lady Agnes ignorierte Noras beißenden Ton. „Das sollte man doch hoffen. Trink eine Tasse Tee, bevor du gehst." Lady Agnes wartete nicht auf eine Antwort, sondern griff nach der Teekanne. Ich wusste, dass ich mir Nora als Lady Mulvern vorstellen sollte, doch es fiel mir schwer, dieser Frau, die ich dabei gesehen hatte, wie sie aus dem Fenster geklettert war, um heimlich zu rauchen, einen so förmlichen und beeindruckenden Titel zuzugestehen.

Lady Agnes goss den Tee ein. „Du kannst dir ein Paar meiner Handschuhe ausleihen. Sprich mit Carol darüber."

Ich erwartete, dass Nora den Tee ablehnen würde, doch sie kam um das Sofa herum und setzte sich. „Kein Zucker und keine Sahne für mich."

„Natürlich nicht." Lady Agnes reichte Nora den Tee.

Nora sah mich über den Rand ihrer Tasse hinweg an, während sie daran nippte. „Du bist also diejenige, die tun wird, was die Polizei nicht wollte?"

„Wie bitte?" Ich war Nora gegenüber immer misstrauisch gewesen. Sie erinnerte mich an Lady Coddlinghams Dackel. Während einer Durststrecke, in der ich keine andere Arbeit gehabt hatte, hatte ich nach dem verlorenen Hund der Witwe gesucht. Ich hatte ihn zusammengekauert unter einem Baum bei den Stallungen am Weg vom Haus der Witwe gefunden. Er hatte so süß ausgesehen mit seinen Knopfaugen und flauschigen Ohren, doch er hatte ganz schnell seine scharfen Zähne in meine Hand versenkt, als ich ihn hochheben wollte.

„Agnes hat versucht, die Polizei davon zu überzeugen, dass Onkel Lawrence ermordet wurde, doch es ist ihr nicht gelungen", informierte Nora mich und wandte sich dann Lady Agnes zu. „Ist es klug, deine Hoffnungen auf einen Amateur zu setzen?"

Ärger durchfuhr mich angesichts Noras verächtlichem Ton, doch ich unterdrückte ihn. Es würde nichts nützen, sie mir zum Feind zu machen. Trotz Noras schlechten Manieren war sie Lady Mulvern. Ich ignorierte die Spitze und konzentrierte mich auf die Informationen. „Mir war nicht bewusst, dass die Todesursache von Lord Mulvern in Frage gestellt wird", sagte ich zu Lady Agnes.

„Nicht aus Mangel an Überzeugungsarbeit von Agnes", sagte Nora. Lady Agnes räusperte sich. „Als die Polizei den Brief auf dem Schreibtisch in Onkel Lawrence' Zimmer gesehen hat, haben sie gar nicht erst weiter ermittelt, ein vollkommen inakzeptabler Zustand."

Nach einem weiteren kleinen Schluck Tee stellte Nora die Tasse ab. „Ich sehe das Problem nicht. Wir alle wissen, wer es getan hat." Lapis, die Siamkatze, hatte in aller Ruhe eine Runde durch den Raum beendet und blieb nun an Noras Knie stehen. „Ach so?" Mein Blick wanderte von Nora zu Lady Agnes.

„Es ist völlig offensichtlich", sagte Nora. „Hodges hat es getan."

„Hodges?", fragte ich.

Lady Agnes nickte, um Noras Bemerkung zu bestätigen. „Es ist möglich. Lionel Hodges. Onkel Lawrence' Kammerdiener."

„Onkel Lawrence hat Hodges in seinem Testament ein Vermächtnis hinterlassen." Ich hatte erwartet, dass Nora die Katze ignorieren oder verscheuchen würde, doch sie neigte ihre Knie leicht in Lapis' Richtung, und die Katze sprang auf ihren Schoß. „Ein sehr großzügiges Vermächtnis." Nora streichelte mit der Hand über den Kopf der Katze. Sie sprach in höherem Ton, als sie sagte: „Nicht wahr, Lapis?"

Lapis schloss die Augen und schmiegte sich gegen die Hand. „Hodges hatte Zugang zu Onkel Lawrence' Zimmer, und er war der Letzte, der Onkel Lawrence lebend gesehen hat." Nora zuckte eine Schulter. „Wie gesagt, es ist offensichtlich."

„Der Haushalt ist also überzeugt, dass Ihr Onkel ermordet wurde?", fragte ich.

Lady Agnes und Lady Mulvern tauschten einen Blick aus. Ich hatte das Gefühl, die beiden Frauen waren sich nicht oft einig, doch bei diesem Thema waren sie es. Lady Agnes sagte: „Einige von uns glauben das."

Nora fügte hinzu: „Natürlich weigert sich mein Mann, auch nur daran zu denken, dass Hodges etwas mit Onkel Lawrence' Tod zu tun haben könnte." In ihrer Stimme lag eine Anspannung, die einen Moment zuvor noch nicht da gewesen war. Die Katze schüttelte den Kopf, sprang dann auf den Boden und ging zum Fenster.

Nora sah auf ihre Armbanduhr, stand auf und wischte Katzenhaare von ihrem Rock. „Ich muss gehen. Ich bin sicher, dass Dorothy hier ist, und ich darf meinen Termin mit Madame LaFoy nicht verpassen. Ich muss einfach einen neuen Hut haben, der zu meinem braunen Samt passt. Ich habe absolut nichts, was dazu passt."

Sie eilte aus dem Zimmer, ohne sich zu verabschieden, und zog die Tür hinter sich zu. Sie fiel mit einem Knall ins Schloss.

„Nora weiß nicht nur, wie man einen Auftritt macht, sondern lässt auch nie eine Chance aus, einen dramatischen Abgang zu inszenieren", bemerkte Lady Agnes, dann wurde ihre Miene ernster. „Vielleicht sollten wir über Ihr Honorar sprechen?"

Ich rutschte auf dem Kissen hin und her. „Um ganz ehrlich zu sein, ich weiß nicht, ob ich Ihnen helfen kann."

Lady Agnes zog die Augenbrauen hoch. „Sie scheinen nicht erpicht zu sein, mit mir zu arbeiten."

„Oh, das bin ich. Ich würde gerne in die Situation eintauchen und sehen, ob ich sie in Ordnung bringen kann, doch ich möchte nicht, dass Sie enttäuscht werden."

„Ich werde selten enttäuscht. Ich bin Realist. Ich weiß, was ich verlange wird schwierig, aber ... nun, wir können die Situation nicht so weitergehen lassen. Lassen Sie mich Ihnen von meinem Onkel erzählen. Nein ..." Sie stand auf. „Sie sollten seine Arbeit sehen. Dann werden Sie es besser verstehen."

Ich dachte, sie würde mich zum Schreibtisch führen, wo die Steine ausgebreitet lagen, oder zu einer der Kisten und mich hineinsehen zu lassen, doch sie ging zur Tür und öffnete sie. „Ich denke, Sie müssen die große Galerie sehen."

KAPITEL DREI

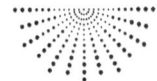

*W*ir gingen durch eine Reihe von Räumen, jeder so opulent wie der andere. „Onkel Lawrence hat die große Galerie anbauen lassen, nachdem er das Haus geerbt hatte. Ursprünglich war das Haus ein großes U, mit Flügeln an der Ost- und Westseite, die vom vorderen Block ausgingen. Onkel Lawrence hat die große Galerie auf der Rückseite des Hauses hinzugefügt, die den Ost- und den Westflügel verbindet. Er wollte einen Ort, an dem er die besten Antiquitäten ausstellen konnte, die er ausgegraben hatte. Hier sind wir", sagte sie, als wir zu einer Reihe von Doppeltüren kamen, die offen standen.

Also nicht ganz die „verschlossene" Situation, die die Zeitungen beschrieben hatten. Ich betrat den Raum, und die Beschreibung der Zeitung von übernatürlichem Hokuspokus schien völlig absurd. Die Galerie hatte nichts Beängstigendes oder Unheimliches.

Sie war im gleichen Stil wie der Rest des Hauses eingerichtet, mit prächtigen Wandverkleidungen aus Seidendamast, einer gewölbten Decke mit vergoldeten Akzenten und einem Parkettboden mit aufwendigem Muster. Spektakuläre Oberlichter zogen sich über die Länge des Raumes, die selbst an diesem bewölkten Tag viel natürliches Licht hereinließen. Doch die beeindruckende Kulisse fiel mir kaum auf. Die Antiquitäten dominierten die große Galerie. Keine zwei Meter von mir entfernt stand ein steinerner Sarkophag – ein Begriff, den jeder aufgrund der Entdeckung des Grabes von König Tutenchamun kannte. Dahinter standen mehrere Mumiensärge.

„Lassen Sie mich das Licht einschalten." Lady Agnes ging zu einer Tafel an der Wand. „Wir lassen es aus, um die Farben zu erhalten."

Sie legte einen Schalter um, und die leuchtenden Farben der Sarkophage – Ebenholz, Lapisblau und schimmerndes Gold – strahlten. Eine Vitrine in der Nähe enthielt zerbrechliche Papyrusfragmente, daneben jeweils eine Übersetzungskarte. Eine weitere Vitrine stellte antiken Schmuck zur Schau, eine Reihe von kunstvoll gestalteten Halsbändern, Armreifen und Ohrringen aus Goldperlen und Edelsteinen. Die Sarkophage – mindestens zehn oder fünfzehn an der Zahl – standen in der Mitte des Raumes, jeder in einer Vitrine. Einige der Sarkophagdeckel waren entfernt worden und gaben den Blick auf die vergilbten Bandagen der Mumien frei. „Das ist wirklich erstaunlich", sagte ich.

Lady Agnes lächelte. „Ganz Ihrer Meinung. Es ist einer meiner Lieblingsorte. Ich komme oft hierher und wandere herum und bewundere das Kunsthandwerk."

Ich trat näher an den nächsten Sarkophag heran. Die leuchtenden Farben, die aufwendige Dekoration und die lebensechte Darstellung eines Gesichts mit zarter Nase und dunklen Konturen um die Augen waren atemberaubend. „Das war einer von drei Sarkophagen, die für einen Tempelsänger in Theben angefertigt wurden." Lady Agnes deutete auf die nächsten beiden Sarkophage in der Reihe, die ähnlich aussahen, doch jeder etwas kleiner als der vorige.

„Wie russische Matrioschkapuppen", sagte ich.

„Genau. Lassen Sie mich Ihnen etwas anderes zeigen." Lady Agnes ging langsam die Galerie entlang, was mir Zeit gab, die Stücke zu betrachten. „Mein Onkel war kein Schatzjäger. Onkel Lawrence hat die wunderschöne Handwerkskunst der Antiquitäten bewundert, doch er war wirklich begeistert von der wissenschaftlichen Erforschung der ägyptischen Zivilisation."

Vor einem Sockel mit einem großen ovalen Topf blieben wir stehen. Er hatte einen breiten Rand und Griffe. Ein Boot mit mehreren Rudern zierte den rotbraunen Topf. Linien waren auf der Oberfläche zu sehen; kleine Risse, dachte ich. Dann wurde mir klar, dass der Topf in Hunderte von Teilen zerbrochen gewesen, doch sorgfältig wieder zusammengesetzt worden war. „Onkel Lawrence hat diesen Topf wieder zusammengesetzt. Er hat jede Tonscherbe und jeden Stofffetzen für genauso wichtig gehalten wie den prächtigsten Schatz."

Lady Agnes öffnete eine Schublade in einem anderen Schrank und zog einen Stapel Papiere heraus. „Das sind die Notizen von der Ausgrabung im Winter 1920."

Enge Schrift bedeckte die Seite und dokumentierte die Arbeit des Tages. Die Notizen waren kurz und bündig und doch informativ. Ich überflog eine Seite, auf der genau vermerkt war, wo sie gegraben hatten, wie der Boden beschaffen war, die genaue Position der gefundenen Gegenstände und der Zustand dieser Gegenstände.

„Onkel Lawrence hat es für wichtig gehalten, langsam und methodisch vorzugehen." Sie tippte auf die Papiere. „Sorgfältige Aufzeichnungen wie diese werden für die

Gelehrten in Zukunft von unschätzbarem Wert sein. Wir haben Fotos, Zeichnungen, Übersichten und zusammenfassende Berichte von jeder Ausgrabung."

Ich gab die Papiere zurück. „Ich kann sehen, dass er kein Amateur war."

„Weit davon entfernt." Lady Agnes legte die Papiere weg. „Natürlich war Onkel Lawrence aufgeregt, wenn etwas Atemberaubendes, Schönes oder Ungewöhnliches gefunden wurde, doch sein Hauptziel war es, eine Ausgrabung rational und leidenschaftslos abzuwickeln. Er hat Leute verachtet, die ein Grab gestürmt haben, nur um alles von Wert herauszuholen. Er wollte, dass alles geordnet ablief, damit wir so viel wie möglich verstehen können."

Wir gingen weiter und blieben neben einem weiteren reich verzierten Sarkophag in einer Vitrine stehen. Ein vogelähnliches Wesen breitete seine Flügel von Schulter zu Schulter aus. Reihen von Hieroglyphen in Gold, Grün, Rot und Schwarz bedeckten den Rest des Behältnisses. „Das ist Zozar, ein Tempelverwalter in Theben."

„Ist da eine Mumie drin?"

„Oh ja. Es war die letzte, die Onkel Lawrence gefunden hat, und er wollte, dass sie so bleibt, wie sie ist, mit geschlossenem Sarg und Zozar darin."

Als ich die Liebe zum Detail der Dekoration bewunderte, sagte Lady Agnes: „Meine Veranlagung ist der von Onkel Lawrence ähnlich. Ich betrachte die Dinge gerne logisch und sorgfältig, doch ich bin die Erste, die zugibt, dass ich in Bezug auf seinen Tod alles andere als rational bin."

Ihre Stimme stockte beim letzten Wort. Wir standen Seite an Seite, beide mit dem Gesicht zum Sarg. Ich wollte sie nicht in Verlegenheit bringen, indem ich sie anstarrte, doch selbst ein flüchtiger Blick sagte mir, dass ihre Augen glänzten.

Ich griff in meine Tasche nach einem Taschentuch, doch sie holte tief Luft, drehte sich zu mir um und blinzelte schnell. „Ich möchte, dass Sie den Tod meines Onkels beurteilen", sagte sie mit fester Stimme. „Sie sind eine Außenstehende. Mir ist klar, dass Sie Nora kennen, aber Sie sind keine enge Freundin. Sie gehören auch nicht zur Familie. Ich möchte, dass Sie sich die Situation ansehen und ... nun ja, sagen wir, eine zweite Meinung abgeben."

„Ich möchte Ihnen helfen, aber ich bin nicht logisch – weit davon entfernt." Mein Freund Jasper sagte mir immer, dass ich mich kopfüber in einen Fall stürzte, ohne nachzudenken, doch das ging meiner Meinung nach zu weit. „Ich bin eher ... intuitiv."

„Doch Sie haben herausgefunden, was in einigen sehr – nun – unangenehmen Situationen passiert ist."

„Ja, das stimmt."

„Dann untersuchen Sie die Situation, und sagen Sie mir, was Sie sehen. Das ist alles, worum ich sie bitte."

„Das kann ich tun."

„Ich glaube, Sie sollten ein paar Tage hier bei uns in Mulvern House bleiben. Sie können alle kennenlernen und Informationen sammeln."

„Danke. Ich weiß das Angebot zu schätzen, doch das ist nicht notwendig. Ich bin in London –"

„Unsinn. Sie werden viel besser vorankommen, wenn Sie hier sind."

Ich beschloss, nicht zu streiten. Es war klar, dass Lady Agnes sich entschieden hatte, und ich konnte sagen, dass sie, sobald sie eine Entscheidung getroffen hatte, daran festhielt – etwas, das ich sehr gut verstand.

„Ich setze Sie zur Eröffnung der Ausstellung am Donnerstag auf die Gästeliste."

„Ich würde mich freuen, dabei zu sein."

„Ausgezeichnet. Jetzt –"

Schnelle Schritte klapperten auf dem Parkett, als ein Mann Anfang zwanzig mit Brille und widerspenstigen dunklen Haaren den Raum durch die Türen am gegen-überliegenden Ende der Galerie betrat. Er blickte von einer Zeitung auf, entdeckte Lady Agnes und richtete seine Aufmerksamkeit wieder auf die Zeitung. Beim Gehen fuhr er mit der Hand über sein Haar, um es zu glätten, doch in dem Moment, als er aufhörte, sprangen die Strähnen auf und erzeugten tiefe Spuren in seinem Haar.

„Lady Agnes, ich muss mit Ihnen über die Papyrusaus-stellung sprechen", sagte er schnell. „Mr. Rathburn will eine umfangreiche Auswahl, doch viele davon sind viel zu empfindlich, um sie zu bewegen. Und dann hatten wir noch eine Anfrage, was das Auswickeln –" Er blickte auf, bemerkte mich und runzelte die Stirn. Eine hohe Glasvi-trine hatte mich bis zu diesem Moment vor seinem Blick verborgen. "– der Mumie angeht."

„Ich werde mit Mr. Rathburn über die Papyrusausstel-lung sprechen", sagte Lady Agnes. „Was das Auswickeln von Zozar oder einer der anderen intakten Mumien betrifft, lautet die Antwort wie immer: definitiv nicht. Lassen Sie mich vorstellen. Miss Belgrave, das ist Mr. Wilfred Nunn. Wilfred ist unser Sammlungsverwalter. Miss Belgrave wird uns helfen, diese schreckliche Angelegenheit um den Fluch und den Tod von Onkel Lawrence zu klären."

„Tut mir leid. Ich wusste nicht, dass Sie Gesellschaft haben, Lady Agnes." Nunn schob seine Brille am Nasenrü-cken empor und blinzelte dann mehrmals, während er sich

auf mich konzentrierte. „Ich freue mich, Sie kennenzulernen, Miss Belgrave."

„Ich freue mich ebenfalls, Ihre Bekanntschaft zu
machen, Mr. Nunn. Was für einen faszinierenden Beruf Sie
haben, Antiquitäten zu verwalten."

Nunn sah sich im Raum um, als hätte er vergessen,
dass er voller ägyptischer Artefakte war. „Ja, ja, das ist er",
sagte er, seine Aufmerksamkeit bereits wieder auf das
Papier gerichtet, das er hielt. „Sind Sie sich bei der Mumie
sicher, Lady Agnes? Es kann von Vorteil sein, sie auszuwickeln. Es würde die Zeitungen von ihrem – äh – aktuellen
Thema ablenken. Wir könnten eine Lehrveranstaltung
daraus machen und Wissenschaftler und ein paar hand-
verlesene Reporter einladen. Ihnen etwas Interessantes
zum Berichten geben, anstatt ..."

„Nein. Kommt nicht in Frage. Onkel Lawrence wollte,
dass Zozar so bleibt, wie er ist. Er war davon überzeugt,
dass es nicht lange dauern würde, bis neue Techniken
zusätzlich zu Röntgenstrahlen es uns ermöglichen, die
Mumie zu untersuchen, ohne sie auszuwickeln, und ich
bin da ganz seiner Meinung."

„Aber denken Sie an die Amulette in den Bandagen,
die Skarabäen und den Schmuck. Wenn wir die Mumien
auswickeln, können wir diese Gegenstände genau
untersuchen."

„Nein. Sie bleiben genau so, wie sie sind."

War da etwa das Aufblitzen von Ärger in Nunns
Augen? Es war schwer zu sagen. Das Licht wurde von
seiner Brille gespiegelt und verhinderte einen direkten
Blick in seine Augen.

Lady Agnes drehte sich zu mir um. „Kommen Sie, ich
bringe Sie in Onkel Lawrence' Zimmer. Sie können sich

umsehen und dann vielleicht nach Ihren Sachen schicken. Ich hoffe, Sie essen heute mit uns zu uns Abend."

„Das wäre schön." Was hätte ich sonst sagen sollen? Lady Agnes war ein kleines bisschen wie eine Dampfwalze.

KAPITEL VIER

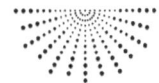

$\mathscr{L}$ady Agnes schaltete das Licht in der großen Galerie aus und führte mich die nächste Treppe hinauf und entlang des Flügels auf der Westseite des Hauses, bis wir ein Zimmer am anderen Ende erreichten. Auf der Schwelle blieb sie stehen. „Wir haben Onkel Lawrence' Zimmer so gelassen, wie es war. Ich konnte mich nicht dazu durchringen, etwas zu verändern – zumindest, bis wir genau wissen, was passiert ist."

Es war ein geräumiges Zimmer im vorderen Trakt des Stadthauses mit Fenstern, die auf die Vorderseite des Hauses hinausgingen. Nebel störte den Blick auf die Bäume im Park in der Mitte des Platzes. Obwohl das Zimmer mit einer hübschen Queen-Anne-Aufsatzkommode, einem Schrank und einem Himmelbett mit Baldachin möbliert war, wirkte der Raum spartanisch. Die einzigen anderen Möbelstücke waren eine große Standuhr und ein Schreibtisch. Auf der Kommode standen zwei Töpfe, die denen ähnelten, die Lady Agnes mir in der großen Galerie gezeigt hatte. Sie waren die einzigen dekorativen Details neben einigen gerahmten Fotografien.

Ich folgte Lady Agnes ins Zimmer und erschrak ein wenig, als ich einen ägyptischen Sarkophag sah. Er stand aufrecht in einer Ecke und war bei weitem nicht so verziert wie die in der großen Galerie. Dieser war aus bemaltem Holz und hatte außer der Farbe keine Einlagen oder Verzierungen. Das Rot war zu einem Rosaton verblasst, und der Sarkophag war sparsam mit nur wenigen Reihen von Hieroglyphen verziert. Anstelle eines plastisch geformten Gesichts, wie ich es auf einigen Sarkophagen in der großen Galerie gesehen hatte, war das Gesicht auf eine ebene Fläche gemalt, doch es schien immer noch so, als würden die dunklen Augen mit ihren dicken schwarzen Linien durch den Raum starren.

Lady Agnes sagte: „Ich hätte Sie vorwarnen sollen. Viele Leute reagieren überrascht darauf. Die Haushälterin muss die neuen Zimmermädchen warnen. Ich bin ihn so gewohnt, dass ich ihn kaum bemerke."

Lady Agnes strich mit der Hand über die Schulter des Sarkophags. „Das war das erste Stück in Onkel Lawrence' Sammlung. Er hat einem Freund auf dessen Landsitz gehört. Er hat die Dachböden ausräumen lassen und wollten ihn wegwerfen." Sie deutete auf die Seite, an der ein verrostetes Stück Metall befestigt war. „Sie haben den Deckel mit einem Scharnier versehen und ihre Jagdgewehre darin aufbewahrt – können Sie sich das vorstellen? Onkel Lawrence kannte sich damals nur wenig mit Ägyptologie aus, doch er wusste, dass es nicht verloren gehen sollte. Es ist kein erstklassiges Stück, doch es lag ihm sehr am Herzen."

Lady Agnes trat von der Mumie weg und deutete auf die Türen zu beiden Seiten des Zimmers. „Es ist eine Suite mit Ankleidezimmern an beiden Enden."

Ich war überrascht, dass Nora nicht bereits Ansprüche

auf eines der sicher schönsten Zimmer des Stadthauses erhoben hatte. „Ich nehme an, Nora und Ihr Bruder werden irgendwann hier einziehen wollen."

„Nora will mit diesem Zimmer nichts zu tun haben", sagte Lady Agnes. „Trotz all ihrer modernen Ideen – sie besteht immer noch darauf, einen Schlüssel zu tragen, obwohl sie verheiratet ist – ist sie abergläubisch."

Lady Agnes ging zu einem der Fenster. „Die Aussicht von dieser Seite des Hauses ist die schönste, doch Nora lässt sich leicht erschrecken und will nicht in einem Raum schlafen, in dem jemand gestorben ist. Ich habe es nicht übers Herz gebracht, ihr zu sagen, dass Großtante Susan in dem Bett gestorben ist, in dem sie jetzt schläft."

Ich ging zu den Fotos an der Wand. Eines war von einer Frau mit dicken dunklen Haaren und eher traurigen Augen.

Lady Agnes wandte sich vom Fenster ab. „Das war meine Tante Eleanor."

„Ich wusste nicht, dass Ihr Onkel verheiratet war."

„Oh ja. Sie ist letztes Jahr verstorben. Für Onkel Lawrence war es ein schwerer Schlag, doch er hat sich mit neuer Energie in die Saison in Ägypten gestürzt. Ich denke, das hat ihm geholfen, das Schlimmste zu überstehen."

Offensichtlich war es ein trauriges Thema und keines, auf das Lady Agnes weiter eingehen wollte, also ging ich zum nächsten Foto mit zwei Kindern. Ein kleines Mädchen von etwa fünf Jahren mit dunklem lockigem Haar stand da und hielt die Hand eines größeren Jungen mit blondem Haar.

„Das müssen Sie sein." Die dunklen Haare und Augen waren unverkennbar, ebenso wie ihr spitzes Kinn, das ihr ein herzförmiges Gesicht verlieh.

„Ja, das wurde aufgenommen, als Gilbert und ich zu Onkel Lawrence gezogen sind."

„Sie waren ziemlich jung."

„Unsere Eltern waren Missionare in Afrika. Sie baten Onkel Lawrence und Tante Eleanor, sich um uns zu kümmern, während sie das erste Mal dorthin gereist sind. Sie wollten innerhalb von drei Monaten zurückkehren und uns holen, doch ein Fieber hat im Dorf gewütet. Beide sind innerhalb weniger Tage gestorben. Onkel Lawrence und Tante Eleanor waren so gut, uns zu adoptieren."

„Wie tragisch. Ich hatte keine Ahnung. Es tut mir leid."

„Es ist lange her", sagte Lady Agnes mit leiser Stimme. Sie starrte einen Moment lang auf die Fotos, dann wandte sie sich ab. „Deshalb ist es mir natürlich so wichtig herauszufinden, was mit Onkel Lawrence passiert ist. Gilbert und ich haben nur noch sehr wenig Familie. Der Gedanke, dass jemand Onkel Lawrence absichtlich verletzt hat ... nun, ich kann den Gedanken nicht loswerden, bis ich die Wahrheit kenne."

„Ich würde dasselbe empfinden. Könnten Sie mir vielleicht die Einzelheiten, die Sie über den Tod Ihres Onkels wissen, mitteilen?"

„Natürlich." Die Stimme von Lady Agnes nahm einen lebhaften Ton an. Sie ging um das Bett herum und deutete auf einen kleinen Nachttisch, der bis auf eine Lampe leer war. „Nachts hat Onkel Lawrence seine Brille auf diesen Tisch gelegt, und Hodges hat ihm immer ein Glas und einen Krug Wasser bereitgestellt. Es war eine Angewohnheit, die Onkel Lawrence in Ägypten entwickelt hatte. Es ist dort so unglaublich trocken, und er hatte oft Probleme mit Allergien. Darum hatte er immer Wasser auf dem Nachttisch. Das hat er auch hier weiter praktiziert, obwohl die Luft so feucht ist."

„Und die Polizei hat das Wasser und den Krug mitgenommen?"

„Ja. Als Hodges am Morgen Onkel Lawrence gefunden hat, war das Glas leer. Der Krug war etwa halbvoll. Inspector Budge hat uns mitgeteilt, dass sich im Glas ein Rückstand befand, der Veronal enthielt." Lady Agnes schluckte. „Die Konzentration war ziemlich hoch."

„Und der Krug Wasser?"

„Da war nur Wasser drin. Das Veronal wurde nur in Onkel Lawrence' Glas gefunden."

„Hat Ihr Onkel Veronal eingenommen?"

„Hin und wieder. Seine Allergien haben manchmal schreckliche Kopfschmerzen verursacht, dann hat er vor dem Schlafengehen etwas Veronal eingenommen. Am nächsten Tag ging es ihm dann wieder gut, doch dass er einen Schlaftrunk eingenommen hat, war selten."

„Also hatte er Veronal im Zimmer?", fragte ich.

Sie berührte die Schublade des Nachttisches. „Er hat eine Packung davon hier aufbewahrt. Wir haben an diesem Morgen sechs leere Päckchen gefunden."

Ich runzelte die Stirn. Eine Packung des Schlafmittels enthielt kleine einzeln verpackte Papierpäckchen. Jeder kleine Umschlag enthielt mehrere Körner der Droge. Ich hatte Veronal auch schon einmal verwendet und ein Päckchen in einem Glas Wasser aufgelöst. Sicherlich würde ein Mann nur zwei – vielleicht drei – Päckchen brauchen, um einzuschlafen. Wenn er mehrere Päckchen benutzt hatte, *musste* Lord Lawrence gewusst haben, dass es gefährlich wäre. Doch das sprach sehr gegen Lady Agnes' Wunsch, zu beweisen, dass ihr Onkel keinen Selbstmord begangen hatte. Ich fragte mich, ob noch jemand in Mulvern House Veronal einnahm. Natürlich war es nicht schwer, es von einem Apotheker zu bekommen, also war das wahrscheinlich keine sinnvolle Frage.

Lady Agnes sprach weiter, den Blick auf den Nachttisch gerichtet. „Hodges hat das Zimmer vorbereitet, während wir beim Abendessen waren. Er sagt, er habe den Krug mit Wasser aus dem Waschbecken im Badezimmer den Flur hinunter gefüllt, wie er es immer tat. Er sagt, er habe Wasser in das Glas gegossen und dann den Krug daneben gelassen. Hodges schwört, dass er nichts mit einem Schlaftrunk zu tun hatte und auch noch nie einen für Onkel Lawrence zubereitet hat."

Ich musste ihren unerschrockenen Fokus darauf bewundern, die Fakten für mich zusammenzufassen. „Ich weiß es zu schätzen, dass Sie mir das alles erzählen. Ich weiß, dass es schwierig sein muss."

Ihre Schultern sanken ein wenig nach vorn. „Es ist schmerzhaft." Sie straffte ihre Haltung wieder. „Aber Sie müssen alle Fakten haben, um eine fundierte Einschätzung vornehmen zu können. Was möchten Sie noch wissen?"

Ich warf einen Blick auf die offene Tür zum Flur. „Jeder im Haus hätte Zugang zu diesem Raum gehabt?"

„Korrekt. Die Türen waren nicht abgeschlossen. Jeder hätte an diesem Abend irgendwann reinkommen und mehrere Päckchen Veronal in seinem Glas auflösen und dann wieder verschwinden können."

„Dann machen wir eine Liste. Wer war an diesem Abend im Haus?"

„Alle Hausangestellten natürlich, doch sie sind alle seit Jahren bei uns. Ich kann mir nicht vorstellen, dass einer von ihnen plötzlich meinen Onkel vergiften würde."

„Sie haben niemanden neu eingestellt?", fragte ich.

„Nur Boggs. Er ist jetzt – lassen Sie mich nachdenken –

zwei Monate bei uns. Er hat hervorragende Referenzen, also kann er nichts damit zu tun haben."

„Und Ihr vorheriger Butler?"

„Cleveland", sagte sie mit einem Lächeln. „Er war unser Butler, seit ich ein kleines Mädchen war. Onkel Lawrence hat ihm eine Pension und ein Cottage auf dem Anwesen in Devon zur Verfügung gestellt. Er baut jetzt glücklich Kürbisse an. Ich habe keinen Zweifel, dass er Preise für sie gewinnen wird. Cleveland macht immer alles gut."

„Wer war an diesem Abend beim Abendessen?"

„Wir hatten eine kleine Gesellschaft. Ich war die Gastgeberin für Onkel Lawrence. Gilbert und Nora haben an diesem Abend bei uns gegessen. Wilfred Nunn und Albert Rathburn waren auch da."

Ich hatte gerade Wilfred Nunn, ihren Sammlungsverwalter, kennengelernt, doch den anderen Namen konnte ich nicht einordnen. „Albert Rathburn?"

„Der Kurator ägyptischer und assyrischer Antiquitäten im Britischen Museum."

„Oh ja. Der Name kam mir bekannt vor. Ich glaube, ich habe in der Zeitung über ihn gelesen."

„Einen der Artikel, die er geschrieben hat, nehme ich an. Er hat sich sehr lautstark bei der ägyptischen Regierung dafür eingesetzt, einige der Schätze aus Tutenchamuns Grab nach der Öffnung an das Britische Museum zu schicken. Ein aussichtsloser Kampf, denke ich."

„Wirklich? Wieso?"

„Weil die Ägypter das Gefühl haben, viel zu viele ihrer Schätze verschenkt zu haben. Ich bezweifle, dass in Zukunft kaum mehr Exporte zugelassen werden."

„Interessant. Ich hatte keine Ahnung."

„Sie haben Jahre gebraucht, ein Museum zu gründen

und ein Interesse an der Erhaltung ihrer eigenen Antiquitäten zu entwickeln, doch ich denke, dass sie diesen Punkt erreicht haben."

Wir waren abgelenkt worden, und so faszinierend die ägyptischen Antiquitäten auch waren, ich musste das Thema zurück zu Lord Mulverns Tod lenken. „Ist Ihnen aufgefallen, ob an diesem Abend jemand aus der Gruppe länger abwesend war?"

Zwischen Lady Agnes' Brauen bildete sich eine Falte. „Nicht, dass ich es bemerkt hätte. Ich vermute, dass jemand verschwunden sein könnte, als wir vor oder nach dem Abendessen im Salon waren, doch ich erinnere mich nicht. Ich habe nicht alle im Auge behalten."

„Natürlich nicht." Ich war mir nicht ganz sicher, wie ich meine nächste Frage formulieren sollte, doch sie musste gestellt werden, also tat ich es einfach.

„Es ist mir wirklich unangenehm, Sie das zu fragen, doch Sie haben erwähnt, dass es einen Brief gab?"

„Ja." Lady Agnes ging zum Schreibtisch zwischen den Fenstern. Sie nahm einen Umschlag heraus. „Die Polizei hat ihn zurückgegeben, nachdem sie den Fall als Tod durch Unfall klassifiziert haben."

Sie reichte ihn mir. Er enthielt ein einzelnes Blatt Papier. Es war hochwertiges Papier, schwer und mit einer leicht rauen Textur. Es war die Art von Papier, die man in einem Haus wie diesem erwartete.

Die Notiz war kurz und ohne Anrede. Es war weniger eine Handschrift als Gekritzel. Jedes Wort begann mit klaren Buchstaben, endete dann aber in undefinierbarem Gekrakel. Ich musste die Wörter erraten und sie jeweils aus den lesbaren Buchstaben am Anfang erahnen. „‚Es tut mir schrecklich leid'", las ich laut vor, um die Worte zu entziffern. „Ich kann nicht mehr. Der Horror hindert mich daran."

Ich sah von der Notiz auf. „Das ist alles?" Ich drehte die Seite um, doch die Rückseite war leer.

„Ja, das ist alles." Ihre Stimme klang düster, doch es lag auch ein Anflug von Verwirrung darin.

„Irgendetwas stört Sie an dieser Notiz."

Sie runzelte die Stirn. „Es scheint einfach nicht die Art von Abschiedsbrief zu sein, die Onkel Lawrence hinterlassen würde, wenn er vorhätte ... sein Leben zu beenden." Sie rieb sich die Schläfe und wandte sich kurz ab, dann drehte sie sich wieder zu mir um. „Doch das ist der springende Punkt. Ich glaube einfach nicht, dass Onkel Lawrence sein Leben beenden wollte."

„Der Ton der Nachricht ist sicherlich auch nicht, was ich erwarten würde." Obwohl ich noch nie zuvor einen Abschiedsbrief gelesen hatte, schien es nicht das zu sein, was man seinen Lieben hinterlassen würde. Es war so kurz und enthielt weder die Emotionen noch die Angst, von denen ich annahm, dass es sie gegeben haben musste.

„Das ist einer der Gründe, warum ich das Gefühl hatte, dass die ganze Sache ... irgendwie nicht richtig ist", sagte Lady Agnes mit neuer Energie. „Ich kannte meinen Onkel sehr gut. Er hat sich darauf gefreut, die neuesten Funde zu katalogisieren. Und er hat an mehreren wissenschaftlichen Arbeiten und an der Museumsausstellung gearbeitet. Der andere – und meiner Meinung nach wichtigste Faktor – ist, dass er nie abergläubisch war. Er hat bei dem Gedanken an Flüche gelacht. Er hat nie auch nur einen Augenblick daran geglaubt."

„Es klingt, als hätte er viel vorgehabt. Hat er in irgendeiner Weise depressiv oder anders als sonst gewirkt?"

„Überhaupt nicht", sagte Lady Agnes mit fester Stimme.

„Ich verstehe." War Lord Mulvern wirklich mit seinem Leben vollkommen zufrieden gewesen, oder hatte er seine Not nur gut versteckt? Ich streckte Lady Agnes den Brief entgegen.

Sie hob die Hand. „Behalten Sie ihn." Sie musste die Überraschung in meinem Gesichtsausdruck gesehen haben, denn sie fügte hinzu: „Bitte. Ich möchte, dass Sie Zugang zu diesem Brief, diesem Raum und allen Beteiligten haben, damit Sie eine gründliche Ermittlung durchführen können. Geben Sie ihn mir einfach zurück, wenn Sie zu einem Ergebnis gekommen sind."

„Gut, ich behalte ihn, wenn Sie darauf bestehen", sagte ich, doch ich fühlte mich unwohl dabei. „Erkennen Sie die Handschrift? Es ist die Ihres Onkels?"

„Oh ja", sagte sie, ohne zu zögern. „Ich hatte nicht lange Zeit, sie mir anzusehen, als er gefunden wurde, doch ich habe keinen Zweifel daran, dass er sie geschrieben hat."

„Vielleicht sollten wir darüber reden. Ich nehme an, er wurde am Morgen gefunden?"

Lady Agnes nickte. „Onkel Lawrence war immer ein Frühaufsteher. Hodges hat ihm seinen Tee um halb sechs gebracht und fand ihn im Bett."

„Was war ungewöhnlich?"

„Ja. Ich bin mir sicher, dass es gelegentlich vorkam, doch Onkel Lawrence gehörte zu den Menschen, die vor Sonnenaufgang auf den Beinen waren und den ganzen Tag beschäftigt waren. Als Hodges ihn nicht wecken konnte, hat er den Haushalt alarmiert."

„Zu wem ist er gegangen?"

„Zu mir", sagte eine männliche Stimme von der Tür aus.

Lady Agnes und ich wirbelten herum, und Lady Agnes streckte eine Hand aus. „Gilbert, ich habe dich gar nicht kommen gehört."

KAPITEL FÜNF

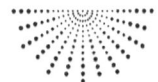

ady Agnes sagte: „Gilbert, komm, lass mich dir Miss Belgrave vorstellen." Gilbert und seine Schwester waren immer noch so unterschiedlich wie sie es auf dem Kinderfoto gewesen waren. Während Lady Agnes dunkles Haar und dunkle Augen hatte, war Gilberts Haar blond und seine Augen waren hellblau. Ich hatte ihn zuvor schon einmal getroffen und erinnerte mich an einen ziemlich zerknitterten jungen Mann mit einer entspannten, fröhlichen Art. Er durchquerte den Raum, nahm die ausgestreckte Hand von Lady Agnes und tätschelte sie. „Ich dachte, ich hätte hier Stimmen gehört. Hat mir einen rechten Schauer über den Rücken gejagt."

Er richtete seine Aufmerksamkeit auf mich. „Keine Vorstellung nötig, Aggie. Ich freue mich, Sie wiederzusehen, Miss Belgrave. Ich glaube, wir haben uns bei einem Picknick kennengelernt. Die Daltons, nicht wahr? Ich gebe zu, dass der Nachmittag ein bisschen verschwommen ist. Zu viele Gin Rickeys, fürchte ich."

„Ja, es war in der Nähe der Themse. Wir sind mit Booten gefahren."

Er hatte immer noch dieselbe sanfte Art und dieses leichte Lächeln.

„Ach ja. Thomas und Jigs haben es geschafft, das Boot, in dem wir uns befanden, umzukippen." Er neigte den Kopf zu Lady Agnes. „Das hatte nichts mit den Gin Rickeys zu tun, das versichere ich dir."

„Daran zweifle ich stark", sagte Lady Agnes.

Doch das unbeabsichtigte Bad hatte Gilbert nicht gestört. Er hatte die Haare ausgeschüttelt und gesagt: „Gut, dass es ein sonniger Tag ist. Das trocknet schnell wieder." Es schien, dass sich auch seine eher nachlässige Einstellung zu seinem Aussehen nicht geändert hatte. Heute passte seine Jacke nicht glatt über seine Schultern, der Kragen war zerknittert, und eine Spur von etwas, das wie Marmelade aussah, befleckte seine Krawatte.

Gilbert ignorierte den wissenden Gesichtsausdruck von Lady Agnes. „Gefällt Ihnen die Tour durch Mulvern House, Miss Belgrave? Hast du sie schon in die große Galerie mitgenommen, Aggie?"

„Wir kommen gerade von dort", sagte Lady Agnes. „Aber ich zeige ihr nicht das Haus. Miss Belgrave wird mir helfen, die Polizei davon zu überzeugen, die Ermittlungen zum Tod von Onkel Lawrence wieder aufzunehmen. Sie hat sich bereit erklärt, unseren Fall zu übernehmen."

Bei ihren Worten überkam mich ein Gefühl der Aufregung – ich hatte einen Fall! –, doch ich hatte bisher nur zugestimmt, ihr meine Meinung zu sagen, nachdem ich die Fakten gründlich geprüft hatte. Bevor ich höflich darauf hinweisen konnte, richtete Gilbert seinen Blick in meine Richtung. „Wirklich?"

Sein Ton deutete darauf hin, dass er erwartete, dass Lady Agnes' Bemerkung ein Scherz war. Doch es gab noch etwas anderes, das ich nicht ganz identifizieren konnte. War es Angst? Ich war mir nicht sicher.

„Ja", sagte Lady Agnes mit fester Stimme. „Miss Belgrave hat in letzter Zeit zwei Erfolge bei der Klärung eher ... äh ... heikler Angelegenheiten erzielt. Ich denke, sie ist perfekt, um uns zu helfen."

„Aha." Kühle lag in seinem Ton. Der herzliche und umgängliche Mann, der sich an Sommerbootsfahrten erinnert hatte, war verschwunden. „Ich glaube nicht, dass es eine gute Idee ist, alles wieder aufzuwirbeln."

„Wieder?", sagte Lady Agnes. „Nichts ist klar. Wenn wir nichts unternehmen, werden die Zeitungen den Tod von Onkel Lawrence immer wieder zur Sprache bringen. Ich habe Miss Belgrave gerade von dem Morgen erzählt, als Hodges Onkel Lawrence gefunden hat."

„Ich glaube nicht –"

„Ja, Gilbert, ich weiß, dass du es für keine gute Idee hältst, doch Miss Belgrave hat bereits zugestimmt. Ich werde mit dir oder ohne dich weitermachen, aber ich wäre dir dankbar, wenn du Miss Belgrave erzählen würdest, was du über Onkel Lawrence' Tod in Erinnerung hast."

Gilbert holte tief Luft und atmete langsam aus. „Also gut, ich werde mit Miss Belgrave über die Details sprechen, aber nur, weil ich weiß, wie du bist, wenn du dir Flausen in den Kopf gesetzt hast, Aggie." Er sah mich aus dem Augenwinkel an, und etwas von seiner vorherigen guten Laune kehrte in seine Haltung zurück. „Vollkommen unvernünftig."

Lady Agnes zog eine Augenbraue hoch, machte sich aber nicht die Mühe, sich zu verteidigen. „Los, erzähl Miss Belgrave, was passiert ist."

„Es gibt nicht viel zu erzählen, wirklich." Gilbert wurde nüchtern. Er zog an seinem zerknitterten Kragen.

„Hodges hat kurz nach halb sechs an meine Tür geklopft. Er hat mir die Situation erläutert, und ich bin mit ihm hierhergekommen." Gilbert blieb stehen, sein Blick wanderte zum Himmelbett. „Ich konnte vom ersten Moment an sehen, dass Onkel Lawrence nicht mehr unter uns weilte. Es gab nichts zu tun, außer den Arzt zu rufen, was wir sofort getan haben. Dann bin ich Aggie und Nora wecken gegangen."

Die Reihenfolge, in der er seine Verwandten nannte, war interessant. Ich fragte mich, ob Gilbert Aggie aufgesucht und ihr die Neuigkeiten erzählt hatte, bevor er zu seiner Frau gegangen war. Und mir war auch ein weiteres Detail nicht entgangen. Gilbert und Nora mussten in getrennten Schlafzimmern geschlafen haben, wenn Nora nicht geweckt worden war, als Hodges Gilbert alarmiert hatte. Es war nicht ungewöhnlich, dass Paare ihres Status' getrennte Schlafzimmer hatten, doch es schien noch etwas zu früh in ihrer Ehe zu sein, um getrennt zu schlafen. Doch was wusste ich schon? Ich war eine unverheiratete Frau.

Lady Agnes fuhr fort. „Es dauerte nicht lange, bis Dr. Thomas ankam. Als er hier war, habe ich den Brief auf dem Schreibtisch bemerkt." Während sie sprach, fuhr sie mit der Hand über den Pelzbesatz ihres Kleides und streichelte ihn geistesabwesend. „Ich habe ihn aufgehoben. Da fing meine Hand zu zittern an – als ich es las. Mein Verstand konnte die Worte einfach nicht mit dem Menschen vereinbaren, der Onkel Lawrence war. Er würde nicht Selbstmord begehen."

Gilbert legte seiner Schwester eine Hand auf die Schulter. „Wie der Arzt sagte, ergibt so etwas oft keinen Sinn. Das musst du vielleicht akzeptieren."

„Nein." Sie schüttelte seine Hand ab. „Nicht, bis wir jede andere Möglichkeit ausgeschlossen haben. Die Polizei hat den Tod von Onkel Lawrence nachlässig untersucht. Sobald er gründlich untersucht wurde und wenn es dann immer noch keine andere Antwort gibt ... gut, dann akzeptiere ich es. Wir müssen die Wahrheit wissen. Ich akzeptiere keine Mutmaßungen und Spekulationen."

Lady Agnes berührte ihre Stirn, und ihr grimmiger Ton verschwand. „Es tut mir leid, Gilbert. Ich sollte dir nicht so den Kopf abbeißen. Verzeih mir."

„Es gibt nichts zu verzeihen. Wir sind alle ein bisschen angespannt. Ich bin sicher, Miss Belgrave versteht das und wird es berücksichtigen."

„Natürlich", sagte ich und versuchte, mir über die Dynamik zwischen den beiden klar zu werden. Lady Agnes hatte die energischere Persönlichkeit der Geschwister. Gilbert hatte ihrem Drängen, dass ich den Fall übernehmen soll, ziemlich schnell nachgegeben, dachte ich. Doch anscheinend interessierte es Lady Agnes, was ihr Bruder über sie dachte, und sie wollte ihn nicht verletzen.

„Wollten Sie Gilbert sonst noch etwas fragen?" fragte Lady Agnes. „Er neigt dazu, in seinen Club zu verschwinden, also sollten Sie ihn jetzt fragen, solange er hier ist."

„Ja, ein paar Dinge", sagte ich, während meine Gedanken durch mögliche Fragen kreisten. „Hat am Abend der Dinnerparty jemand den Salon verlassen?"

„Nein, das glaube ich nicht", sagte Gilbert. „Wäre allerdings auch eher schwer, das zu bemerken. Es war nur eine normale Dinnerparty. Wir hatten keine Ahnung, dass Onkel Lawrence am nächsten Morgen ..."

„Natürlich. Doch es könnte wichtig sein. Ist irgendjemand verschwunden?"

„Nein – nun, als wir den Tisch verlassen haben, um uns zu den Damen im Salon zu gesellen, ist Mr. Rathburn – ähm ..."

„Zur Toilette gegangen?", beendete Lady Agnes den Satz, und ihr Kummer über ihren Ausbruch verblasste, als sie zu ihrer sachlichen Art zurückkehrte.

Gilbert räusperte sich mit einem Seitenblick auf sie. „Ähm, ja, ich denke schon."

„Wirklich, Gilbert, du musst nicht so zimperlich sein", sagte Lady Agnes. „Wir sammeln hier Fakten."

„Richtig", sagte ich. „Irgendjemand sonst?"

„Nein, nicht dass ich mich erinnern würde."

„Und haben Sie an diesem Abend jemanden in Lord Mulverns Zimmer gehen sehen?"

„Nur Hodges, aber das war normal."

„Sind Sie in sein Zimmer gegangen?", fragte ich. Ich spürte das Gewicht von Lady Agnes' Blick auf mir, als ich auf eine Antwort von Gilbert wartete.

„Ich? Nein – sicherlich nicht. Ich hatte keinen Grund dazu."

„Beruhige dich, Gilbert", sagte Lady Agnes. „Miss Belgrave wirft dir nichts vor, oder?" Sie betonte die letzten Worte, und ich hörte ihre Warnung.

„Sicherlich nicht. Ich sammle nur die Fakten." Ich hatte gedacht, wenn Gilbert das Zimmer seines Onkels betreten hätte, hätte er vielleicht etwas Ungewöhnliches bemerkt, doch allein meine Frage, ob er das Zimmer betreten hatte, schien ihn zu stören, was ich faszinierend fand. Ich nahm mir vor, alle zu fragen, ob sie Lord Mulverns Zimmer betreten hatten, wenn auch nur, um ihre Reaktion zu sehen.

Lady Agnes sah auf ihre Armbanduhr. „Nun, ich glaube, das ist alles, wofür wir jetzt Zeit haben. Miss Belgrave wird heute mit uns zu Abend essen", erklärte sie Gilbert und wandte sich dann mir zu. „Mr. Rathburn wird heute Abend auch hier sein. Das wird eine gute Gelegenheit für Sie sein, ihn kennenzulernen und den Grundstein für ein zukünftiges Gespräch über die Dinnerparty an jenem Abend zu legen."

„Viel Glück damit. Rathburn spricht nur über sich selbst", sagte Gilbert.

Lady Agnes warf ihm einen vernichtenden Blick zu, sagte dann aber: „Mr. Rathburn kann ein bisschen ... schwierig sein." Ihr Ton änderte sich, als sie schnell hinzufügte: „Jetzt müssen wir noch über Ihr Honorar sprechen und nach Ihren Sachen schicken, Miss Belgrave." Gilbert sah verwirrt aus, und Lady Agnes sagte zu ihm: „Miss Belgrave bleibt ein paar Tage bei uns."

Die Nachricht schien ihn zu verunsichern, doch dann übernahmen seine guten Manieren die Oberhand. „Freut mich, Sie als unseren Gast im Haus zu haben", sagte er, bevor ich Lady Agnes aus dem Zimmer folgte. Ich hatte jedoch den deutlichen Eindruck, dass er eher das Gegenteil meinte.

KAPITEL SECHS

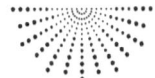

*A*ls ich die Treppe zu meinem Dachzimmer im Haus von Mrs. Gutler hinaufstieg, konnte ich nicht umhin, den Kontrast zwischen meiner Bleibe und Mulvern House zu bemerken. Der fadenscheinige Läufer auf der Treppe dämpfte meine Schritte kaum, und die ausgeblichene Tapete löste sich an den Nähten ab. Doch trotz aller Schäbigkeit war das Haus sauber, und unter dem rauen Äußeren, das Mrs. Gutler anfangs an den Tag gelegt hatte, war meine Vermieterin freundlich und fröhlich. Normalerweise kam sie aus dem Wohnzimmer oder der Küche, um mich zu begrüßen, wenn ich zurückkam.

Die Küchentür schwang auf. Ich blickte über das Geländer, doch es war die Köchin, die herauskam und sich die Hände an einem Handtuch abtrocknete. „Mrs. Gutler ist unterwegs – mit diesem Mr. Sumpton." Die Köchin fügte ein Schniefen hinzu, das ihre Missbilligung der Situation zum Ausdruck brachte.

Als Kriegswitwe mit sehr begrenzten finanziellen Mitteln nahm Mrs. Gutler Pensionsgäste auf, um über die Runden zu kommen, doch in letzter Zeit war Mr. Sumpton, der um die Ecke wohnte, ein häufiger Besucher. Als ich Mrs. Gutler nach ihm gefragt hatte, hatte sie abgewinkt, dass Romantik in der Luft lag, war aber rot geworden wie ein Schulmädchen.

„Die Post ist da", sagte die Köchin, während sie in Richtung des kleinen Tischs auf dem Treppenabsatz winkte und sich dann wieder in die Küche zurückzog.

Ich hätte gerne eine Tasse Tee getrunken, doch die magere Miete, die ich Mrs. Gutler zahlte, beinhaltete nur mein Zimmer unterm Dach und das Frühstück. Während Mrs. Gutler mir oft Tee auf mein Zimmer geschickt hatte, wenn ich nach einem langen Tag der Arbeitssuche zurückgekommen war, würde die Köchin das nie für mich tun.

Ich hatte einen Brief von Gwen, den ich aufriss, als ich die Treppe hinaufging.

Liebe Olive,

nur eine kurze Nachricht, denn wir packen für die Abreise, und das ist alles, wofür ich Zeit habe. Ich schreibe mehr, wenn wir wieder in Parkview sind, versprochen.

Südfrankreich war schön. Ich finde das Meer bezaubernd und freue mich jeden Tag auf einen Spaziergang entlang der Promenade. Violet hielt all das Faulenzen und das Beobachten der Wellen für unglaublich ermüdend, doch die Reise hat Wunder für sie bewirkt. Zeit weg von Zuhause war genau das, was sie gebraucht hat.

Sie ist so lebendig wie eh und je – Gott sei Dank.
Wir werden in Paris Halt machen, um die Boutiquen aufzusu-
chen, und ich werde dir ein paar wunderschöne Kleider zeigen,
wenn wir zurückkommen. Ich schreibe wieder, sobald wir wieder
in Parkview sind. Dann musst Du kommen und für einen
langen Besuch bleiben. Ich habe das Gefühl, es ist eine Ewigkeit
her, seit ich Dich gesehen habe.

Herzliche Grüße, Gwen

Ich faltete den Brief wieder zusammen und legte ihn auf
den Schreibtisch, der in einer Ecke meines Zimmers stand.
Ich würde eine Antwort schreiben, bevor ich mich nach
Mulvern House begab, mit dem Hinweis, dass ich dort zu
finden sein würde, falls Gwen bald zurückkehrte. Ich
bezweifelte, dass der Halt in Paris kurz sein würde. Tante
Caroline mochte es, nach der neuesten Mode gekleidet zu
sein, und ich war mir sicher, dass sie die Gelegenheit
nutzen würde, um auch Gwens und Violets Kleidung auf
den neusten Stand zu bringen.

Ich öffnete die Türen zum Kleiderschrank. Dank
Gwens Großzügigkeit hatte ich viele schöne Tages- und
Abendkleider. Gwens abgelegte Abendkleider waren
fabelhaft und etwas, das ich mir nie leisten könnte. Gwen
war einige Zentimeter größer als ich, also hatte ich die
Säume gekürzt, doch mehr war nicht nötig gewesen.

Ich betrachtete die Auswahl unter Berücksichtigung
des kühlen Oktoberwetters. Ich hatte in den Schulferien
eine Freundin besucht. Herrenhäuser waren zwar schön
und prächtig, doch auch so kalt wie das Mausoleum der
Familie. Mulvern House schien ein gut geführtes Haus

SARA ROSETT

und ziemlich modern zu sein. Ich glaubte nicht, dass ich
meine Zeit damit verbringen würde, frierend und in
Schichten gebündelt zu sein, doch es schadete nie, einen
zusätzlichen Schal und eine Strickjacke mitzubringen. Eine
Spur der Kälte und Feuchtigkeit des Oktobers war selbst
im modernsten Stadthaus zu spüren.

Ich nahm mehrere Tageskleider heraus und wählte
dann drei Abendkleider aus – eines aus blauem Samt mit
perlenbesetztem Oberteil, eines aus smaragdgrünem Samt
mit geraden Linien und ohne Verzierungen außer einer
kontrastierenden Bordüre aus apfelgrüner Seide und ein
blaugrünes Seidenkleid. Die Silhouette des blaugrünen
Kleides mit engem Mieder und weitem Rock war aus der
Mode gekommen, doch es war warm, und es war eines
meiner Lieblingsabendkleider wegen der gestickten pfir-
sichfarbenen Blumen auf Mieder und Rock. Lady Agnes
würde erwarten, dass ich mit einem Dienstmädchen kam,
doch mein Geld reichte nicht aus, um jemanden einzustel-
len. Ich hatte das Gefühl, auf finanziell sichereren Beinen
zu sein, doch ich konnte mir sicherlich nicht leisten,
jemandes Lohn zu bezahlen. Ich kümmerte mich selbst um
meine Kleider. Ich schickte sie zum Waschen in die kleine
Wäscherei in der Nähe, und ich war diejenige, die Nähte
reparierte oder Borten oder Federn auswechselte, um
meine Hüte aufzufrischen.

Ich packte gerade meine Kleider, als es an der Tür
klopfte. Mrs. Gutler hielt mir, noch immer mit Hut und
Handschuhen, ein kleines braunes Päckchen entgegen. „Ist
gerade für Sie gekommen, Liebes."

„Danke, Mrs. Gutler."

Sie spähte über meine Schulter zu meiner auf dem Bett
ausgebreiteten Kleidung und meinem offenen Koffer. „Oh,
auf zu einem neuen großen Haus?"

„Ich wurde eingeladen, ein paar Tage in Mulvern House zu verbringen."

Mrs. Gutlers Hand schoss an ihren Hals. „Aber Sie gehen nicht, oder? Nicht mit diesem schrecklichen Fluch?"

„Es gibt keinen Fluch. Sie wissen, dass diese Zeitungsartikel übertrieben sind. Ich habe Ihnen doch gesagt, dass sie das, was auf Archly Manner und Blackburn Hall passiert ist, völlig verzerrt dargestellt haben. Im Mulvern House ist alles gut."

„Nun, ich mag es nicht."

„Es ist nur für ein paar Tage", sagte ich. „Sie sind so gut, alle Briefe für mich weiterzuleiten, die ich bekomme, nicht wahr?"

„Natürlich. Aber es gefällt mir nicht. Diese Mumie hat ziemlich wild ausgesehen. Gestern war eine Illustration davon in der Zeitung."

„Ich war heute Morgen dort, und alles war vollkommen normal."

Mrs. Gutler schüttelte den Kopf. „Ihr jungen Mädchen seid so mutig ..." Sie neigte den Kopf. „Oder tollkühn. Ich kann mich nicht ganz entscheiden, was es ist."

Ich versicherte ihr noch einmal, dass mir nichts passieren würde. Nachdem sie gegangen war, warf ich einen Blick auf die Adresse auf dem Päckchen.

Es war von Jasper Rimington, einem guten Freund. Ich empfand immer noch einen Anflug von Ärger darüber, wie er aus Blackburn Hall verschwunden war, doch ich war froh, von ihm zu hören. Ich zog die Kleider weg, und das Bett quietschte, als ich mich niederließ, um das Paket zu öffnen.

Ich riss es auf und holte tief Luft. In dem zerrissenen Papier lag eine Waffe, doch da war etwas – etwas stimmte nicht. Ich nahm sie in die Hand. Der Griff passte in meine

Hand, hatte jedoch nicht das Gewicht, das ich erwartet hatte, und oben war ein winziges Scharnier. Ich drehte es um und fand einen kleinen Verschluss unter dem Abzug.

Ich drückte den Verschluss, und die „Pistole" öffnete sich und enthüllte einen Spiegel, eine Puderquaste und eine winzige Vertiefung für einen Schlüssel – es war eine Schminkschatulle. Ich hatte Schatullen in vielen verschiedenen Formen und Designs gesehen, doch noch nie eine, die aussah wie eine Pistole. Ich klappte sie zu und drehte sie wieder in meiner Hand um. Sie war geschickt gemacht. Man musste schon genau hinsehen, um zu erkennen, dass es keine echte Waffe war.

In der Verpackung lag ein cremefarbener Umschlag. Ich erkannte Jaspers ordentliche Handschrift. Er hatte meinen Namen in seinen exakten Strichen geschrieben.

Olive, altes Mädchen, ich hoffe, Du nimmst dieses recht interessante Geschenk an. Ich habe es in einem Schaufenster gesehen und dachte, es wäre perfekt für Dich. Du bist in die eine oder andere schwierige Situationen geraten, und etwas zu haben, das wie eine Waffe aussieht, könnte zu deinem Vorteil sein. Ich hoffe, es geht Dir gut und Du bist nie in einer Position, in der Du Deine „Waffe" brauchst.

Ergebenst Dein, Jasper

Ich konnte mir ein Lächeln nicht verkneifen und dachte darüber nach, wie empört Mrs. Gutler wäre, wenn sie einen Blick auf die Pistole erhaschen würde.

Ich setzte mich und schrieb Gwen, dass ich nach Mulvern House eingeladen worden war.

Als Nächstes schrieb ich an meine Internatsfreundin Essie, die jetzt im *The Hullabaloo* arbeitete, und fragte, ob sie sich am nächsten Tag mit mir treffen könnte. Ich musste aufpassen, was ich ihr erzählte, weil Essie dazu neigte, sogar aus flüchtigen Kommentaren Nachrichten für ihre Gesellschaftskolumne zu zimmern, doch wenn es jemanden gab, der herausfinden konnte, wer Informationen an die Zeitungen durchsickern ließ, war es Essie.

Dann schrieb ich Jasper einen kurzen Dankesbrief, bevor ich die Schminkschatulle in meine kleine Handtasche steckte. Sie passte problemlos. Ich packte meine Kleider ein und machte mich auf den Weg nach Mulvern House.

KAPITEL SIEBEN

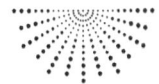

ls ich nach Mulvern House zurückkehrte, begrüßte mich Lady Agnes an der Tür und nahm meinen Mangel an einem Dienstmädchen diskret zur Kenntnis. „Sie können Martha ausleihen", sagte sie, während sie mich nach oben in den Flügel auf der Westseite des Hauses führte, wo die Familie ihre Zimmer hatte. Sie öffnete die Tür zu einem geräumigen Zimmer mit Sheraton-Möbeln. Die Wände waren mit einem hellblauen Seidendamast beschlagen, der zur Tagesdecke und den gepolsterten Stühlen vor dem Fenster passte. Schalen mit goldenen Nelken zierten den ganzen Raum. „Was für ein schönes Zimmer."

„Es ist eines meiner Lieblingszimmer." Lady Agnes warf einen Blick auf ihre Armbanduhr. „Ich fürchte, Sie werden nicht viel Zeit haben, sich zum Abendessen umzuziehen. Ich schicke Martha sofort. Wir treffen uns in einer halben Stunde im Salon."

Ich war es gewohnt, mich allein umzuziehen, also war eine halbe Stunde kein Problem. Martha war ein junges Mädchen von ungefähr siebzehn Jahren mit krausem blondem Haar, das unter ihrer Haube hervorspähte. Als sie ankam, hatte ich bereits das blaugrüne Seidenabendkleid mit dem enganliegenden Mieder angezogen. Martha musste mir nur mit den Haaren helfen, was nicht lange dauerte, weil es kurz war, und mir dann meine Handschuhe reichen.

Als ich zu der Familie ins Esszimmer kam, sprach Lady Agnes mit dem Butler, Nora saß vor dem Kamin, und Gilbert sortierte Flaschen und Gläser am Getränkewagen. Ein rundlicher Mann Mitte sechzig mit weißem Haar und weißem Bart, der seinen Kragen verdeckte, hatte Wilfred Nunn in die Enge getrieben und hielt einen Vortrag über eine Reise den Nil hinunter.

Gilbert nahm den Cocktailshaker. „Ich glaube, ich werde einen Himbeer-Fizz machen. Nora?", fragte er, eine gewisse Herausforderung in seinen Worten.

„Ich nicht", sagte Nora.

„Olive?", fragte Gilbert über das Klirren des Eises hinweg.

„Einen Kleinen bitte." Ich musste heute Abend einen klaren Kopf bewahren. Ich setzte mich neben Nora. „Ich hoffe, wir werden heute oder morgen Gelegenheit haben, über die Dinnerparty zu sprechen, die Lord Mulvern vor seinem Tod veranstaltet hat. Ich habe ein paar Fragen dazu."

„Du wirst nicht wie dieser abscheuliche Polizist sein und endlos Fragen stellen, oder? Ich habe dir schon gesagt – es war Hodges."

„Ich habe auch vor, mit ihm zu sprechen, doch er war nicht beim Abendessen. Du schon und vielleicht ist dir etwas Wichtiges aufgefallen."

„Das bezweifle ich. Ich bin nicht so aufmerksam wie du", sagte sie, und ihr Tonfall deutete darauf hin, dass sie es nicht als Kompliment meinte. „Aber da Aggie klarge-macht hat, dass wir mit dir zusammenarbeiten müssen, mach nur und frag mich, was immer du musst."

Sie hätte genauso gut hinzufügen können, *damit wir das hinter uns bringen*. Ich ignorierte ihre schlechten Manieren und fragte: „Hast du bemerkt, dass jemand vor oder nach dem Abendessen den Salon verlassen hat?"

Nora zupfte demonstrativ ein cremefarbenes Katzen-haar vom Arm, dann sah sie mich scharf an. „Wieso?"

„Ich muss nur wissen, wo alle waren."

Gilbert schüttelte den Cocktailshaker, und sie hielt inne, weil es zu laut war, um sich zu unterhalten. Als er fertig war, hatte sie ihre gelangweilte Unzufriedenheit wiedererlangt. „Das könnte ich nicht sagen. Es war einer dieser lähmenden Abende. Unglaublich langweilig, mehr als sonst, weil wir am Abend zuvor mit Mr. Dennett und Dorothy bei der Eröffnung des Bluebird waren und ich mich wunderbar amüsiert hatte, was den darauffolgenden Abend unerträglich platt erscheinen ließ."

„Mr. Rathburn war hier, nicht wahr?", fragte ich, als Gilbert mir ein kleines Glas mit frischen Himbeeren, die in meinem Drink schwammen, brachte.

„Ja, so ermüdend. Du wirst sehen. Nach dem Abend-essen wirst du verstehen, was ich meine."

„Hast du an diesem Abend jemanden in Lord Mulverns Zimmer gehen sehen?"

„Nein."

„Bist du an diesem Abend irgendwann in sein Zimmer gegangen?", fragte ich.

„Natürlich nicht. Ich –"

Gilbert kehrte mit zwei Highball-Gläsern zurück, die mit Himbeeren garniert waren. Er setzte sich auf einen

Stuhl an Noras Seite und stellte eines der Gläser neben Nora auf den Tisch.

Sie zog den Arm zurück, als hätte sie eine Biene gestochen. „Gilbert, ich habe gesagt, ich will keinen."

„Falls du deine Meinung änderst", sagte Gilbert. „Es ist dein Lieblingsdrink."

„War es."

Sie starrten einander einen Moment lang an, die Spannung zwischen ihnen spürbar. Ich war froh, Lady Agnes kommen zu sehen, bevor die kleine Szene eskalierte. Es schien, als würde ich von Nora keine weiteren Details über die Dinnerparty erfahren, da Nora eindeutig der Meinung war, dass ich mich auf Hodges konzentrieren sollte. Ich ging mit Lady Agnes, um den weißhaarigen Gast kennenzulernen, der Nunn immer noch festhielt.

Lady Agnes unterbrach den Monolog des älteren Mannes und stellte mich ihm vor. „Albert Rathburn, der Kurator der ägyptischen und syrischen Antiquitäten im Britischen Museum. Olive ist für ein paar Tage unser Gast. Sie ist vor kurzem von Derbyshire nach London gezogen."

Also hatte Lady Agnes ihre Hausaufgaben gemacht, was mich anging. Sie hatte mich selbst nicht nach meinem Hintergrund gefragt. „Erfreut", sagte Rathburn. „Ich habe diesem jungen Gentleman hier gerade von meiner Zeit in Kairo erzählt." Er hob seinen Cocktail zu Nunn, der seine Brille die Nase emporschob und Anstalten machte, sich zurückzuziehen, doch Rathburn packte ihn am Arm. „Eine eher ereignisreiche Reise, wenn ich das so sagen darf. Auf dieser Reise habe ich den berühmtesten Papyrus des Museums aufgespürt, und das ist eine ziemliche Geschichte, das sage ich Ihnen."

Rathburn hielt sich immer noch an Nunns Arm fest und schüttelte ihn gelegentlich, um eine Bemerkung zu unterstreichen, und begann mit einer Geschichte über Antiquitätenhändler, ägyptische Regierungsbeamte und eine Schar von Touristen. Anscheinend war der Mann so langweilig, dass er seine Zuhörer körperlich festhalten musste oder sie versuchten zu fliehen, nie ein gutes Zeichen für einen Dinnergast. Mit seiner runden Figur und dem flaumig weißen Haar und Bart erinnerte mich sein Aussehen an den Weihnachtsmann. Doch anstatt eines fröhlichen Auftretens schien er eine zielstrebige Entschlossenheit zu besitzen, so viele Informationen wie möglich über sich selbst zu vermitteln.

Während Rathburns Geschichte wanderte mein Blick durch den Raum. Er erwartete keine Antworten von seinem Publikum, also konnte ich feststellen, dass Nora und Gilbert schweigend dasaßen, ihre Haltungen steif. Gilbert trank seinen Drink aus und nippte dann an dem unberührten Glas, das er Nora gebracht hatte.

Rathburns Geschichte dauerte bis zur Ankündigung des Abendessens. Als wir den Salon verließen, bemerkte ich, dass Nora sich einen Moment zurückhielt, dann nahm sie einen großen Schluck von dem, was von ihrem Himbeer-Fizz übrig war, als Gilbert ihr den Rücken zukehrte. Protestierte sie in irgendeiner Weise, indem sie den Himbeer-Fizz nicht trank, oder war es einfacher? Sie hatte zuvor weder Sahne noch Zucker in ihrem Tee genommen. Vielleicht achtete sie darauf, was sie aß – und trank –, damit sie in ihre Designerkleider passte.

Ich saß beim Abendessen neben Rathburn, und er setzte die Papyrus-Geschichte fort, murmelte weiter und kommunizierte in Absätzen anstatt in Sätzen. Ich versuchte, subtil das Thema der Dinnerparty anzusprechen, an der Rathburn vor Lord Mulverns Tod teilgenommen hatte. Ich war neugierig auf seine Perspektive zu dem Abend, doch er verwarf die Fragen und kehrte sofort zu seinem Lieblingsthema zurück, sich selbst. Ich gab es nach mehreren fehlgeschlagenen Versuchen auf, das Gespräch in eine andere Richtung zu lenken. Rathburn schwadronierte weiter, während ich Gilbert und Nora beobachtete, die am Kopf- und Fußende des langen Tisches saßen. Sie vermieden jeglichen Blickkontakt, und Nora aß nur ein paar Bissen von jedem Gericht.

„... also wissen Sie, was ich getan habe?", fragte Rathburn.

Ich erschrak. Gott sei Dank hatte ich mit einem Ohr zugehört. „Ich kann mir nicht vorstellen, dass man viele Möglichkeiten hat, wenn man in einem ägyptischen Gefängnis eingesperrt ist."

„Da irren Sie sich. Diese ägyptischen Burschen sind überaus anfällig für Bestechung. Glücklicherweise hatte ich einen Führer engagiert, der das wusste, und er hat einen Geldaustausch für meine Freilassung organisiert."

„Ach wirklich?"

„Ich habe festgestellt, dass dies die einzige Art und Weise ist, in Ägypten Geschäfte zu machen."

Mir gegenüber saß Nunn reglos, sein Pudding unberührt, während er sein Besteck umklammerte. Ich war ziemlich froh, dass sein wütender Blick auf Rathburn gerichtet war und nicht auf mich. Als ich Nunn an diesem Nachmittag kennengelernt hatte, hatte ich ihn für eine eher ruhige, ausgeglichene Persönlichkeit gehalten, doch er hatte offensichtlich tiefe Gefühle und Mühe, seine Fassung zu bewahren. Mit angespannter Stimme sagte er: „Ich glaube, das ist eine schamlose Übertreibung."

Rathburn trank einen Schluck Wein. „Wie oft waren Sie schon in Ägypten? Einmal? Zweimal? Ich bin dutzende Male dorthin gereist. Sie waren nicht oft genug da, um zu verstehen, wie alles funktioniert." Ein Diener stellte einen Dessertteller vor Rathburn. „Oh, Apfel-Charlotte, mein Lieblingsdessert." Er rutschte auf seinem Stuhl herum und sah Lady Agnes an. „Ich esse immer gerne mit Ihrer Familie, Lady Agnes. Schön, dass Sie sich an meine Lieblingsgerichte erinnern."

Lady Agnes, die nicht am Kopfende des Tisches saß, lächelte höflich und nickte in Noras Richtung. „Ich freue mich, das zu hören, Mr. Rathburn. Doch es war Nora, die das Menü für diesen Abend zusammengestellt hat."

Nora schob das Dessert auf ihrem Teller herum. „Habe ich?"

„Bei deinem Treffen mit der Köchin und der Haushälterin", sagte Lady Agnes. „Du hast die Menüs der Woche durchgesehen."

„Oh das. Ist wohl so."

Doch Rathburn ließ sich nicht zu lange von sich ablenken. Er verzehrte sein Dessert schnell, dann begann er wieder mit seiner Geschichte und richtete die meisten seiner Kommentare an mich. „Sie haben den besten Teil der Luxor-Geschichte noch nicht gehört. Als ich aus dem Gefängnis raus war, war ich immer noch entschlossen, den Papyrus in die Hände zu bekommen. Er war exquisit – wie nichts sonst, was ich je gesehen hatte. Mein Führer hatte erfahren, dass der Papyrus dem Händler abgenommen worden war, der ihn für mich aufbewahrt hatte. Die ägyptischen Beamten hatten ihn in ein Haus in Luxor gebracht und unter Bewachung gestellt. Also habe ich es ausgekundschaftet und festgestellt, dass es günstig neben dem Garten des Luxor Hotels lag. Ich habe sofort ein Zimmer dort genommen und verlangt, den Manager zu sehen. Schon nach wenigen Augenblicken hatte ich ihn überzeugt, mir zu helfen." Rathburn warf einen Moment lang seinen Blick über den Tisch zu Nunn. „Großzügiger Mittel-einsatz hat auch dort nicht geschadet."

Nunns Hand umklammerte den Stiel seines Weingla-ses, doch bevor er etwas sagen konnte, fuhr Rathburn fort: „Ich habe meinen Führer losgeschickt, mehrere kräftige Männer anzuheuern. Diese Männer habe ich dann in den Garten geschickt, um zu arbeiten. Ich habe ihnen den Befehl erteilt, alles in vollkommener Stille zu tun, weil im Haus nebenan Wachen aufgestellt waren. Die Männer haben sich unter der Gartenmauer in den Keller des Hauses durchgegraben, wo der Papyrus aufbewahrt wurde. Ich war sehr beeindruckt von ihrer Arbeit. Sie haben den Tunnel abgestützt und dafür gesorgt, dass er nicht einstürzt." Rathburn grinste und hätte eine Illustra-tion auf einer Weihnachtskarte sein können, abgesehen von seiner irritierenden Begeisterung über die hinterhäl-tige Taktik.

„Ich hatte das deutliche Gefühl, dass die Männer das schon früher getan hatten – ziemlich oft. Wahrscheinlich haben sie viele Gräber ihrer Vorfahren ausgeräumt." Rath-burn kicherte und griff nach seinem Wein. „Für sie war es nur ein Moment Arbeit. Sie haben mir den Papyrus vor Sonnenaufgang übergeben. Als die ägyptischen Beamten bemerkt haben, was passiert war, war ich schon auf dem Weg zurück nach Kairo." Er zuckte mit den Schultern. „Ich musste nur sehen, dass der Papyrus im Diplomatenpaket war, und er war so gut wie zu Hause." Er hob sein Glas. „Und ganz Ägypten hat sich gefreut. Ich habe den Papyrus von Amun-su gerettet."

Nach einem unangenehmen Moment der Stille hob Gilbert sein Glas ein paar Zentimeter und trank einen Schluck. „In der Tat eine mitreißende Geschichte. Doch ich halte das nicht für sehr ehrenwert. Es ihnen unter der Nase wegstehlen, besonders wenn sie entschieden haben, dass sie nicht wollten, dass Sie es haben."

Rathburn wedelte mit seiner dicklichen Hand. „Überhaupt nicht der Fall. Der Antiquitätendirektor in Ägypten wollte ihn nicht für sein Land bewahren. Er wollte ihn lediglich an den Höchstbietenden versteigern. Gibt es einen besseren Ort für den Papyrus als das Britische Museum, wo er sorgfältig aufbewahrt und studiert werden kann? Wenn ich ihn nicht mitgenommen hätte, wer weiß, wo er gelandet wäre – oder er wäre möglicherweise sogar zerstört worden.

Dieser Idiot Petrie hat mehrere Mumien aus der Römerzeit an die ägyptischen Antiquitätenbeamten für ihr neu gebautes Museum geschickt – und sie haben sie draußen gelassen! Es ging ihnen nur um die Enkaustikgemälde auf dem Holz, die an den Mumien befestigt waren. *Die* haben sie reingebracht. Nein, die Wertschätzung der eigenen Geschichte in Ägypten ist erschreckend gering."

Nunns Gesicht war weiß geworden. „Ich glaube, was Sie getan haben, ist falsch. Dafür gibt es keine Entschuldigung", sagte er knapp.

Lady Agnes räusperte sich und warf Nora einen vielsagenden Blick zu.

„Oh, richtig." Nora schob ihren Stuhl zurück. „Meine Damen, überlassen wir die Herren ihrem Port."

Gilbert musste geahnt haben, dass es nur mit ihm, Rathburn und Nunn nicht gut gehen würde, denn die Männer kamen kurz darauf zu uns in den Salon. Rathburn gab bekannt, dass er ein frühes Arbeitstreffen hatte und gehen musste, als er sich über Lady Agnes' Hand verbeugte. „Doch ich werde mich bald mit Ihnen über die letzten Details der Ausstellung in Verbindung setzen."

„Ja, wir haben viel zu besprechen."

Als Rathburn gegangen war, schien es, als ob alle im Raum kollektiv erleichtert aufatmeten. Nora erklärte sofort, dass sie erschöpft war, und ging nach oben, ohne einen einzigen Blick in Gilberts Richtung zu werfen. Sein Blick folgte ihr, als sie zur Tür ging, doch er hatte nicht den Ausdruck von Liebe auf seinem Gesicht, den ich von einem Mann erwarten würde, der erst seit wenigen Monaten verheiratet ist.

Der Abend endete bald darauf, als der Rest von uns zu unseren Zimmern aufbrach. Lady Agnes ging mit mir nach oben. „Ich habe Mr. Rathburn, bevor er gegangen ist, gesagt, dass Sie mit ihm sprechen möchten. Wenn Sie morgen Nachmittag in sein Büro im Britischen Museum gehen, wird er Sie empfangen."

„Danke, das ist hilfreich."

„Gute Nacht, Miss Belgrave. Ich freue mich darauf zu hören, was Sie entdecken."

Ich wünschte ihr eine gute Nacht und ging mit meinen Gedanken in mein Zimmer, während Martha mir aus meinem Abendkleid half. War die Spannung zwischen Gilbert und Nora normal? Und lag in Lady Agnes' Tonfall ein Hauch von zusätzlicher Bedeutung, als sie Rathburn zugestimmt hatte, dass sie viel zu besprechen hatten?

Ich schickte Martha hinaus und setzte mich an den Schreibtisch. Ich war kein bisschen müde und wollte mir Lord Mulverns Abschiedsbrief genauer ansehen.

KAPITEL ACHT

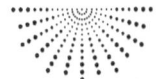

*J*ch hatte an diesem Nachmittag Lord Mulverns Brief in die Schublade des Schreibtisches in meinem Zimmer gelegt. Ich nahm ihn heraus und schaltete die Schreibtischlampe ein. Unter dem warmen Schein des Lichts verlieh ihm seine Kürze ein Gefühl Kälte. Es war kein großer Abschiedsbrief – kaum eine Erklärung – doch wenn er nicht ganz bei Verstand gewesen war, konnte das die Kürze erklären.

Ich studierte das Schreiben eine Weile und betrachtete die einzelnen Buchstaben, doch Lady Agnes hatte mir versichert, dass es die Handschrift ihres Onkels war. Ich konnte verstehen, warum Lord Mulvern eine Sekretärin eingestellt hatte. Seine Handschrift war in der Tat grauenhaft. Die Buchstaben waren so zusammengeschmolzen, dass nur die Anfangsbuchstaben der Worte zu unterscheiden waren. Die Buchstaben in der Mitte waren Tintenkleckse.

Nachdem ich noch ein paar Minuten ohne große Entdeckung darauf gestarrt hatte, öffnete ich die Schublade, um einen Umschlag herauszuholen. Lady Agnes hatte mir diesen Brief anvertraut, und ich hatte das Gefühl, ich sollte alles tun, um ihn zu schützen.

Doch in der mittleren Schublade waren keine Umschläge. Ich öffnete und schloss schnell die restlichen Schubladen. Im Schreibtisch lag Schreibpapier – ein Stapel Papier mit den eingeprägten Worten Mulvern House und der Adresse und ein weiterer Stapel weiße Blätter –, doch keine Umschläge. Das Dienstmädchen musste vergessen haben, sie aufzufüllen. Ich konnte nach ihr rufen und um Umschläge bitten, doch es war spät und konnte warten. Ich nahm ein leeres Blatt Briefpapier heraus und faltete Lord Mulverns Brief in das neue Blatt Papier, um ihn zu schützen.

Dann faltete ich die beiden Blätter sofort wieder auseinander und verglich sie. Der Abschiedsbrief war etwas kleiner als das Briefpapier, das ich aus dem Schreibtisch genommen hatte. Es war genauso breit, wie das, das ich aus der Schublade genommen hatte, doch als ich die beiden Seiten auf dem Schreibtisch ausrichtete, war die obere Kante des Abschiedsbriefes kürzer.

Ich hielt beide Seiten gegen das Licht. Sie hatten dasselbe Wasserzeichen. Sie hatten denselben Weißton und jeweils dieselbe leicht raue Textur von hochwertigem Papier. Wenn Lord Mulvern diese Notiz auf Papier geschrieben hatte, das er vom Schreibtisch in seinem Zimmer genommen hatte, warum war dann der Abschiedsbrief kleiner?

Ich blätterte durch die beiden Papierstapel in der mittleren Schublade. Sie waren alle gleich groß. Ich nahm den Abschiedsbrief und hielt ihn gegen das Licht, dann richtete ich ihn an einem frischen Blatt Briefpapier aus. Der obere Rand des Abschiedsbriefes war nicht gerade. Er war von der rechten Seite der Seite leicht nach unten zur linken Seite geneigt.

Der Unterschied war so winzig, dass er kaum wahrnehmbar war. Ich hielt den Abschiedsbrief an den Lampenschirm und strich mit dem Finger über den oberen Rand. Zwei winzige Widerstände, kaum merkliche Kerben, streiften meine Fingerspitzen.

Einen Moment lang runzelte ich die Stirn. Bevor ich irgendwelche Vermutungen anstellte, musste ich sehen, ob es dasselbe Briefpapier in Lord Mulverns Zimmer gab. Ich faltete den Abschiedsbrief wieder in das größere Blatt Papier und steckte ihn dann in die Tasche meines Morgenmantels. Mein Zimmer war in der Nähe der Treppe. Lord Mulverns Zimmer lag am anderen Ende des leeren Flurs.

Ich ging weiter, froh, dass der Teppichläufer meine Schritte dämpfte. Die Tür zu Lord Mulverns Zimmer stand offen. Eine Lampe, die auf einem Tisch im Flur stand, warf in den Raum einen länglichen Lichtstreifen, der ausreichte, um den Weg zur Lampe auf dem Nachttisch zu finden. Ich schaltete sie ein, ging dann zurück und schloss die Tür zum Flur. Ich fühlte mich, als ob ich unbefugt eindringen würde, und es schien, als ob die Augen des Sarkophages mich verfolgten, während ich mich im Raum hin und her bewegte.

Ich schüttelte das Gefühl ab und ging zu Lord Mulverns Schreibtisch, der viel größer war als der in meinem Zimmer. Eine bordeauxrote Ledereinlage zierte die Oberfläche, und eine Vielzahl von Kratzern zeigte, dass der Schreibtisch gut gebraucht war.

Die mittlere Schublade enthielt wie mein Schreibtisch zwei Stapel Schreibpapier – einen mit geprägtem, einen mit einfarbigem Papier. Ich betastete ein Blatt des nackten Papiers. Es hatte dasselbe Gewicht und dieselbe Farbe wie der Abschiedsbrief. Ich hielt es in der Hand und verglich es mit dem Abschiedsbrief, drehte mich um, damit ich die Größe der Blätter im Licht der Lampe vergleichen konnte. Der Abschiedsbrief war wieder kürzer.

Dieser Schreibtisch hatte nur zwei weitere Schubladen. Die linke war leer, und in der rechten lagen ein paar Stifte, eine Schere und ein paar Büroklammern und Gummibänder.

Nach einiger Überlegung nahm ich die Schere. Offensichtlich war der Schreibtisch ausgeräumt und alle persönlichen Gegenstände von Lord Mulvern entfernt worden. Ich war mir sicher, dass seit Lord Mulverns Tod und jetzt noch jemand anders – wahrscheinlich ein Dienstmädchen – diese Schere benutzt hatte.

Ich schnitt den oberen Rand des unverzierten Briefpapiers, das ich aus Lord Mulverns Schreibtisch genommen hatte, ab. Dabei achtete ich darauf, die Schere gerade zu halten und den Schnitt so ordentlich wie möglich zu machen. Der Papierstreifen fiel herunter, und ich hielt mein Werk hoch und verglich es mit Lord Mulverns Notiz. Kleine Kerben am oberen Rand entsprachen den Stellen, an denen ich die Schere öffnen und neu positionieren musste, um weiter entlang des Papiers zu schneiden. Die Kerben befanden sich auf ungefähr einem Drittel und zwei Dritteln des Weges am oberen Rand der Seite, was in etwa der Position der Kerben auf dem Abschiedsbrief entsprach.

Ich legte das neue Blatt Papier, das ich gerade zurechtgeschnitten hatte, mit Lord Mulverns Notiz auf meinen Stapel. Dann nahm ich einen Umschlag aus der mittleren Schublade und steckte mein Papierpaket hinein. Ich schloss die Schubladen und warf einen Blick über meine Schulter. Der dunkeläugige Blick des Mumiensarges starrte quer durch den Raum, was immer noch ein wenig furchteinflößend war.

Ich schaltete die Lampe aus und tastete mich zur Tür, wobei ich mir zuredete, kein Feigling zu sein. Der Mumiensarg war ein wunderschön gearbeitetes Relikt. Daran war nichts Gespenstisches.

Doch ich konnte mich nicht davon abhalten, eilig durch die Dunkelheit zu huschen. Ich atmete auf, als ich im leeren Korridor stand. Auf dem Weg zurück in mein Zimmer versuchte ich, mir darüber klarzuwerden, was ich herausgefunden hatte.

Es war vielleicht nichts. Vielleicht war Lord Mulvern sparsam und hatte einfach ein altes Blatt Papier wiederverwendet, dessen oberer Rand aus irgendeinem Grund abgeschnitten worden war. Es konnte aber auch bedeuten, dass jemand Lord Mulverns Notiz manipuliert hatte. Vielleicht war es überhaupt kein Abschiedsbrief – bis jemand ihn in die Finger bekommen und den oberen Teil abgeschnitten hatte. Es wäre natürlich unmöglich, das zu beweisen. Ich war mir sicher, wenn jemand Lord Mulverns Notiz geändert hätte, würde er nicht so dumm sein und den Papierstreifen an einem Ort wie dem Papierkorb in seinem Zimmer wegwerfen.

Ich war mir sicher, dass das Stück Papier, das entfernt worden war – wenn es wichtig war – entweder verbrannt oder sonstwie entsorgt worden war, damit es nicht mehr gefunden werden konnte. Ich schloss die Tür zu meinem Zimmer und atmete tief durch, froh, dass ich im Flur niemandem begegnet war. Sollte ich Lady Agnes von meiner Entdeckung berichten?

Nein, nicht sofort, entschied ich. Ich musste mehr Informationen darüber sammeln, was in der Nacht passiert war, in der Lord Mulvern gestorben war. Die

Tatsache, dass das Papier beschnitten war, war kein schlüssiger Beweis ... doch sie lud zu Spekulationen ein. Vielleicht hatte Lady Agnes Recht, und es war nicht ihr Onkel gewesen, der in dieser Nacht zu viel Veronal in seinem Glas aufgelöst hatte.

KAPITEL NEUN

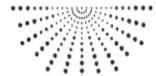

*I*ch erwachte plötzlich mit pochendem Herzen. Die Formen der Möbel in meinem dunklen Zimmer waren alle falsch, und das Zimmer selbst war viel zu geräumig. Dann fiel mir ein – ich war in Mulvern House. Das blassgraue Licht der Morgendämmerung drang durch einen Spalt zwischen den Vorhängen in den Raum, doch es war noch dunkel. Ich schaltete das Licht auf dem Nachttisch an. Die Uhr zeigte kurz nach sechs Uhr morgens. Ein Geräusch, ein durchdringender Schrei, schrillte durch die Luft – *das* war das Geräusch, das mich geweckt hatte. Ich warf die Bettdecke von mir und nahm meinen Morgenmantel. Als ich meine Tür öffnete, standen bereits ein paar Türen im Flur offen. Lady Agnes war bereits die halbe Treppe hinunter, die seidigen Bahnen ihres cremefarbenen Kimonos flatterten um ihre Beine, als sie in Richtung der anhaltenden Schreie eilte, die aus dem Stockwerk unter uns kamen.

Eine Tür schwang auf, und Nora steckte den Kopf heraus, während ihr hauchdünner Morgenmantel um sie umwehte. „Was ist das für ein schrecklicher Lärm?" Ihr

Haar war mit Haarnadeln flach an den Kopf gesteckt, die Herkunft ihrer Locken am Tage. Die gekreuzten Haarnadeln glänzten im Licht, das auf einem Tisch im Flur brannte, und ließen es so aussehen, als würde sie eine Art Metallhelm tragen.

Gilbert kam aus der Tür neben Noras und band seinen Brokat-Morgenrock zu. „Eher ein schreckliches Geschrei, nicht wahr?"

„Sorg dafür, dass es aufhört." Nora schlug ihre Tür zu.

Ich zog meine Augenbrauen hoch. Sie war definitiv kein Morgenmensch. Ich ging die Treppe hinunter, Gilbert folgte mir.

Die schrillen Schreie verstummten. Ich bog um die Ecke und holte Lady Agnes am Eingang zur großen Galerie ein. Der Flur war nicht sehr hell, doch das Licht war an. Agnes hatte einen Arm um die Schultern eines jungen Dienstmädchens gelegt, das mit den Tränen kämpfte. Ein Eimer lag auf der Seite neben den Füßen des Mädchens, und eine Pfütze mit Seifenlauge breitete sich um einen weggeworfenen Mopp auf dem Parkett aus. „Es tut mir so leid, Milady", schniefte das Mädchen. „Aber es war die Mumie. Die Mumie ist aus dem Sarkophag gestiegen."

Ich hob den Mopp auf und lehnte ihn an die Wand. „Unsinn", sagte Lady Agnes. „Ich bin sicher, es ist nur Ihre Fantasie."

„Nein, ist es nicht", sagte das Mädchen, blinzelte dann und senkte den Kopf. „Es tut mir leid, Milady, aber das ist nicht der Fall – ist es nicht."

Boggs erschien. Er kam die Treppe vom Erdgeschoss herauf. Er trug Hemdsärmel, und seine grauen Haare waren nicht in der Mitte gescheitelt. Ein weiteres Dienstmädchen kam hinter ihm die Treppe herauf und neigte den Kopf, während es versuchte, um Boggs herum in die große Galerie zu spähen.

Lady Agnes schob das schniefende Mädchen in Richtung des zweiten Mädchens. „Louise hatte ein bisschen Angst. Bringen Sie sie nach unten, und sehen Sie zu, dass sie eine Tasse Tee mit viel Zucker bekommt." Als die Mädchen gingen und Boggs Lady Agnes mitteilte, dass er sich um die Pfütze kümmern würde, ging ich um das Seifenwasser herum in die große Galerie. Sie schien grell erleuchtet zu sein nach der Dunkelheit des Flurs.

Ich hatte erwartet, den Raum genauso vorzufinden, wie er am Tag zuvor gewesen war, doch ich blieb stehen. „Du lieber Himmel. Sie hat Recht."

Eine der Vitrinen mit den Mumiensärgen in der Mitte des Raumes stand offen. Sie hatte ein Scharnier, und der Glasdeckel war aufgeklappt. Der Sarkophagdeckel war abgenommen worden und lag auf dem Parkett. Ein paar Stoffstreifen lagen auf dem Boden verstreut wie Konfetti, das von einer Party übriggeblieben war.

Lady Agnes blieb neben mir stehen. „Die Mumie *ist* in ihrer Ruhe gestört worden." Ihr Ton barg Erstaunen und auch eine Grimmigkeit, die mich dazu brachte, sie anzusehen. „Es ist die Mumie von Zozar", erklärte sie. „Die, die bisher nicht ausgewickelt wurde."

Lady Agnes schritt schnell die Galerie hinunter, dann blieb sie an der offenen Vitrine stehen, die Hände in die Hüften gestemmt, während sie den Schaden begutachtete. Ich näherte mich langsam. Ich hielt mich für einen abenteuerlustigen Typ, war mir allerdings nicht sicher, ob ich eine ausgewickelte Mumie sehen wollte. Doch als ich näherkam, stellte ich fest, dass die Bandagen nicht vollständig entfernt worden waren. Ein paar Stoffstreifen waren abgewickelt worden, und ein paar Stücke lagen auf dem Boden herum, doch der Hauptschaden an den Bandagen waren mehrere tiefe Schnitte.

Der blau gestickte Drache auf der Rückseite von Lady Agnes' Kimono bewegte sich, als sie schwer atmete. „Das ist unglaublich! Ich kann nicht fassen –"

Gilbert ging um uns herum und stellte sich auf die andere Seite der Vitrine, die Arme verschränkt, während sein Blick über die Schnitte in den Bandagen glitt. „Was für eine Sauerei. Nun, es sieht so aus, als ob wir diese Mumie nicht totschweigen können." Ein Schmunzeln zupfte an seinen Mundwinkeln.

Lady Agnes warf ihm einen Blick zu. „Das ist kein Scherz."

„Tut mir leid, Schwester. Ich weiß das, aber ich konnte nicht widerstehen." Gilbert schüttelte den Kopf, während sein Blick an der Mumie auf und ab wanderte. „Sieht aus, als hätten sie dem alten Jungen ziemlich zugesetzt. Glaubst du, alles ist weg?"

„Ich habe keinen Zweifel, dass alles von Wert entfernt wurde."

„Entfernt?", fragte ich.

„Sehen Sie diese Schnitte hier?", fragte Lady Agnes. „Mumien wurden mit Amuletten und Schmuck begraben, die in die Bandagen gewickelt waren. Wer auch immer das getan hat, wusste genau, wo er den Herzskarabäus und den Schmuck findet." Sie berührte eine der abgewickelten Bandagen. „Das war nur zur Show."

Schritte näherten sich, als Nunn durch den Raum sprintete und dann abrupt neben mir stehenblieb. Sein Flanell-Bademantel hing offen über einem verwaschenen Pyjama. Seine Brille hing schief, und einige Büschel seines Haares standen zu Berge, während der Rest bis zum Scheitel plattgedrückt war. „Zozar." Er sprach den Namen der Mumie aus, als wäre sie ein Freund, und sein Gesichts-ausdruck hinter seiner schiefen Brille war fast trauernd. Er wandte sich Lady Agnes zu. „Das wäre nicht passiert, wenn Sie uns erlaubt hätten, die Mumie auszuwickeln", sagte er in scharfem Ton.

„Vielleicht", sagte Lady Agnes frostig.

Nunn schluckte und rückte seine Brille zurecht. „Es tut mir leid – das war eine überstürzte Reaktion." Er trat einen Schritt zurück.

Lady Agnes seufzte. „Sie könnten Recht haben. Doch wir können jetzt nichts tun, außer die Polizei zu kontaktieren."

„Die Polizei?", fragte Nora. Ihre Neugier musste sie doch aus dem Zimmer getrieben haben: Sie war hinter Gilbert die Treppe heruntergekommen. Ohne ihr Make-up sah sie viel jünger und eher unscheinbar aus. Sie stand mehrere Meter von der Mumie entfernt. „Das ist doch sicher nicht nötig."

„Wir müssen. Es hat einen Diebstahl gegeben." Lady Agnes sah Gilbert an.

Er warf Nora einen entschuldigenden Blick zu. „Aggie hat Recht. Ich fürchte, wir müssen Inspector Thorn ertragen."

„Oh, ich hoffe, sie schicken jemand anderen", sagte Nora. „Er ist einer von denen, die nie gute Laune haben, und wenn er um diese Zeit geweckt wird, kann es nur noch schlimmer werden."

Nora hatte mit der Einschätzung von Inspector Thorn genau Recht. Er war ein kompakter, schlanker Mann, kaum größer als ich, und die Miene auf seinem faltigen

Gesicht schien immer missmutig zu sein. Er war eindeutig ein Kettenraucher, denn Lady Agnes ließ ein Dienstmädchen holen, das ihm einen Aschenbecher in die Galerie brachte. Zwischen den Zügen an seiner Zigarette sagte Thorn: „Sie haben mich zu dieser gottlosen Stunde gerufen, damit ich mir eine *Mumie* ansehe?"

Lady Agnes ignorierte Thorns Bemerkung und fasste die Situation für ihn zusammen. „Nichts wurde angerührt", sagte sie. „Ich nehme an, Sie wollen sofort nach Fingerabdrücken suchen."

Inspector Thorn nahm die Zigarette aus seinem Mund, und ich wich einen Schritt zurück. Der beißende Rauch von Zigaretten neigte dazu, mein Asthma auszulösen. „Wird nichts nützen. Kriminelle wissen heutzutage nur zu gut, wie wichtig es ist, Handschuhe zu tragen." Inspector Thorn ging in die Hocke und blickte zu dem offenen Glasdeckel auf, den Kopf geneigt. „Nein, ich sehe keine Abdrücke. Ich bezweifle, dass wir etwas finden werden."

„Aber Sie werden nach Fingerabdrücken suchen, nicht wahr?" Lady Agnes' Ton deutete darauf hin, dass es nur eine richtige Antwort auf ihre Frage gab.

Er stand auf, zog an seiner Zigarette und blies lange Rauch aus, während er von der Mumie zurück zu Lady Agnes blickte. „Weil es Ihnen wichtig ist, rufe ich die Jungs rein. Aber machen Sie sich keine Hoffnungen." Er wandte sich zum Gehen. „Ich melde mich, falls etwas gefunden wird."

„Sie gehen doch sicher nicht?", fragte Lady Agnes und hielt ihn auf, bevor er mehr als zwei Schritte gegangen war. „Sie müssen jeden befragen und den Aufenthaltsort jeder Person im Haus während der Nacht bestätigen."

„Lady Agnes, bei allem Respekt, mir ist klar, dass Ihnen diese Mumien wichtig sind. Aber im Vergleich zu den drei Morden, Körperverletzungen und möglichen Brandstiftungen ist das" – er deutete mit seiner Zigarette auf die Mumie – „im Vergleich unwichtig."

„Wertvolle Objekte, die zu unserem Wissen über eine alte Zivilisation beitragen könnten, sind gestohlen worden." Lady Agnes' Hände ballten sich an ihren Seiten zu Fäusten. „Wollen Sie damit sagen, dass nichts getan wird?"

„Nein. Es wird untersucht. Aber wir haben hier nicht viel, womit wir arbeiten können." Er schwenkte seine Hand über der Zozar-Mumie hin und her, wobei er Zigarettenrauch hinter sich herzog. Die Asche am Ende seiner Zigarette zitterte, und Lady Agnes verspannte sich. Thorn fuhr fort: „Sie haben selbst gesagt, dass Sie den gestohlenen Tand nicht beschreiben können."

Gilbert trat vor. „Ich halte es für ein bisschen gefährlich, den Glimmstängel über einer Mumie zu schwenken. Jahrhundertealtes Leinen, wissen Sie. Seien Sie so gut, und treten Sie einen Schritt zurück."

Ich war überrascht, dass Gilbert eingriff. Er teilte vielleicht nicht die Leidenschaft seiner Schwester für Ägyptologie, doch er sorgte sich um die Antiquitäten.

Der finstere Blick von Inspector Thorn wurde noch finsterer, doch er zog sich zurück, während er weiter mit Lady Agnes sprach. „Wir werden alles tun, was wir können, aber Sie haben keine Beschreibungen, die ich an die Pfandleiher weitergeben könnte. Bei allem, was wir wissen, könnte es sich um einen Insider-Job handeln." Er blickte von einem zum Nächsten. „Vielleicht gefällt Ihnen die Richtung, in die diese Ermittlungen gehen, nicht. Bestimmte Beteiligte könnten sie ... unangenehm finden." Sein Blick ruhte auf Nunn, der von einem Bein aufs andere trat und in eine andere Richtung sah. Dann fiel der Blick des Inspectors auf mich. „Wer ist das? Ein Neuzugang, seit ich das letzte Mal gerufen wurde, glaube ich."

„Das ist meine Freundin Olive Belgrave", sagte Lady Agnes. „Miss Belgrave bleibt ein paar Tage bei uns. Sie hat damit nichts zu tun."

Zu allen anderen hatte Lady Agnes deutlich gesagt, warum ich Mulvern House besuchte, doch ihr musste klar sein, dass die Ankündigung, dass ich versuchen würde, den Fall um den Selbstmord ihres Onkels wieder aufzurollen, sie beim Inspector nicht beliebt machen würde.

„Verstehe." Der Ton von Inspector Thorn deutete an, dass es kein Zufall sein konnte, dass ich an dem Abend, an dem antike Schätze gestohlen wurden, im Haus war. Er drehte sich auf dem Absatz um und ging zur Tür. „Meine Männer werden bald kommen, um die Fingerabdrücke zu nehmen", sagte er über die Schulter. „Ich werde mit den Befragungen warten, bis wir die Ergebnisse der Abdrücke haben, Lady Agnes. Ich schlage vor, Sie kehren in Ihre Betten zurück und schlafen noch ein wenig."

Boggs, der an der Tür gewartet hatte, räusperte sich. „Inspector, unter der Treppe ist ein zerbrochenes Fenster. Jemand ist durch die Spülküche in das Haus eingedrungen."

Thorns Schritte wurden langsamer, und er warf Boggs einen irritierten Blick zu. „Also gut. Ich sehe es mir an." Nunn eilte dem Inspector nach, offenbar in der Absicht, mit ihm in die Spülküche zu gehen, doch Thorn fügte hinzu: „Allein", was Nunn stehenbleiben ließ. „Gehen Sie zurück in Ihre Räume, *alle*." Thorn wedelte mit der Hand, als würde ihn eine Fliege belästigen. „Ich will keine Einmischung in meinen Tatort." Dann bedeutete er Boggs, ihm vorauszugehen.

KAPITEL ZEHN

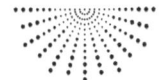

*I*ch wusste, ich würde nie wieder einschlafen können, also setzte ich mich an den Schreibtisch, anstatt in mein Bett zurückzukehren. Normalerweise lese ich, wenn ich aufgewühlt und mir selbst überlassen bin. Ich bringe immer ein Buch mit, wenn ich große Häuser besuche, und ich hatte zwei Kriminalromane mitgebracht, die Jasper empfohlen hatte, doch ich kam nicht über die erste Seite hinaus.

Ich holte ein leeres Blatt Briefpapier aus dem Schreibtisch und notierte alles, was passiert war, seit ich Lady Agnes getroffen hatte. Ich notierte Gesprächsfetzen und Informationen, die mir über jede Person aufgefallen waren. Ich schrieb auch alle Details nieder, die mir Lady Agnes und Gilbert über den Morgen, an dem Lord Mulverns Tod entdeckt worden war, mitgeteilt hatten. Zum Schluss machte ich eine Liste der Leute, die am Abend vor Lord Mulverns Tod bei der Dinnerparty zu Gast gewesen waren, und der Fragen, die ich ihnen stellen wollte. Ich hatte bereits kurz mit Nora und Gilbert gesprochen, und ich hielt es für Zeitverschwendung, ihnen weitere Fragen zu stellen. Sie hatten mir alles gesagt, was sie sagen wollten. Ich wollte warten, bis ich mehr Informationen hatte, bevor ich mich wieder an sie wandte. Ich wollte mit dem Kammerdiener Hodges, Nunn und Rathburn sprechen. Vielleicht würde ich an diesem Morgen Nunn und Hodges einen Besuch abstatten.

Ich faltete meine Notizen zusammen und verstaute sie in meiner Handtasche, dann wählte ich ein rotbraunes Tageskleid mit schwarzem Besatz an den Ärmelbündchen und am Kragen. Ich machte mir nicht die Mühe, Martha zu rufen. Ich brauchte keine Hilfe beim Ankleiden. Inspector Thorn war mir nicht wie ein Mann vorgekommen, der lange bei der Untersuchung des Zugangspunktes des Diebes verweilen würde. Ich war mir sicher, dass Thorn sich überhaupt nur umgesehen hatte, um Lady Agnes zu besänftigen. Ich hingegen war ziemlich neugierig auf diesen Diebstahl. Natürlich konnten der Diebstahl und die Beschädigung der Mumie unabhängig von Lord Mulverns Tod passiert sein, doch ich wollte sicherstellen, dass ich alles darüber wusste, was es zu wissen gab ... nur für den Fall.

Als ich vorzeigbar war, machte ich mich auf die Suche nach der Hintertreppe. Das Haus war ruhig, nur die Diener bewegten sich gespenstisch leise durch die Räume, während sie putzten und schrubbten und sich auf den Tag vorbereiteten. Ich ging durch die grüne Tür und die Treppe hinunter ins Erdgeschoss, dem Geruch von warmem Brot folgend. Die Küche war warm und geschäftig.

Meine Annahme, dass Thorn bereits gegangen war, war richtig. Weder er noch sonst irgendwelche Polizisten waren in der Küche. Alle verstummten und blieben stehen, als die Dienstboten mich bemerkten. Die Köchin sagte zu einem der Küchenmädchen: „Pass auf den Toast auf, Junie!", und brach den Bann.

Die Haushälterin trat vor. Ihre Schlüssel klirrten gegen ihren Rock. „Miss Belgrave, guten Morgen. Ich bin Mrs. Ryan. Womit kann ich Ihnen behilflich sein?", fragte sie, ihr Tonfall deutete an, dass ich gar nicht erst in der Küche sein sollte, und dass sie vorhatte, mich so schnell wie möglich loszuwerden.

„Guten Morgen, Mrs. Ryan. Können Sie mir bitte den Weg zur Spülküche zeigen? Ich möchte einen Blick hineinwerfen, dann gehe ich auch schon wieder."

Mrs. Ryans Gesicht veränderte sich nicht, doch ihre Haltung wurde steif. „Das ist nicht –"

Ich senkte meine Stimme und beugte mich näher zu ihr. „Ein Einbruch ist ziemlich aufregend, finden Sie nicht? Ich bin furchtbar neugierig. Ich fürchte, das ist eine große Schwäche von mir ..." Es war besser, Mrs. Ryan glauben zu lassen, dass ich ein dümmliches junges Ding war, das auf Klatsch versessen war, als ihr den wahren Grund für meine Bitte zu nennen, die Spülküche zu sehen. Lady Agnes hatte mich nicht ausdrücklich angewiesen, meine Suche nach Informationen vor dem Personal geheim zu halten, doch ich würde es ihr überlassen, es ihnen mitzuteilen. In der Zwischenzeit würde ich Stillschweigen über meine Motive wahren.

Ein Ausdruck der Missbilligung huschte über Mrs. Ryans Gesicht, doch sie musste entschieden haben, dass der schnellste Weg, mich loszuwerden, darin bestand, mich die Spülküche sehen zu lassen. „Hier entlang."

Ich folgte ihr in einen kleinen Raum neben der Küche.

Auf der anderen Seite, an einer Außenwand, befanden sich zwei Waschbecken. Ein Fenster darüber war auf Bodenniveau und ließ das Morgenlicht herein. Eine der

Scheiben in der Nähe des Riegels war zerbrochen, und Glasscherben lagen auf den Waschbecken und den erhöhten Holzlatten, auf denen die Küchenmädchen standen, um ihre Füße trocken zu halten. Hinter dem zerbrochenen Fenster bewegten sich die Blätter eines Strauches im Wind.

Das Fenster war klein, doch wenn es ganz aufgeschoben war, konnte sich ein schlanker Erwachsener hindurchzwängen. Eine kühle Brise wehte zusammen mit dem Geruch von feuchter Erde durch die zerbrochene Scheibe. Der Dieb hatte die Waschbecken als Trittleiter benutzt. Verschmierte, schlammige Fußabdrücke bedeckten das Porzellan, und eine Reihe der schmutzigen Abdrücke zog sich über den Steinboden und wurde schwächer, als sie sich der Tür näherten.

Ich stand neben einem der weniger verschmierten Fußabdrücke. Er war deutlich größer und breiter als mein Fuß und hatte nicht die geschwungene Silhouette eines Damenschuhs. Es war offensichtlich, dass schon einige Leute darauf getreten waren und einige der Abdrücke verschmiert hatten, sodass es schwer war, irgendwelche Unterscheidungsmerkmale an den Abdrücken zu erkennen. „Der Inspector war da, um sich das anzusehen?", fragte ich Mrs. Ryan.

„Ja. Wir haben bereits nach dem Glaser geschickt. Das Fenster wird noch vor dem Mittagessen repariert."

Ich deutete auf die Fußspuren. „Und der Inspector hat auch jemanden geschickt, um die zu fotografieren?"

„Fotografieren? Warum sollte er das tun?"

Inspector Thorn nahm den Einbruch nicht ernst. „Kein Grund", murmelte ich. Ein Dienstmädchen kam mit einer Scheuerbürste herein und blieb stehen, als es mich sah. Ich sagte: „Ich werde Sie jetzt nicht länger stören."

Ich verließ die Hektik der Küche und trat durch die Tür in die Stille des Erdgeschosses. Meine Absätze klapperten laut auf dem Marmorboden. War der Einbruch Zufall? Hatte es etwas mit den Fragen von Lady Agnes zum Tod ihres Onkels zu tun?

Natürlich konnte der Einbruch in keinerlei Zusammenhang mit Lord Mulverns Tod stehen. Was hatte Lady Agnes über den jungen Mann gesagt, mit dem sie bei meiner Ankunft gesprochen hatte? Sie hatte gesagt, er sei ein Sammler und ambitioniert, wenn es um sein Hobby ging. Er hatte ihr ein Angebot gemacht. Hatte er die Mumie kaufen wollen? Wie war sein Name? Eli? Nein ... Ernest. Ernest Dennett.

Anstatt Antiquitäten zu kaufen, hatte Dennett vielleicht beschlossen, Wertgegenstände auf andere Weise zu erwerben. Doch wenn er ein Sammler wäre, würde er nicht die ganze Mumie haben wollen? Bestimmt würde er sie nicht nur für ein paar Amulette und Schmuck zerstören? Ich würde Lady Agnes danach fragen müssen.

Der große, hohe Saal, in dem wir am Vorabend gegessen hatten, war leer, doch der Duft von Toast, Speck und Kaffee drang aus dem nahegelegenen Frühstücksraum. Anders als der viktorianische Speisesaal mit seiner rubinroten Damast-Wandverkleidung war der Frühstücksraum mit Sheraton-Möbeln ausgestattet und in hellem Creme gestrichen. Ein einzelner zarter Kronleuchter hing von einem neoklassizistischen Deckenmedaillon, und über der Anrichte hingen zwei große Ölgemälde – Meeresszenen mit heftigen Stürmen. Auf dem Tisch verteilt standen Schalen mit Chrysanthemen in Herbstfarben.

Boggs, jetzt in seinem Jackett und mit perfekt gescheiteltem Haar, stellte eine Kaffeekanne auf die Anrichte. „Guten Morgen, Boggs", sagte ich und belud meinen

Teller. Die Morgenpost war mit einem Brief von Essie angekommen, und ich las ihn beim Essen. Essie war begeistert von mir zu hören und hatte Zeit, sich mit mir zu treffen. Sie würde mittags im Lyons Corner House in der Nähe des Piccadilly Circus sein.

Ich war gerade dabei, mein Ei und Toast aufzuessen, als Lady Agnes hereinkam. „Ah, guten Morgen, Miss Belgrave. Haben Sie nach unserer Störung am frühen Morgen noch etwas Schlaf gefunden?"

„Nein, ich habe es nicht einmal versucht."

Lady Agnes füllte ihren Teller und setzte sich mir gegenüber an den Tisch. „Ich auch nicht. Ich war zu aufgebracht."

Boggs nahm seinen Platz unter einem der stürmischen Gemälde ein, nachdem er Lady Agnes Kaffee serviert hatte, und ich hielt meine Stimme leise, damit er nicht mithören konnte. „Glauben Sie, dass der Diebstahl mit dem Tod Ihres Onkels zusammenhängt?"

Lady Agnes senkte ihre Gabel auf ihren Teller. „Ich war so wütend über das, was passiert ist, dass ich das nicht einmal bedacht habe." Einen Moment lang starrte sie auf das Blumenarrangement der bronzefarbenen Chrysanthemen. „Ich glaube nicht, dass die beiden Dinge zusammenhängen, aber ich könnte mich irren."

„Es scheint ein bisschen seltsam, dass Sie einen Einbruch haben, und die einzigen Dinge, die gestohlen wurden, Gegenstände aus dem Inneren eines Sarkophags waren. Ich nehme an, es gibt noch wertvollere Gegenstände in der großen Galerie?"

„Zweifellos."

„Haben Sie andere Einbrüche gehabt?"

„Nein. Nie."

„Glauben Sie … der Mann, von dem Sie sagten, dass er

an Ihrer Sammlung interessiert ist – Mr. Dennett, nicht wahr? – könnte er etwas mit dem Einbruch zu tun haben?"

„Mr. Dennett?" Lady Agnes schüttelte sofort den Kopf. „Nein, für so etwas ist er viel zu etepetete."

„Und ich nehme an, er hätte lieber die ganze Mumie, nicht nur die Amulette und den Schmuck?"

Lady Agnes schüttelte den Kopf und sprach langsamer. „Nein, die Mumien selbst sind ihm egal. Ich habe keinen Zweifel, dass Mr. Dennett, wenn er die Zozar-Mumie erwerben würde, die Bandagen so schnell wie möglich abnehmen lassen würde, um an die Grabbeigaben zu gelangen." Sie nahm ihre Gabel. „Lassen Sie uns sehen, was die Fingerabdrücke sagen. Ich möchte nicht, dass Sie von Onkel Lawrence' Tod abgelenkt werden."

„Sie haben Recht. Ich möchte mit allen sprechen, die am Abend vor dem Tod Ihres Onkels an der Dinnerparty teilgenommen haben. Da ich bereits mit Ihrem Schwager und Ihrer Schwägerin gesprochen habe, werde ich mich heute Morgen mit Mr. Nunn befassen."

„Ausgezeichneter Plan, nur dass Mr. Nunn heute Morgen ein Meeting hat, also ist er nicht verfügbar."

„Dann fange ich mit dem Kammerdiener Ihres Onkels an."

„Genau mein Gedanke." Lady Agnes strich Marmelade auf ihren Toast. „Ich habe Hodges eine Nachricht geschrieben und gestern nach unserem Gespräch geschickt. Ich nahm an, Sie würden mit ihm reden wollen. Ich wollte, dass er weiß, dass Sie meinen Segen haben, mit ihm zu sprechen. Ich gebe Ihnen seine Anschrift, dann können Sie ihn heute Morgen besuchen."

„Danke, das werde ich." Obwohl es genau der Plan war, den ich zu verwirklichen gehofft hatte, fühlte ich mich ein wenig ausmanövriert, weil Lady Agnes meine

Schritte bereits vorausgesehen hatte. Führte ich diese Untersuchung durch oder war sie es?

～

Ich wickelte mich in meinen Mantel, nahm meine Handschuhe und ging zur Haustür hinaus, da Boggs immer noch im Frühstückszimmer beschäftigt war. In der Eingangshalle war kein Lakai im Dienst, doch das war nicht verwunderlich. Seit dem Krieg hatte auch die gehobene Gesellschaft weniger Personal, teils zwangsläufig – es waren schließlich viele Männer gestorben –, doch auch, weil weniger Leute als Hausangestellte arbeiten wollten.

Ich machte mich zu Fuß auf den Weg, denn der Himmel war nicht bewölkt. Pfützen standen im Gras, und ich blieb auf dem Weg durch den Hyde Park. Die Blätter, die bereits gefallen waren, klebten nass und traurig braun am Boden, doch die, die an den Bäumen verblieben waren, loderten in Schattierungen von poliertem Kupfer, leuchtendem Gold und tiefem Rostrot.

Hodges lebte in einer modernen Wohnung mit Hotelservice in einer Gegend nicht weit von meinem Haus entfernt. Die Adresse meiner Unterkunft könnte man, wenn man es optimistisch interpretierte, als am Rande von Belgravia gelegen beschreiben. Hodges' Wohngegend war eine Stufe höher als meine. Seine Wohnung lag *in* Belgravia.

Der Portier war nicht im Dienst, und ich fuhr gleich mit dem Fahrstuhl hinauf zu der Wohnung im vierten Stock. Auf mein Klopfen hin öffnete ein Mann Ende sechzig die Tür. Er hatte dunkle Augen unter dicken Brauen und sah mich vorsichtig an.

„Mr. Hodges? Ich bin Olive Belgrave. Lady Agnes hat

Ihnen eine Nachricht geschickt, dass ich Sie besuchen komme."

„Ja, die habe ich bekommen. Möchten Sie nicht reinkommen?" Während seine Worte korrekt und einladend waren, war sein Benehmen steif. Offensichtlich hatte er mich nur eingeladen, weil Lady Agnes ihn darum gebeten hatte und es von ihm erwartete. Hätte er die Wahl gehabt, hätte er mir die Tür gar nicht erst geöffnet.

Lionel Hodges war ein distinguierter Mann mit graumeliertem Haar, das er von seinen Geheimratsecken zurückgekämmt trug. Er war makellos gekleidet, von seiner perfekt geknoteten Krawatte und dem dunkelgrauen Anzug bis hin zu seinen polierten Schuhen. Sein Kleidungsstandard war seit dem Ende seiner Arbeit als Kammerdiener sicherlich nicht abgefallen.

Ich trat in den Flur. Er war so eng, dass ich ein paar Schritte gehen musste, damit er die Tür schließen konnte. Am Ende des kurzen Ganges lagen zwei Türen. Er deutete auf die Tür links. „Bitte kommen Sie ins Wohnzimmer. Darf ich Ihnen eine Tasse Tee anbieten? Ich habe gerade eine Kanne für Mutter und mich gemacht."

„Oh", sagte ich. Lady Agnes hatte seine Mutter nicht erwähnt. Vielleicht war seine Mutter zu Besuch? „Ja, das wäre sehr nett."

Er begleitete mich in den Raum, ein kleines, aber gemütlich eingerichtetes Zimmer mit einer Mischung aus modernen, stromlinienförmigen und schweren viktorianischen Möbeln. Eine alte Dame mit weißem Haar, so dünn und flauschig wie der Flaum um einen Löwenzahn, saß in einem Schaukelstuhl am Fenster. Sie sah von ihrem Gestrick auf, als ich den Raum hinter Hodges betrat.

„Mutter, das ist Miss Belgrave", sagte er. „Sie ist zu Besuch."

Sie lächelte, während sie weiter strickte. „Wie schön."
Ihr Gesichtsausdruck schien einladend zu sein, doch in
ihrem Blick war auch eine gewisse Leere. Sie senkte den
Kopf und konzentrierte sich wieder auf das Garn.

Hodges sagte: „Bitte nehmen Sie Platz. Ich bin gleich
mit dem Tee zurück."

Als ich mich auf dem samtbezogenen viktorianischen
Sofa niederließ, sagte ich zu Mrs. Hodges: „Es ist ein
schöner Herbsttag."

Mrs. Hodges' Blick wanderte zum Fenster. „Ja, das ist
es. Ich habe den Herbst immer geliebt. So viel schöner als
der Winter mit schmutzigem Schnee."

Sie wandte ihre Aufmerksamkeit wieder ihrem Stricken zu. Die Nadeln klickten in einem stetigen Rhythmus
zum Knarren des Schaukelstuhls.

„Das ist ein wunderschönes blaues Garn", sagte ich.

„Blau. Blau ist meine Lieblingsfarbe", sagte sie, ohne
den Blick von ihrer Arbeit zu lösen. Ich hatte gedacht, sie
würde einen Schal stricken, doch sie rutschte auf ihrem
Stuhl herum, und ich sah, dass das Gestrick von ihrem
Schoß an der Stuhlkante herunterfloss und sich zu ihren
Füssen sammelte. Sie hielt in ihrem Schaukeln inne und
sah mich wieder an. „Mögen Sie Blau?"

Es schien, dass meine Antwort eine äußerst ernste
Angelegenheit war, also passte ich mich ihrem Ton an, als
ich antwortete. „Ja, es ist eine meiner Lieblingsfarben."

Sie schaukelte weiter. „Gut." Sie nickte kurz, und ich
hatte den Eindruck, dass ihre geistigen Fähigkeiten vielleicht eher denen eines Kindes als denen eines Erwach-
senen ähnelten.

Hodges kam mit einem Tablett mit Tee und Keksen
zurück. „Da bin ich wieder. Möchten Sie eingießen?
Mutters Hände sind nicht mehr ganz so ruhig wie früher."

„Sehr gern."

Hodges nahm die Teetasse, die ich seiner Mutter einschenkte, fügte Sahne und Zucker hinzu und legte einen Keks auf die Untertasse. Er stellte sie auf einen Tisch in der Nähe von Mrs. Hodges. „Hier ist der Tee, den du wolltest, Mutter."

„Tee?"

„Ja. Erinnerst du dich? Du hast vor einer Weile darum gebeten." Mrs. Hodges antwortete nicht. Sie biss ein Stück Keks ab und trank ein paar Schluck Tee. Mr. Hodges nahm seine eigene Tasse und setzte sich mir gegenüber auf einen Stuhl. „Ich nehme an, Sie sind hier, weil Sie wissen möchten, ob ich Lord Mulvern ermordet habe."

Mein Blick wanderte zu Hodges Mutter. Sie hatte ihren Tee abgestellt und sich wieder ihrem Garn zurückgewandt. Das Knarren ihres Schaukelstuhls und das Klappern ihrer Nadeln wurden nicht unterbrochen.

Hodges sagte: „Machen Sie sich nichts aus Mutter. Sie ist ... in ihrer eigenen Welt und weiß nicht, was um sie herum vor sich geht. Sie können frei sprechen. Lady Agnes sagte, Sie hätten Fragen. Ich bin bereit, alles zu beantworten, was Sie mich fragen."

Ich war überrascht, dass Hodges so direkt war. Ich beschloss, genauso und vielleicht noch bisschen direkter zu sein. „Haben Sie? Lord Mulvern getötet, meine ich?"

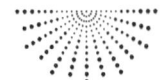

eine unverschämte Frage musste bei Hodges den richtigen Ton getroffen haben. Er schenkte mir ein kleines Lächeln, und seine Schultern entspannten sich. „Nein, ich habe Lord Mulvern nicht getötet", sagte er freundlich. „Ich habe Lord Mulvern sehr geschätzt – ich hielt ihn sogar für einen Freund. Und wenn ich ihn wirklich hätte loswerden wollen, gab es viele Möglichkeiten für mich, das zu tun, ohne mich selbst zu implizieren."

„Wie zum Beispiel?", fragte ich. Es war offensichtlich etwas, worüber er nachgedacht hatte.

„Ein Ausrutscher in der Badewanne kann tödlich sein." Dann deutete er auf seinen Hals. „Auch ein Zucken der Hand beim Rasieren ist ziemlich gefährlich."

Was er sagte, war wahr. Rasiermesser konnten tödlich sein. Eine Bewegung der Hand und kräftiger Druck können einiges an Schaden anrichten und vielleicht sogar tödliche Folgen haben. Jemanden in einer Wanne zu ertränken war eine weitere bekannte Mordmethode. Alle

Zeitungsartikel über George Smith hatten genau erklärt, wie er seine Frauen in der Badewanne ermordet hatte.

Hodges schlug ein Bein über das andere. „Ich versichere Ihnen, wenn ich Lord Mulvern töten wollte, hätte ich mir sicherlich ein solides Alibi geschaffen."

„Das klingt unglaublich vernünftig, doch da ist immer noch die Tatsache, dass Sie viel Geld geerbt haben." Ich ließ meinen Blick durch den Raum schweifen. „Genug, um eine sehr komfortable moderne Wohnung zu kaufen."

Hodges sah seine Mutter an und dann wieder mich. „Meine Mutter ist nicht ganz ... richtig im Kopf. Vor einigen Jahren wurde klar, dass sie Pflege und Aufsicht brauchen würde – ständige Pflege. Ich bin zu Lord Mulvern gegangen, bereit, meine Anstellung aufzugeben, doch er hat mir eine andere Lösung angeboten." Hodges zögerte und sagte dann: „Das ist streng vertraulich. Ich erzähle es Ihnen nur, weil Lady Agnes Sie gebeten hat, den Tod von Lord Mulvern zu untersuchen. Wenn Sie genau wissen, was passiert ist, wird es Lady Agnes vielleicht helfen, es zu verstehen. Ich habe Mulvern House kurz nach der Verlesung des Testaments verlassen und war mir nicht bewusst, wie groß Lady Agnes' Sorge über den Tod ihres Onkels war."

„Also hatte Lord Mulvern mit Ihnen eine Art Pensionsvereinbarung getroffen?", fragte ich, um ihn zum Thema zurückzulenken.

„Ja. Wir haben sie im letzten Sommer vereinbart. Ich würde bis Ende dieses Jahres weiterarbeiten, um ihm Zeit zu geben, meinen Ersatz zu finden. Im Januar, wenn ich aus dem Dienst ausgeschieden wäre, hätte Lord Mulvern eine – äh – beträchtliche Summe an mich gezahlt, genug, um diese Wohnung zu kaufen. Und dann sollte ich auch noch eine Rente bekommen."

„Das war ziemlich großzügig von ihm."

„Das war es." Hodges untersuchte den Stoff seiner Hose. „Ich glaube, Lord Mulvern hat mich auch als – nun ja, man könnte sagen, einen Freund betrachtet."

„Sie waren zusammen im Krieg?"

„Ja." Er sagte nur das eine Wort, doch es sprach Bände. Wenn ich Geld übriggehabt hätte, hätte ich alles darauf gesetzt, dass Hodges Lord Mulverns Offiziersbursche gewesen war. Ich wusste nicht allzu viel über das Leben der Soldaten während des Weltkrieges, doch die Kamerad-schaft, die sich während des Krieges entwickelt hatte, musste zu einer starken Bindung zwischen den beiden Männern geführt haben.

„Es war großzügig. Überaus großzügig. Das war einer der Gründe, warum er auf Geheimhaltung bestand."

„Lord Mulvern wollte nicht, dass Sie darüber mit dem Rest des Haushalts sprachen?"

„Nein, er hatte befürchtet, dass es Probleme geben könnte."

Das konnte ich mir vorstellen. Wenn Lord Mulvern beschlossen hatte, sich einem Diener, der ihm besonders nahestand, gegenüber großzügig zu erweisen, doch nicht die Absicht hatte, das zum Maßstab für jeden seiner Diener zu machen, konnte ich verstehen, warum er es vorzog, dass Hodges darüber Stillschweigen wahrte.

Hodges beugte sich zu mir vor und stützte seinen Ellbogen auf die Stuhllehne. „Es würde keinen Sinn erge-ben, Lord Mulvern zu töten. Was hätte es mir eingebracht, ihn zu töten, wenn ich ein paar Monate später genau dieselben Leistungen bekommen hätte?"

„Und die Polizei wusste von diesem Vermächtnis?" Hodges' Gesicht verzog sich zu einem düsteren Ausdruck.

„Detective Inspector Thorn hat mit den Anwälten

gesprochen, als die Ermittlungen eingeleitet wurden, doch dann wurde entschieden, dass Lord Mulvern sich das Leben genommen hatte, und damit war es vorbei."

Ich stelle meine leere Teetasse auf den Tisch. „Mr. Hodges, Lady Agnes ist überzeugt, dass sich ihr Onkel nicht das Leben genommen hat. Sie hat mich gebeten, die Wahrheit über seinen Tod herauszufinden. Werden Sie mir helfen? Was denken Sie über seinen Tod?"

Hodges' hohe Stirn legte sich in Falten, als er den Kopf schüttelte. „Ich habe es auch nie geglaubt. Doch wer bin ich schon, die Schlussfolgerungen der Polizei in Frage zu stellen? Lady Agnes jedoch, sie hat Einfluss." Ein sanftes Lächeln umspielte seine Lippen. „Wenn jemand Lord Mulverns Tod auf den Grund gehen kann, dann sie."

„Würden Sie mir erzählen, was an diesem Abend passiert ist?" „Natürlich." Er setzte sich aufrechter, und ich hatte das Gefühl, er stellte sich vor, im Zeugenstand zu sein. „Es war ein ganz normaler Abend. Lord Mulvern hatte Gäste zum Essen eingeladen. Als er hinunter in den Salon gegangen war, räumte ich die Kleider weg, die er zuvor getragen hatte. Ich bürstete seine Jacke und putzte seine Schuhe. Dann füllte ich den Krug mit Wasser aus dem Wasserhahn im Badezimmer am Ende des Flurs, stellte ein Glas bereit und goss wie immer Wasser hinein. Danach ging ich nach unten, um die sauberen Taschentücher zu holen, die das Dienstmädchen früher am Tag vergessen hatte, nach oben zu bringen. Ich räumte die Taschentücher weg und verbrachte den Rest des Abends in der Küche, bis Lord Mulvern rief. Ich ging nach oben und half ihm, seine Abendgarderobe auszuziehen."

„Und wie hat er sich verhalten, als Sie ihn nach dem Essen gesehen haben?"

„Wie immer. Er war kein fröhlicher oder lebhafter

Mann. Seine Persönlichkeit war zurückhaltender, doch er war ziemlich zufrieden, dachte ich. Er wirkte weder verärgert noch deprimiert. Ich habe ihn gefragt, ob es ein guter Abend gewesen sei. Er antwortete, er sei gut verlaufen. Er sagte mir, dass er am nächsten Tag seinen braunen Anzug tragen würde, und ich antwortete: ‚Sehr wohl, Sir.' Dann habe ich ihm eine gute Nacht gewünscht und bin gegangen." Hodges hielt inne, sein Stirnrunzeln tiefer.

„Und was ist am Morgen passiert?", fragte ich.

„Ich kam mit seinem Morgentee ins Zimmer, wie ich es immer getan habe. Er war normalerweise wach, aber nicht immer, daher war ich nicht allzu überrascht, dass das Zimmer noch dunkel war. Ich stellte das Tablett auf den Tisch und ging dann, um die Vorhänge zu öffnen. Lord Mulvern sagte dabei normalerweise so etwas wie „Guten Morgen" oder kommentierte das Wetter, doch an diesem Morgen sagte er nichts. Als ich zum Bett ging, merkte ich, dass etwas nicht stimmte."

„Haben Sie geglaubt, dass er vielleicht krank war?"

„Oh nein. Ich wusste von dem Moment, als ich ihn ansah, dass er tot war. Er atmete nicht. Seine Haut war so weiß wie das Porzellan in der Badewanne, und sein Mund stand offen." Hodges räusperte sich. „Ich bin sofort gegangen und habe Mr. Gilbert geweckt."

„Und er war in seinem Zimmer? Gilbert, meine ich?"

„Ja. Nun, in seiner Ankleide. Er und seine Frau hatten in der Nacht zuvor eine Auseinandersetzung." Missbilligung schlich sich in Hodges Ton ein, als er Nora erwähnte. „Mr. Gilbert schläft nach einem ihrer Wortgefechte immer in der Ankleide."

„Ich nehme an, dass ein Streit zwischen ihnen nichts Ungewöhnliches ist?"

„Nein, sie haben sich andauernd gestritten. Meistens

um Geld." Er verstummte plötzlich und rutschte auf seinem Stuhl herum. Offensichtlich war ihm bewusst geworden, dass er von der Familie sprach, die ihm eine so großzügige Pension gegeben hatte.

„Mr. Hodges", sagte ich, „ich weiß, dass es recht schmutzig erscheint, über diese Dinge zu reden, doch ich muss alles wissen, was bis zu Lord Mulverns Tod passiert ist. Selbst das kleinste Detail kann einen Unterschied machen." Ich hatte gelernt, dass das, was zunächst unbedeutend erschien, tatsächlich von größter Bedeutung sein konnte.

Hodges stieß einen Seufzer aus. „Ja, es muss wohl sein. Ich weiß, dass sie an diesem Abend über Geld gestritten haben. Mrs. Nora – Viscountess Clifton, die sie damals noch war – hatte versucht, Lord Mulvern zu überreden, eine Wohnung für sie und Mr. Gilbert zu kaufen, doch Lord Mulvern hat es abgelehnt."

„Eine eigene Wohnung? Aber Mulvern House ist so groß und luxuriös." Es war schwer vorstellbar, dass ein frischverheiratetes Paar mehr Platz brauchte. In einem so prächtigen Stadthaus konnten sie doch sicher ganz bequem leben.

„Oh ja. Sie war entschlossen, eine eigene Wohnung zu haben. Doch Lord Mulvern war ebenso entschlossen, ihnen keine zu kaufen. Er sagte, wenn Mr. Gilbert eine eigene Wohnung haben wollte, könnte Mr. Gilbert sich eine Anstellung suchen. Doch Mr. Gilbert wollte keine eigene Wohnung. Er war vollkommen zufrieden damit, in Mulvern House zu leben."

„Gilbert bekam keine finanziellen Zuwendungen und hatte kein eigenes Einkommen?", fragte ich. Viele meiner Freunde arbeiteten nicht, doch sie hatten viel Geld, entweder von den Eltern oder aus Erbschaften.

„Lord Mulvern hat Mr. Gilbert eine großzügige Zuwendung gewährt, doch Mr. Gilbert ist verschwenderisch. Und dann, nachdem er geheiratet hatte – na ja, da haben sie die Zuwendungen jedes Quartals doppelt so schnell verbraucht."

„Hmm", murmelte ich und wollte später darüber nachdenken. Ich wollte nicht zu weit von dem Thema abschweifen, über das wir gesprochen hatten.

„Zurück zu dem Morgen, an dem Sie erfahren haben, dass Lord Mulvern ... gestorben war. Ist Nora da auch in sein Zimmer gekommen?"

„Nein, sie war im Schlafzimmer neben dem Ankleidezimmer, in dem Mr. Gilbert geschlafen hat. Die Tür zwischen den beiden Zimmern war geschlossen, darum gehe ich davon aus, dass sie nicht gehört hat, als ich Mr. Gilbert gerufen habe. Gute, dicke Türen in Mulvern House, wissen Sie. Wir haben die Polizei und den Arzt gerufen."

„Und den Abschiedsbrief? Haben Sie ihn gesehen?"

„Nicht, bis Lady Agnes ihn entdeckt hat. Mir ist er nicht aufgefallen. Als ich hereingekommen bin, war es natürlich dunkel im Zimmer, und meine Aufmerksamkeit war auf das Bett gerichtet, nicht auf den Schreibtisch."

„Natürlich. Und was halten Sie von diesem Brief?"

„Kein großer Abschied von seiner Familie, dachte ich, wenn Sie die Wahrheit wissen wollen."

„Ganz meine Meinung."

„Ich habe das alles der Polizei erzählt."

„Da bin ich mir sicher. Ich weiß es zu schätzen, dass Sie es noch einmal mit mir durchgehen. Es ist hilfreich, die Eindrücke jedes Einzelnen aus erster Hand zu hören. Sonst noch etwas, das erwähnenswert wäre?"

Er schien kurz davor zu sein, etwas zu sagen, lehnte sich dann jedoch zurück.

„Irgendetwas? Ein winziges Detail, vielleicht etwas, das Ihnen zwischen damals und heute bewusst geworden ist?"

„Ich bin mir nicht einmal sicher, ob es stimmt", sagte er langsam. „Der Verstand ist ein seltsames Ding, und manchmal spielt er uns einen Streich." Er warf einen Blick auf seine Mutter, deren Schal seit meiner Ankunft um einige Zentimeter gewachsen war. „Ich bin mir nicht sicher – ich bin mir überhaupt nicht sicher –, doch als ich mit den sauberen Taschentüchern zurückgekommen bin und den Raum betreten habe, hatte ich den Eindruck, dass der Duft eines Damenparfüms in der Luft lag. Ich habe mich nicht daran erinnert, bis ich Wochen später bei Selfridges war. Ich ging an der Theke mit den Düften vorbei, und es fiel mir wieder ein. Als die Polizei mich befragt hat, habe ich überhaupt nicht daran gedacht."

„Können Sie den Duft beschreiben?"

„Maiglöckchen."

KAPITEL ZWÖLF

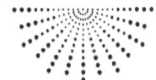

*A*ls ich mich auf den Weg zum Piccadilly Circus machte, um Essie zu treffen, dachte ich darüber nach, was Hodges mir erzählt hatte.

Er könnte das Detail über den Maiglöckchenduft in Lord Mulverns Zimmer erfunden haben, doch Nora war ausweichend gewesen, als ich mit ihr über die Nacht gesprochen hatte, in der Lord Mulvern gestorben war. Doch war Nora so gierig, dass sie Lord Mulvern töten würde? Sein Tod bedeutete, dass Gilbert erbte. Eine Wohnung wäre jetzt im Rahmen von Gilberts finanziellen Möglichkeiten. Warum lebten Gilbert und Nora weiter in Mulvern House? Vielleicht war Nora als Hausherrin jetzt mit ihrer Situation zufrieden und wollte nicht mehr umziehen?

Nach kurzer Überlegung wischte ich diesen Gedanken beiseite. Nora schien sich nicht im Geringsten für die Pflichten der Herrin von Mulvern House zu interessieren. Sie hatte sich nur daran erinnert, das Abendmenü genehmigt zu haben, als Lady Agnes sie darauf hingewiesen hatte, und die Dienerschaft erwartete weiter Anweisungen von Lady Agnes. Es war nicht die soziale Position, die Nora gewollt hatte, was für Nora nur einen Grund übrigließ, ihren Schwiegervater töten zu wollen – das Geld, das Gilbert erben würde.

Ich war so in Gedanken versunken, dass ich beinahe am Lyons Corner House vorbeigelaufen wäre, doch ich erwachte aus meinen Träumereien und eilte durch die Lebensmittelabteilung im Erdgeschoss, ohne einen Blick auf das Gebäck, die Pralinen, den Käse, den Wein und die Blumen zu werfen und ging nach oben in das überfüllte Restaurant. Essie trug immer auffällige Hüte, sodass sie leicht zu finden war. Ein kurzer Blick, und ich hatte sie entdeckt. In der Vergangenheit hatte sie breitkrempige Dreispitzhüte bevorzugt, doch anscheinend hatte sie sich mit dem Glockenhut angefreundet. Sie trug einen grau-schwarzen Filzhut, der mich an ein Rohr erinnerte und der ihre Nase fast bedeckte, doch ich konnte immer noch ihre rosa Wangen und ihr rundes Gesicht sehen. Ich trug auch einen Glockenhut, doch meiner war bescheidener und bedeckte nur meine Stirn und meine Ohren.

Ich kam an ihren Tisch und bückte mich, um unter die Krempe zu spähen. „Essie, bist du das in diesem Abflussrohr?"

„Du bist zu witzig, Olive", sagte Essie und nahm meinen Kommentar als den Witz, der er sein sollte. „Das ist die neuste Mode. Du wirst nächste Woche auch einen haben, das versichere ich dir."

„Das bezweifle ich." Ich zog einen Stuhl heraus. „Ich könnte mir zum einen keinen leisten."

„Wirklich? Trotz deiner jüngsten Erfolge?"

„Miete, Darling. Du weißt, wie das ist."

„Und Essen – die Preise sind einfach unverschämt",

sagte Essie und bestellte dann das Vier-Gänge-Mittagessen.

Ich bestellte dasselbe, fügte jedoch noch ein Stück Kuchen hinzu. Ein Mädchen konnte nie genug Kuchen haben. Einen neuen Hut konnte ich mir vielleicht nicht leisten, doch ich konnte mir ein Stück Schokoladenkuchen leisten.

Essie holte ein Notizbuch und einen Stift aus ihrer Handtasche. „Also, was hast du für mich?"

„Eine Frage."

Essie schüttelte den Kopf. „Nein, Olive. Ich stelle die Fragen."

„Später, versprochen." Ich beugte mich über den Tisch. Ich musste vorsichtig sein. Wenn ich nicht aufpasste, konnte Essie den kleinsten Klatsch aufgreifen und in eine Schlagzeile verwandeln. „Diese Artikel in *The Hullabaloo* über die Mumie – woher kommen die Informationen?"

„Keine Ahnung, und der alte Charlie Crimpton weigert sich, auch nur ein Wort darüber zu verraten, woher er die Geschichten hat." Essie klatschte ihren Stift auf den Tisch. „Es ist furchtbar nervig. All die guten Geschichten gehen an Charlie und Henry und ... na ja, all die anderen Männer. Alles, was mit Lord Mulvern zu tun hat, sollte auf die Gesellschaftsseite gehen. All diese Geschichten sollten von mir sein."

„Hmm. Bist du sicher, dass du es nicht herausfinden könntest?" Bevor sie fragen konnte warum, fuhr ich fort. „Ich habe eine Einladung zum Eröffnungsabend der ägyptischen Ausstellung, die die Mulvern-Familie im Britischen Museum ausrichtet. Wenn du herausfinden kannst, wer die Quelle ist, gebe ich dir alle Details zum Eröffnungsabend – exklusiv."

Essie neigte den Kopf zur Seite. „Wieso?"

Man konnte sich darauf verlassen, dass Essie auf den Punkt kam. „Ich kann es dir jetzt nicht erzählen, aber du wirst die Erste – und die Einzige – sein, die die ganze Geschichte kennt, sobald ich sie erzählen kann."

Essie spielte mit ihrem Stift. „Nun, du warst in der Vergangenheit ziemlich erfolgreich."

„Und ich habe dir in beiden Fällen die Geschichte gegeben. Insider-Zugang zu einer großen Geschichte – so groß, dass du danach vielleicht über Verbrechen schreiben kannst, anstatt über Gesellschaftsnachrichten."

„Dann gib mir einen Tag Zeit. Der alte Charlie wird nicht wissen, was ihn getroffen hat."

Ich ging zurück zum Mulvern House und war zuversichtlich, dass Essie es tun würde, wenn es eine Möglichkeit für sie gäbe, die Informationen aus ihrer Kollegin bei der Zeitung herauszuquetschen. Sie war unerbittlich, wenn sie einer Geschichte nachging. So wie ich es war, wenn ich auf der Suche nach der Wahrheit war, wurde mir klar. Dieser Gedanke ließ mich langsamer gehen. Ich hatte nie daran gedacht, dass ich Essie in irgendeiner Weise ähnlich sein könnte. Ich konnte zielstrebig sein, aber ich hoffte, ich war entschlossen und nicht eigensinnig.

Eigentlich hatte ich in die Seitenstraße, die an der Westseite des Hauses vorbeiführte, abbiegen und zur Haustür gehen wollen, doch ich bemerkte, dass ein Mann in Melone und braunem Anzug aus dem Dienstboteneingang kam. Ich hätte ihm wahrscheinlich keines zweiten Blickes gewürdigt, wenn er nicht stehengeblieben wäre und über die Schulter zum Haus geblickt hätte, während er die

Stufen hinaufging, eine verstohlene Bewegung, die meine Aufmerksamkeit erregte. Es war Boggs.

Er sah sich auf der Straße um. Ich war noch nicht um die Ecke, doch eine Frau mit einem Kinderwagen, die stehenblieb und die Decke zurechtzog, schirmte mich vor seinem Blick ab. Boggs wandte sich ab und machte sich in zügigem Tempo auf den Weg. Ich beobachtete ihn einen Moment lang, dann folgte ich ihm, hielt jedoch Abstand. Wenn er sich umdrehte, wäre ich nicht direkt hinter ihm. Vielleicht war es töricht, ihm zu folgen, und es würde vielleicht auch nichts bringen. Doch ich war immer jemand gewesen, der meinen Instinkten folgte, und meine Intuition sagte mir, Boggs wollte nicht, dass jemand wusste, wohin er ging. Daher ging er wahrscheinlich an einen interessanten Ort.

Boggs war nicht auf einem zufälligen Spaziergang. Sein Schritt war schnell, und er bewegte sich zielstrebig. Ich musste mich sehr beeilen, um mitzuhalten. Wir verließen die Gegend polierter Türklopfer und frisch gewischter Stufen von Mayfair. Die Straße führte allmählich in eine weniger schöne Gegend, in der er einen Laden mit schmutzigen Fenstern und abblätternder Farbe an den Fensterrahmen betrat.

Ich wechselte zu einem sehr gemächlichen Tempo und bewegte mich kaum auf dem Bürgersteig vorwärts. Ich fürchtete, dass Boggs aus der Tür und mir in den Weg springen könnte, doch die Ladentür blieb geschlossen. Ich trat näher. Es war ein Antiquitätenladen. Durch das schmutzige Glas sah ich, dass Boggs mit dem Rücken zu mir auf der anderen Seite des Ladens stand und mit einem Mann hinter einer Theke sprach. Ich atmete tief durch und öffnete die Tür.

Ein Glockenspiel läutete, als ich eintrat. Ich drehte mich

um, sodass ich den beiden Männern den Rücken zukehrte, und schloss die Tür. Ich war froh, dass ich meinen Glockenhut trug. Er verbarg nicht so viel von meinem Gesicht wie Essies Hut, doch ich machte mir keine Sorgen, dass Boggs mich sofort erkennen würde, wenn er zufällig einen Blick auf mich werfen würde. Ich schlenderte zur anderen Seite des Ladens und beugte mich über eine Glasvitrine mit den Taschenuhren. Das Gespräch zwischen den beiden Männern ging weiter, doch nicht laut genug, um ihre Worte zu hören. Ich ging langsam durch den Laden und blieb stehen, um ein silbernes Teeservice zu bewundern.

Ein hölzerner ägyptischer Sarkophag, der hinten an die Wand gelehnt war, stach mir ins Auge. Ich ging tiefer in den Laden hinein und schlängelte mich durch Tische mit Lampen, Musikinstrumenten, chinesischen Schatullen, Muscheln und Uhren vorbei. Ich blieb vor dem Sarkophag stehen. Die zinnoberrote, goldene und lapisblaue Dekoration fiel mir selbst im schwachen Licht im hinteren Teil des Ladens auf. Jetzt, wo ich näher war, wurden die Stimmen der Männer deutlich.

"... hast du heute für mich, alter Mann?", fragte der Mann auf der anderen Seite des Tresens, wobei er die letzten beiden Worte spöttisch betonte.

Ich riskierte einen Blick über die Schulter. Boggs stand immer noch mit dem Rücken zu mir, doch ich konnte das Gesicht des Mannes auf der anderen Seite der Theke sehen. Er war jünger als Boggs, wahrscheinlich Mitte dreißig, und trug einen Anzug mit einer auffälligen gelben Weste.

„Heute habe ich nichts für dich", sagte Boggs, „außer einer Warnung. Wenn du irgendwas mit dem Einbruch in Mulvern House zu tun hattest, wirst du es bereuen."

Ich war fassungslos über die Schärfe in Boggs' Stimme. Seine geschliffene Ausdrucksweise war verschwunden, und sein Ton war aggressiv.

Der andere Mann lachte, ein atemloses Keuchen, das nicht gesund klang. „Einbruch? Ihr seid also ausgeraubt worden, was?"

„Wisst du damit sagen, dass du nichts damit zu tun hast?"

„Natürlich nicht." Das raue Lachen des Mannes verstummte. „Ich lasse mich nicht auf solche Dummheiten ein. Du vergisst, dass ich jetzt ein aufrechter Geschäftsmann bin."

Ich drehte mich um, um mir die Waren neben der Mumie anzusehen. Ich erschrak, als mir klar wurde, dass die ausgestellten Stücke Teile von Mumien waren. Kleine Anhänger identifizierten die Bündel als *Mumienhand* und *Mumienfuß*. Es gab sogar ein paar mumifizierte Köpfe. Mein Magen drehte sich, und ich wandte mich ab. Wie seltsam – und respektlos – eine Mumie zu zerstückeln. Wer würde so etwas tun?

Der Ladenbesitzer hob seine Stimme. „Suchen Sie etwas Bestimmtes, Miss?"

Ich verstellte meine Stimme und hielt mein Gesicht von den Männern abgewandt, als ich antwortete: „Nein, ich bin nur zum Stöbern hereingekommen." Ich ging ein paar Schritte zurück in Richtung Ladentür.

Der Besitzer senkte die Stimme und wandte sich wieder Boggs zu. „Ich habe Kundschaft. Verzieh dich."

Ich neigte den Kopf und beobachtete die beiden Männer aus dem Augenwinkel. „Wenn du etwas von diesem Einbruch hörst", sagte Boggs und stach dann seinen Finger in die Brust des anderen Mannes, während er die letzten vier Worte sprach, „lass es mich wissen."

Der andere Mann schlug seine Hand weg. „Oh, du willst ihre Sachen also wiederhaben – auch wenn du sie kaufen müsstest?"

„Meld dich einfach, wenn du was hörst." Boggs drehte sich um, und ich duckte mich und tat so, als würde ich eine Büste von Caligula untersuchen. Boggs rauschte an mir vorbei. Das Glockenspiel klingelte, und die Tür knallte ins Schloss.

Ich konnte spüren, wie sich der Ladenbesitzer in meine Richtung bewegte, und sagte wieder mit hoher Stimme. „Schöne Sachen haben Sie hier, aber ich fürchte, ich habe einen Termin." Ich ging zur Tür, bevor der Mann mein Gesicht sehen konnte.

Die Glocken läuteten, als ich hinausging und mich umsah. Boggs ging in seinem unerbittlichen Tempo in die Richtung zurück, aus der er gekommen war. Erst als ich mich vom Laden abwandte, bemerkte ich den goldenen Schriftzug auf dem Schaufenster. *Antiquitäten, Schmuck und andere feine Waren. S. Boggs, Inhaber.*

KAPITEL DREIZEHN

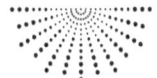

*I*ch folgte Boggs zurück nach Mulvern House und hielt sicheren Abstand. Er pflügte, ohne sich umzusehen, weiter, und ich überlegte, ob ich Lady Agnes erzählen sollte, was ich gesehen hatte. Es hatte nichts mit dem Tod ihres Onkels zu tun ... oder? Und wenn ihr Butler vielleicht der Großvater oder ein älterer Onkel des Besitzers eines Antiquitätenladens war, bedeutete das nicht unbedingt, dass Boggs am Diebstahl der Antiquitäten beteiligt war. Ich würde keine unbegründeten Anschuldigungen über Boggs anstellen, doch ich konnte Lady Agnes wissen lassen, dass sie die Referenzen ihres Butlers überprüfen sollte.

Ich war ein paar Blocks von der Abzweigung entfernt, die mich nach Mulvern House bringen würde, als ein Zeitungsjunge rief: „Der Fluch schlägt wieder zu! Der Fluch der Mumie ist echt! Der Fluch geht weiter!"

Ich ging schneller auf den Zeitungsjungen zu, während ich in meiner Handtasche nach ein paar Münzen grub. Die Geschichte war auf der Titelseite von *The Hullabaloo* und war wieder in überdimensionierten Großbuchstaben gedruckt, diesmal mit der Überschrift DER FLUCH DER MUMIE STIRBT NICHT.

Der Artikel fasste den Kern der Ereignisse der letzten Nacht – den Diebstahl der Amulette aus den Bandagen der Mumie – zusammen, doch er war mit erfundenen Details über Stöhnlaute und geisterhafte Erscheinungen ausgeschmückt, die für eine viel unterhaltsamere Lektüre sorgten. Ein kleines Foto einer Mumie begleitete den Artikel, doch es musste von anderswoher stammen. Es sah nicht aus wie die Szene vom Vorabend.

Ich faltete die Zeitung zusammen und klemmte sie unter meinen Arm, als ich durch das Tor von Mulvern House ging. Wer hatte diese Informationen an die Zeitungen weitergegeben? Ein Hausangesteller? Vielleicht jemand von der Polizei? Jemand aus der Familie? Ich hoffte, Essie würde es herausfinden. Ich konnte nicht erklären, warum, doch ich hatte das Gefühl, dass die Informationen, die der Zeitung zugespielt worden waren, und der Einbruch mit Lord Mulverns Tod zusammenhingen.

Ein Diener öffnete die Tür. Als ich eintrat, sagte ich: „Guten Tag. Wo ist Boggs?"

„Er hat den Nachmittag frei, Miss."

„Danke."

„Er sollte in Kürze zurück sein, falls Sie ihn brauchen."

Ich überließ ihm meinen Mantel und zog meine Handschuhe aus, als ich nach oben ging. Auf dem Weg begegnete ich Nora und einer anderen Frau, die die Treppe herunterkamen. Wir blieben auf dem Treppenabsatz stehen, wo sich die Treppe teilte, und Nora wedelte träge mit der Hand, stellte mich ihrer Freundin Dorothy Gill vor und sagte: „Miss Belgrave ist ein paar Tage bei uns zu Besuch."

Dorothy ergriff meine Hand und schüttelte sie. „Es ist mir eine Freude, Sie kennenzulernen, Miss Belgrave." Sie sprühte vor Begeisterung von ihren großen braunen Augen bis hin zu den Locken, die auf beiden Seiten ihres Gesichts hüpften. Sie erinnerte mich an einen Welpen, der nach einem Ball sucht, den er jagen konnte, voller grenzenloser, ungerichteter Energie. „Ich kann Ihnen gar nicht sagen, wie sehr ich Sie bewundere." Sie legte eine Hand auf ihre flache Brust. „Ich kann mir nicht vorstellen, hier über Nacht zu bleiben – nicht mit einer Mumie, die im Haus spukt." Sie schauderte – vor Begeisterung, dachte ich – und ergriff Noras Unterarm. „Natürlich würde ich das für dich tun, Nora. Ich bin sicher, es wäre furchtbar beängstigend, doch ich würde bleiben, wenn du es wolltest", sagte sie mit einem Flehen in der Stimme.

„Das ist alles Unsinn, Dorothy. Da muss man nicht so dramatisch sein." Noras Antwort war wie ein Eimer kaltes Wasser.

Dorothy zog ihre Hand zurück. „Oh – aber die Zeitungen … und du hast gesagt, du hättest Angst …"

Nora legte ihre Hand an Dorothys Ellbogen. „Tut mir leid, Miss Belgrave, aber wir müssen gehen, sonst verpasse ich meinen Termin bei der Schneiderin", sagte sie, während sie Dorothy die Treppe hinunterschob.

„Freut mich wirklich sehr, Sie kennengelernt zu haben, Miss Belgrave. Ich hoffe, wir können beim nächsten Mal länger plaudern", sagte sie über ihre Schulter.

„Ja, das hoffe ich auch."

In meinem Zimmer warf ich meine Handschuhe, die Zeitung und meine Handtasche auf einen Sessel. Ich nahm meinen Hut ab und suchte einen Kamm auf dem Frisiertisch. Ein weißer Umschlag mit meinem Namen lehnte am Glas des Frisiertischs. Es war schweres weißes Papier mit

SARA ROSETT

Struktur wie das Schreibpapier in meinem Schreibtisch. Ich erkannte die Handschrift nicht, die ziemlich groß und eckig war.

Ich riss den Umschlag auf und nahm ein einzelnes Blatt Papier heraus, das die gleiche Qualität wie der Umschlag hatte. Hieroglyphen standen da – Vögel, menschliche Figuren, Linien und Kreise.

Ich machte mich auf die Suche nach Lady Agnes oder Nunn. Ich nahm an, einer von ihnen könnte mir sagen, was dastand.

Lady Agnes war im Morgenzimmer. Ich zögerte an der Schwelle. Sie saß am Schreibtisch am Fenster und hielt sich den Hörer des Telefons ans Ohr. Sie sah mich und bedeutete mir, hereinzukommen. „... ja, das ist akzeptabel. Danke." Sie hängte den Hörer wieder in die Halterung, als sie sich mir zuwandte. „Hallo, Miss Belgrave. Ich kann Ihnen gar nicht sagen, wie froh ich bin, hier ein Telefon installiert zu haben. Onkel Lawrence hat sie gehasst und sich geweigert, eines in seinem Arbeitszimmer zu haben, also habe ich die Leitung stattdessen hierher verlegen lassen. Das hat mir viel Zeit gespart."

„Ich will Sie nicht stören", sagte ich.

„Unsinn. Ich bin fertig mit dem, woran ich gearbeitet habe. Kommen Sie herein. Ich bin gespannt. Haben Sie Fortschritte gemacht?"

„Möglicherweise." Heute standen weniger Kisten im Raum verstreut, und ich musste mir nicht den Weg durch das Labyrinth bahnen, um zu dem Stuhl zu gelangen, auf den sie deutete. Ich reichte ihr das Papier. „Ich habe das in meinem Zimmer gefunden. Vielleicht können Sie mir sagen, was da steht? Oder soll ich nach Mr. Nunn suchen?"

Lady Agnes schien ein wenig abgelenkt, als sie das Telefon in die hintere Ecke ihres Schreibtischs schob und eine Mappe zuklappte. Sie warf einen Blick auf das Papier, als sie es mir abnahm, dann verstummte sie. „Nein – es ist nicht nötig, Mr. Nunn zu suchen."

Ihre Stimme hatte sich verändert. Sie hatte eine Ernsthaftigkeit, die einen Moment zuvor noch nicht da gewesen war.

„Was steht da?"

Sie sah mich einen Moment lang an und schien ihre Worte abzuwägen. „Ich fürchte, es ist eine Warnung – eine ziemlich böse – von einem der Gräber."

„Oh du meine Güte. Ein Fluch?"

„Manche Leute bezeichnen sie als Flüche, doch tatsächlich sind es Warnungen. Sie folgen üblicherweise einer Formel. Wenn eine bestimmte Aktion ausgeführt wird, wird der Person, die diese Aktion ausgeführt hat, etwas Schlimmes widerfahren. Diese hier enthält nur den letzten Teil der Warnung, die Bestrafung."

„Was steht da?"

Sie zögerte erneut und sagte dann: „Es sind tatsächlich zwei Warnungen. *Ich werde seinen Hals packen wie den einer Gans.*" Sie sah mich an, um zu sehen, wie ich es aufnahm.

„Nur weiter. Was ist der Rest?"

„*Und er soll nicht mehr existieren.*" Sie rollte ihre Schultern. „Sie stammen aus völlig unterschiedlichen Dynastien. Schlampige Recherche", sagte sie, und ich glaubte, sie wollte den ziemlich düsteren Verlautbarungen eine unbeschwerte Note hinzufügen.

„Nun, das ist ausgezeichnet", sagte ich. „Und ich dachte schon, ich mache keine großen Fortschritte. Recht gruselig, aber insgesamt ein sehr gutes Zeichen."

„Wie meinen Sie das?"

„Ich dachte, ich hätte nichts Bedeutsames gefunden, doch jemand ist nervös genug, um mich zu warnen, was einen Fortschritt bedeutet."

Sie gab mir das Papier zurück. „Ich verstehe. Ich würde sagen ‚Herzlichen Glückwunsch', doch das scheint mir nicht angemessen zu sein." Sie schenkte mir ein Lächeln. „Ich begnüge mich mit ‚machen Sie weiter.'"

„Das habe ich vor. Ist Mr. Nunn jetzt zu sprechen?"

„Ich denke schon."

„Gut. Ich werde vor dem Mittagessen mit ihm reden und dann bei Rathburn vorbeischauen." Ich ging zur Tür und drehte mich noch einmal um. „Wie ist es eigentlich dazu gekommen, dass Sie Boggs eingestellt haben?"

„Er kam über unsere übliche Agentur zu uns. Wieso? Stimmt irgendetwas nicht?"

„Ich bin mir nicht sicher, aber es könnte nützlich sein, seine Referenzen noch einmal zu überprüfen."

„Sie denken –?"

„Nein. Ich habe nichts außer Vermutungen. Er war der Einzige, der kurz vor dem Tod Ihres Onkels in Ihr Haus kam. Sie haben gesagt, dass alle anderen seit Jahren hier sind. Es kann nicht schaden, Boggs noch einmal zu überprüfen."

Sie drehte ihren Stuhl zu ihrem Schreibtisch um, öffnete eine Schublade und holte eine Akte heraus. „Fredrick Boggs", las sie, „hat für die Piedmont-Schwestern in Northumberland gearbeitet, bevor er zu uns kam. Ich werde ihnen heute schreiben."

„Ich denke, das ist eine gute Idee." Ich ging zur Tür, doch sie ging auf, bevor ich sie erreichte. Boggs kam mit einem Brief auf einem Tablett herein. Er trug wieder seinen schwarzen Anzug. Er hielt mir die Tür auf, sein üblicher teilnahmsloser Blick fehlte jedoch. Stattdessen spürte ich, wie sich sein Blick in meine Schulterblätter bohrte, als ich den Raum verließ.

KAPITEL VIERZEHN

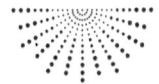

Die glatten Linien der rosa Granitstatue von Ramses II. ragten über mir auf. Nur Kopf und Schultern der Figur aus der Antike waren erhalten geblieben, und ich konnte mir nur schwer vorstellen, wie die gesamte Skulptur ausgesehen haben würde. Riesig sicher. Ich machte ein paar Schritte zur Seite, und das Klappern meiner Absätze auf dem polierten Boden hallte durch die menschenleere Ausstellungshalle im Britischen Museum.

Ich hatte den Raum gerade für mich allein. Mit Nunn hatte ich noch nicht sprechen können. Er war wieder weggegangen, also war ich zu meinem Treffen mit Rathburn gegangen. Als ich im Museum ankam, hatte ich erwartet, in einen von Büros gesäumten Korridor geführt zu werden, doch der junge Mann, der mich in Empfang genommen hatte, hatte mir gesagt, dass Rathburn sich verspätete und mich in der ägyptischen Ausstellung treffen würde. Das war vor mindestens einer Viertelstunde gewesen. Obwohl ich nicht gerne wartete, konnte ich mich über die Möglichkeit, die antiken Stücke zu besichtigen, sicherlich nicht beschweren.

Hinter mir hörte ich ein scharrendes Geräusch und drehte mich um. Obwohl sich der Mann auf der gegenüberliegenden Seite des langen Raumes befand, war Rathburns weißer Haarschopf und Bart leicht zu erkennen. Er sah aus wie ein beleibter Weihnachtsmann in einem dunklen Anzug, der um ein Podest herum watschelte, doch als er näherkam, konnte ich sehen, dass sein Gesichtsausdruck eher ungeduldig als feiertagsfroh war.

„Guten Tag, Miss Belgrave. Lady Agnes sagte, Sie hätten eine Frage an mich?"

„Eigentlich ziemlich viele. Können wir irgendwo hingehen? Vielleicht Ihr Büro?"

Rathburn holte eine Taschenuhr hervor, die an einer goldenen Kette befestigt war, die sich über seinen runden Bauch spannte. „Ich fürchte, ich habe nur noch wenige Augenblicke Zeit."

Wut machte sich in mir breit.

Er klappte die Uhr zu. „Ich höre, dass es um den verstorbenen Lord Mulvern geht."

Ich hätte mich lieber mit Rathburn irgendwo hingesetzt, doch ich würde das Beste aus der Situation machen müssen und unterdrückte meinen Ärger. „Dann komme ich gleich zur Sache. Was können Sie mir über die Dinnerparty erzählen, die Lord Mulvern am Abend vor seinem Tod veranstaltet hat?"

„Das Essen war wie immer ausgezeichnet. Im Mulvern House immer. Das Dessert war hervorragend. Ein neues Rezept, glaube ich, hat Lady Agnes gesagt."

„Nein, ich meinte, wie war die Atmosphäre bei der Dinnerparty?"

Rathburns buschige weiße Augenbrauen hoben sich. „Atmosphäre?"

„War es eine freundschaftliche Zusammenkunft? Lag Spannung in der Luft?"

„Nein, es war nur …" Er wedelte mit einer fleischigen Hand. „... ein ganz normaler Abend. Wir haben vor dem Dinner etwas getrunken, dann haben wir gegessen und anschließend im Salon Kaffee getrunken."

„Worüber haben Sie sich unterhalten?"

Er strich sich über den Bart. „Die kommende Ausstellung, glaube ich. An konkrete Details kann ich mich nicht erinnern."

„Ich verstehe."

Und das tat ich tatsächlich. Rathburn würde nichts preisgeben. Ich nahm ihm nicht einen Moment lang ab, dass er sich außer dem Essen an nichts von der Dinnerparty erinnerte.

„Hat jemand die Gruppe während des Abends verlassen?"

„Verlassen?"

Ich unterdrückte einen Seufzer, weil ich alle meine Fragen wiederholen musste. „Haben Sie bemerkt, dass jemand weggegangen ist?"

„Das kann ich nicht behaupten. Ich weiß, dass ich den ganzen Abend bei der Gruppe geblieben bin."

„Das ist interessant. Gilbert sagte, Sie waren nicht bei der Gruppe, als die Männer das Esszimmer verlassen haben und in den Salon gegangen sind."

Rathburns Wangen über seinem Bart färbten sich rötlich. „Das ist irrelevant. Ich habe das Erdgeschoss nie verlassen."

Meine Güte – mir wurde klar, dass ich ihn in Verlegenheit gebracht hatte, als er weiter stotterte. „Ich – ich … eine junge Frau wie Sie sollte sich nicht mit solchen Dingen beschäftigen." Er sah noch einmal auf seine Uhr. „Ich muss jetzt wirklich gehen. Aber bitte, genießen Sie die Ausstellung solange Sie möchten."

Er schlurfte schneller davon, als er auf mich zugekommen war. Ich blickte seiner gedrungenen Gestalt nach und fand es erstaunlich, wie er seine Neigung zu ausschweifenden Erzählungen verlor, wenn es um Lord Mulverns letzte Dinnerparty ging. Hatten die Fragen, die ich ihm beim Abendessen zu stellen versucht hatte, dazu geführt, dass er mir die Nachricht mit den hieroglyphischen Warnungen geschrieben hatte? Er war sicherlich in der Lage, eine solche Notiz zu verfassen, und da er umfangreiche Erfahrungen mit Bestechung hatte, könnte er einen der Dienstboten bezahlt haben, ihn in mein Zimmer zu legen.

Ich wollte mich gerade abwenden, als am anderen Ende der Ausstellung ein Mann mit Homburghut und grauem Anzug durch die Tür kam. Rathburn begrüßte ihn, und mir wurde klar, dass es Ernest Dennett war, der Mann, der bei Lady Agnes gewesen war, als ich sie zum ersten Mal getroffen hatte. Ich erkannte seine engstehenden Augen und seine schlanke Statur. Er verschränkte die Hände hinter dem Rücken, und Rathburn hakte die Daumen in die Westentaschen. Ohne einen Blick auf die Ausstellungsstücke zu werfen, schlenderten die beiden Männer davon, die Köpfe einander zugeneigt.

Als ich in Mulvern House ankam, stand Boggs wieder vor der Tür. Er schien mir nicht mehr Aufmerksamkeit zu schenken, als er es normalerweise tun würde, doch bei Butlern ist es schwierig, Gefühle zu erkennen.

Nachdem ich Hut, Handschuhe und Handtasche in

mein Zimmer gebracht hatte – ich war froh zu sehen, dass auf dem Frisiertisch keine neuen anonymen Nachrichten lagen – ging ich direkt zu Nunns Büro. Es grenzte an die Bibliothek und musste ursprünglich ein Lagerraum gewesen sein, da es keine Fenster gab. Aktenschränke säumten eine Wand des kleinen Raums, während raumhohe Bücherregale mit ledergebundenen Bänden den Rest des Raums ausfüllten. Nunn war über den Schreibtisch gebeugt, doch als ich an die Tür klopfte, legte er seinen Stift weg, stand auf und schob seine Brille seinen Nasenrücken empor. „Bitte kommen Sie herein, Miss Belgrave. Lady Agnes sagte mir, Sie wollten mit mir sprechen. Es tut mir leid, dass ich nicht früher zurück war."

„Schon gut, Mr. Nunn", sagte ich. „Ich bin sicher, Sie sind sehr beschäftigt." Bücher hatten meine Aufmerksamkeit schon immer angezogen, und ich überflog die Titel. Die meisten hatten einen Bezug zur Archäologie oder Ägypten.

Nunn bemerkte, dass mein Blick über die Buchrücken wanderte. Er deutete auf die Regale. „Überlauf aus der Bibliothek nebenan. Lord Mulvern – der vorherige Lord Mulvern –hat hier Bücherregale einbauen lassen, als seine Sammlung den Räumlichkeiten entwachsen war."

„Klug. Allerdings sieht es so aus, als ob Ihnen hier fast der Platz ausgegangen wäre." Nur ein paar Regalböden in der Nähe der Decke waren leer.

„Ich denke, die Anschaffung von Büchern wird sich jetzt mit dem neuen Lord Mulvern verlangsamen. Er ist kein Gelehrter."

„Was ist mit Lady Agnes? Sie teilt das Interesse ihres Onkels an Archäologie."

„Sie ist vielmehr Macherin als Leserin", sagte er und

deutete auf einen der ledernen Clubsessel vor seinem Schreibtisch.

„Ja, das kann ich mir bei ihr gut vorstellen." Ich nahm Platz. „Danke, dass Sie sich die Zeit nehmen, mit mir zu sprechen."

„Ich helfe gerne. Wenn Sie mir nur einen Moment ..." Er nahm seinen Füllfederhalter und setzte *G. Wilfred Nunn* mit einem so großen Schwung unter den Brief, den er geschrieben hatte, dass ich es von der anderen Seite des Schreibtisches aus lesen konnte. Er legte den Brief beiseite und schloss den Stift. „Lady Agnes sagt, Sie haben Fragen zu Lord Mulverns Tod?" Sein Gesicht war ausdruckslos, doch in seinem Ton lag eine gewisse Vorsicht, als er Unterlagen mit langen Spalten und ordentlichen Häkchen neben jedem aufgelisteten Gegenstand zusammenschob.

„Ja. Fangen wir mit der Dinnerparty am Abend vor Lord Mulverns Tod an. Sie waren da?"

Sah er erleichtert aus, als ich die Dinnerparty erwähnte? Ich glaubte zu sehen, dass sich sein Gesicht ein wenig entspannte, doch es war schwer zu sagen. Er hörte auf, die Papierkanten auszurichten, und legte sie beiseite. „Ja, ich esse immer mit der Familie, wenn ich hier bin."

„Führt Sie Ihre Arbeit häufig von Mulvern House weg?", fragte ich, neugierig, wie weitreichend seine Verantwortlichkeiten waren, und hoffte, dass die harmlose Frage ihn beruhigen würde.

„Ja, Lord Mulvern hat mich oft zu Treffen mit anderen Sammlern geschickt, wenn er daran interessiert war, ihre Stücke zu erwerben. Außerdem habe ich gerade eine Bestandsaufnahme auf Lord Mulverns Landgut gemacht."

„Oh, das muss eine interessante Arbeit sein."

„Faszinierend." Er warf einen Blick auf ein offenes

Bestandsbuch, das in einer Ecke des Schreibtisches lag, und schob das Papier mit den Spalten vor sich in Position.

Da er anscheinend wieder an die Arbeit gehen wollte, sagte ich: „Erzählen Sie mir bitte von der Dinnerparty an diesem Abend."

Nunn nahm einen Bleistift und rollte ihn zwischen seinen Handflächen hin und her. „Ich bin mir nicht sicher, was Sie meinen."

„Worüber wurde beim Abendessen gesprochen? Wie war die Atmosphäre?"

„Sie haben Mr. Rathburn kennengelernt und mit ihm gegessen. Es war genauso wie bei diesem Dinner." Irritation durchbrach seine ausdruckslose Fassade.

„Mr. Rathburn hat seine Geschichten erzählt?"

„So weit, dass das Einzige, worüber beim Abendessen gesprochen wurde, Mr. Rathburn war. Seine Reise nach Ägypten war an diesem Abend das einzige Gesprächsthema."

„Wie waren die Interaktionen zwischen dem Rest der Gäste?"

„Ich erinnere mich an nichts außer Mr. Rathburn, der ununterbrochen vor sich hin schwadroniert hat."

„Und nach dem Abendessen?"

„Wie immer Kaffee im Salon."

„Hat jemand das Esszimmer oder den Salon verlassen?"

„Ich glaube nicht. Zumindest –" Die sanfte Bewegung seiner Hände um den Bleistift hielt inne, doch dann setzte er sie wieder fort, während er den Kopf schüttelte. „Nein, wir waren den ganzen Abend zusammen."

„Sie sind sicher", fragte ich.

„Ja", sagte er selbstbewusst, doch sein Blick wich meinem aus.

„Um wieviel Uhr ist Mr. Rathburn gegangen?"

„Keine Ahnung. Irgendwann, nachdem wir Kaffee im Salon getrunken haben. Vielleicht gegen zehn?"

„Hat ihn jemand zur Tür begleitet?"

„Nein. Boggs hat ihn hinausgebracht."

„Sind Sie an diesem Abend in Lord Mulverns Zimmer gegangen?"

„Nein", sagte er. „Lord Mulvern wickelt Geschäftliches entweder in seinem Arbeitszimmer oder hier ab."

„Verstehe. Und am nächsten Morgen? Waren Sie da, als Hodges Alarm geschlagen hat?"

„Nein." Sein hölzerner Gesichtsausdruck entspannte sich. „Ich habe am Bahnhof einen Kurier getroffen und die Lieferung begutachtet."

Es wurde geklopft, und wir wandten uns beide der Tür zu. Ein Dienstmädchen sagte: „Bitte um Verzeihung, Sir. Miss. Da ist eine Lieferung für Lord Mulvern, und der Mann besteht darauf, dass Sie persönlich unterschreiben müssen, Mr. Nunn."

„Eine Lieferung?"

„Ja."

„Schränke", sagte er.

Der Bleistift fiel klappernd auf den Schreibtisch und rollte von der Kante. Nunn beugte sich hinunter, um ihn aufzuheben, warf ihn auf den Tisch und stand mit einer ruckartigen Bewegung auf. „Ich komme sofort."

Er drehte sich zu mir um. „Es tut mir leid, Miss Belgrave, aber ich muss mich darum kümmern. Vielleicht könnten wir die Unterhaltung später fortsetzen ...?"

„Natürlich."

Während Nunn darauf wartete, dass ich vor ihm aus dem Zimmer ging, strahlte eine nervöse Energie von ihm aus. Sobald ich durch die Tür gegangen war und mich umdrehte, sprinteten seine Schritte in die entgegengesetzte Richtung davon.

Ich ging ins Erdgeschoss und durch die Haustür hinaus, dann um das Haus herum zum Dienstboteneingang hinten. Ich blieb im Schatten des Gebäudes stehen. Ein Lastwagen mit *McAllisters Cabinetry* auf der Seite parkte vor der Tür und blockierte eine Fahrspur. Ein Mann mit Schiebermütze, Arbeitshose und einer dicken Jacke, die lose an seiner hochgewachsenen Gestalt hing, tippte vehement mit dem Finger auf ein Stück Papier. „Aber der feine Pinkel hat sie bestellt. Sie können nicht einfach die Annahme verweigern."

Nunn musste sich mit den Fingern durchs Haar gefahren sein, denn um sein Gesicht hingen widerspenstige Wellen. Er stand mit einer Hand in der Hüfte und der anderen vor dem Mund da und schüttelte den Kopf. Er ließ seine Hand sinken und zeigte auf das Papier. „Diese Bestellung ist storniert worden. Vor Wochen."

„Ich sehe hier nichts von einer Stornierung. Wir haben die Schränke auf Bestellung gefertigt. Museumsqualität. Sie können die Lieferung einer Maßanfertigung nicht ablehnen."

Ein Quietschen ertönte von der Rückseite des Lastwagens, dann kam eine große Glasvitrine in Sicht und rollte langsam auf Nunn zu. Die Vitrine wurde gedreht und enthüllte einen Arbeiter, der den Rollwagen schob, auf dem sie ruhte. „Wo wollen Sie das Ding hinhaben, Mann?"

Nunn hob beide Hände. „Nirgendwohin. Bringen Sie es zurück. Das ist falsch."

Der erste Mann wedelte mit dem Papier vor Nunns Gesicht. „Wir haben eine Lieferung, und wir werden sie abliefern."

Nunn fuhr sich wieder mit einer Hand durchs Haar

und zerzauste es nur noch mehr. „Die Bestellung wurde storniert, das sage ich Ihnen. Storniert. Und wenn überhaupt sollte das nicht hierher geliefert werden. Es sollte ins Britischen Museum gehen."

Der Mann, der den Transportwagen balancierte, streichelte den dunklen Holzschrank. „Also war das für die Ausstellung. Ich erinnere mich jetzt. Eine Spende des Gentleman."

Nunn machte eine scheuchende Bewegung. „Nein. Nichts davon passiert jetzt. Bringen Sie das zurück."

Die drei Männer waren so in ihre Unterhaltung vertieft, dass sie mich nicht bemerkten, als ich vorbeihuschte und zum offenen Heck des Lastwagens ging. Stapel von Glasvitrinen, wie ich sie im Museum gesehen hatte, füllten den Innenraum. Einige der Decken, die um die Schränke gewickelt waren, waren verrutscht und gaben glänzende Holzverkleidungen und Glasscheiben frei, die das Sonnenlicht reflektierten.

Das Kreischen der Räder des Wagens kündete die Rückkehr des Arbeiters mit der Vitrine an. Er ging um die Ladefläche des Lastwagens herum, schüttelte den Kopf und murmelte etwas von ‚reichen Affen, die keine Ahnung hatten'.

„Die sind für eine Spende?", fragte ich.

Der Mann senkte den Schrank sanft auf den Boden, nahm die Mütze ab und kratzte sich am Haaransatz. „Ja. Lord Mulvern kam in den Laden und hat dieses Mahagoni verlangt." Der Mann strich über die Maserung des Holzes. „Er hat es speziell ausgesucht, das hat er. Es durfte nichts Gewöhnliches sein, da seine Sammlung darin ausgestellt werden sollte, wenn er sie dem Museum übergab."

„Sie dachten, er würde seine Sammlung dem Britischen Museum *schenken*?"

„Nicht dachte – *wusste*. Habe sie selbst darüber reden gehört. Er war sehr eigen. Es musste genau richtig sein, weil es seine Sammlung für zukünftige Generationen beherbergen würde – das hat er gesagt." Er deutete mit dem Daumen über die Schulter auf die Vorderseite des Lastwagens, wo Nunn noch mit dem ersten Mann diskutierte. „Egal was der Bursche da sagt, der Gentleman hat die hier alle für seine Spende bestellt."

„Sie haben gehört, dass Lord Mulvern ausdrücklich erwähnt hat, dass er einen Teil seiner Sammlung an das Britische Museum spenden wird?", fragte ich, um mich zu vergewissern, ob ich ihn richtig verstanden hatte. Das war das erste Mal, dass ich davon hörte, und wenn es stimmte … nun, es rückte alles, was ich über Lord Mulverns Tod wusste, in ein neues Licht.

„Ich habe es ihn selbst sagen gehört. Er hatte ein langes Gespräch mit Mr. McAllister. Ich habe direkt neben ihnen gearbeitet und Glas in einen Schrank eingepasst. Keine Frage. Er wollte seine Sammlung spenden. Und nicht nur einen kleinen Teil davon. Nein, die ganze."

„Die gesamte Sammlung?"

„Ja, Ma'am. Eilauftrag. Deshalb sind wir heute hier."

Ein Motor grollte, und ich drehte mich um und sah einen weiteren Lastwagen auf uns zurollen. Der Mann setzte seine Mütze wieder auf. „Da kommt der Rest."

KAPITEL FÜNFZEHN

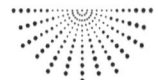

„Ich glaube es nicht", sagte Lady Agnes, während sie in ihrem Büro auf dem Teppich auf und ab ging. Sie hatte mich gebeten, den Tee einzuschenken, was ich tat, obwohl niemand an einer Tasse interessiert schien.

Der Tumult vor Mulvern House, der sich unter den Fenstern von Lady Agnes' Büro abgespielt hatte, hatte ihre Aufmerksamkeit erregt, und sie war heruntergekommen, während der Lieferant mit Nunn stritt. Lady Agnes hatte nur ein paar Minuten gebraucht, um die Situation zu klären. Sie hatte ihnen die Rechnung abgenommen und den Fahrer auf den Weg geschickt mit dem Hinweis, dass Mr. McAllister bezahlen würde, doch erst, nachdem sie die Rechnung überprüft hatte. In ihrer Stimme hatte eine Autorität gelegen, die Nunn nicht besaß. Der Fahrer und sein Helfer waren eingestiegen und losgefahren, während Boggs auf der Straße stand, um den Verkehr aufzuhalten.

Ich stellte Lady Agnes' Tasse auf einen Beistelltisch, doch sie bemerkte es nicht. Sie wirbelte herum und sah Nunn an, der unbehaglich in der Mitte des Raumes stand, sich abwechselnd die Haare glättete und seine Brille den Nasenrücken emporschob und aussah wie ein Kind, das in das Büro des Schulleiters zitiert worden war. Lady Agnes sagte: „Das ist unmöglich. Ganz unmöglich. Onkel Lawrence würde sich nie von seiner Sammlung trennen."

Nunn zog an seinem Kragen. „Ich bitte um Verzeihung, Milady, aber es ist wahr. Er hatte mit Mr. Rathburn darüber gesprochen – mehrere Male sogar."

„Mr. Nunn." Ich hielt ihm eine Teetasse entgegen.

Er warf Lady Agnes einen unsicheren Blick zu.

„Oh, nehmen Sie Platz, Mr. Nunn. Ich bin zu aufgebracht, um zu sitzen."

Nunn nahm die Tasse und setzte sich auf die Stuhlkante, seinen Blick auf Lady Agnes gerichtet, die durch den Raum ging. Lapis lag auf die Lehne des Ohrensessels drapiert und drehte den Kopf, als sie beobachtete, wie Lady Agnes durch den Raum wanderte. Auf der zweiten Runde sprang die Katze herunter und landete geschickt, dann folgte sie, den Schwanz erhoben und die Ohren gespitzt, Lady Agnes' Spur.

„Vielleicht wollte Lord Mulvern alle Vorkehrungen treffen, bevor er es Ihnen erzählte", sagte Nunn mit zögernder Stimme.

„Aber Onkel Lawrence hat immer alles mit mir besprochen." Ihre Worte waren gereizt, doch auch verletzt. „Wir haben darüber gesprochen, wo wir graben sollten, welche Stücke in der großen Galerie ausgestellt werden sollten, sogar darüber, ob wir *Sie* einstellen sollten oder nicht, Mr. Nunn. Ich verstehe also nicht, warum er es versäumt hätte, mir gegenüber zu erwähnen, dass er beabsichtigt, seine gesamte Sammlung dem Britischen Museum zu spenden."

Nunns Adamsapfel bewegte sich auf und ab, als er schluckte. „Alles, was ich weiß, ist, dass Lord Mulvern gesagt hat, dass alles strengst vertraulich behandelt werden muss. Soweit ich weiß, hat er nur mit Mr. Rathburn darüber gesprochen."

„Mr. Rathburn!" Lady Agnes ging schneller auf und ab, und Lapis' Pfoten glitten hinter ihren Fersen über den Teppich. „Onkel Lawrence würde Mr. Rathburn seine Sammlung nie geben. Onkel Lawrence hat Mr. Rathburn für einen Narren gehalten!"

„Vielleicht hat Ihr Onkel längerfristig geplant", sagte eine männliche Stimme von der Tür. Lady Agnes blieb stehen, und Lapis verschwand unter dem Schreibtisch.

Ernest Dennett stand in der Tür. Ich erkannte seinen Homburghut, seinen perfekt geschnittenen Anzug und seine engstehenden grünen Augen. Ich hatte ihn früher an diesem Tag im Britischen Museum gesehen, als er mit Rathburn gesprochen hatte.

Boggs stand an der Tür. Er räusperte sich. „Mr. Dennett, Milady."

„Oh! Es tut mir leid, Mr. Dennett", sagte Lady Agnes mit einem Blick auf die Reiseuhr auf dem Kaminsims. „Ich habe unseren Termin komplett vergessen."

Dennett wedelte mit der Hand und sagte leise: „Die Nationalgalerie kann warten. Es scheint, dass hier im Mulvern House viel aufregendere Dinge passieren."

„Sie wissen alles darüber, nehme ich an." Lady Agnes drehte sich zu mir um. „Mr. Dennett hat ein Talent, alle möglichen interessanten Informationen aufzuspüren."

„Meine Liebe, die ganze Straße weiß, was passiert ist. Mit zwei Lastwagen, die den Verkehr blockieren, während die Fahrer laut diskutieren, da kann man nichts anderes erwarten. Die Nachricht wird noch vor dem Abendessen in ganz London bekannt sein."

Lady Agnes seufzte. „Ich bin sicher, Sie haben Recht."

Sie stellte mich Herrn Dennett vor. Sein Blick glitt über mich, während sie sprach, und ich wusste, dass er die Qualität meines Kleides und meiner Schuhe beurteilte. „Schön, Sie kennenzulernen", sagte er desinteressiert und wandte sich dann wieder Lady Agnes zu.

Sie strich sich die Locken hinter die Ohren, deutete auf das Sofa, und nahm selbst Platz. „Setzen Sie sich, und trinken Sie einen Tee mit uns."

Als ich Dennett eine Tasse einschenkte, nahm Lady Agnes ihre Tasse, führte sie halb zum Mund und stellte sie wieder in die Untertasse. „Was meinten Sie damit, dass Onkel Lawrence längerfristig geplant hat, Mr. Dennett?"

„Nur, dass Mr. Rathburn nicht für immer im Britischen Museum bleiben wird." Dennett fügte seinem Tee fünf Stück Zucker hinzu und füllte ihn mit einem großen Klecks Sahne auf, wodurch die Flüssigkeit fast bis zum Rand angehoben wurde. „Das Museum ist eine angesehene Institution, und Mr. Rathburn ist nur der erste in einer langen Reihe von Kuratoren der Ägyptischen und Assyrischen Sammlung. Vielleicht hat Ihr Onkel erkannt, dass seine Sammlung im Britischen Museum die größte Bedeutung haben würde. Es geht um Langlebigkeit."

Die Locken von Lady Agnes flogen, als sie den Kopf schüttelte. „Das glaube ich keinen Moment." Sie heftete ihren Blick auf Nunn. „Sicher gibt es eine andere Erklärung."

Nunn verschluckte sich an seinem Tee, und ich machte ihm keine Vorwürfe. Ich würde auch nicht im Mittelpunkt der Aufmerksamkeit von Lady Agnes stehen wollen, wenn sie wütend war.

„Ich kann nichts zu Lord Mulverns Motivation sagen", sagte Nunn. „Ich weiß nur, dass er mehrere Gespräche mit Mr. Rathburn geführt hat. Er hat Mr. McAllisters Laden besucht und mir dann gesagt, dass ich die Schränke bestellen soll."

„Aber warum haben Sie das Lady Agnes oder ihrem Bruder gegenüber nicht erwähnt, nachdem Lord Mulvern gestorben war?", fragte ich. Ich hatte eine ziemlich gute Ahnung, warum er darüber geschwiegen hatte, doch ich wollte seine Reaktion sehen.

Sein Adamsapfel bewegte sich erneut auf und ab. „Lord Mulverns Tod war so plötzlich und ein so schmerzhaftes Thema, dass es besser schien ... eine gewisse Zeit zu warten, bevor ich es zur Sprache bringe. Je weniger gesagt wurde, desto besser, dachte ich."

„Und dann haben Sie also die Bestellung für die Schränke storniert?", fragte Lady Agnes scharf.

Er wand sich in seinem Stuhl. „Also ... ja. Ich wusste, dass die Spende noch nicht vollzogen war, also habe ich die Schreinerei kontaktiert und die Bestellung storniert. Es war nötig, sonst ..."

„Würden sie die Bestellung fertigen und sie liefern", sagte Lady Agnes. „Und wann wollten Sie mir von der Spende erzählen?"

„Oh – also, ich hatte kein genaues Datum im Auge. In der Zukunft ..."

„Ich verstehe", sagte Lady Agnes, und Nunn wand sich wieder unter ihrem Blick. „Und wissen Sie von anderen Projekten oder Plänen, die Onkel Lawrence geheim gehalten hat?"

„Nein", sagte Nunn schnell, offensichtlich erleichtert, bei einem Thema zu sein, bei dem er sich wohler fühlte. „Die Spende war die einzige dieser Art."

„Haben Sie noch andere Rechnungen oder Papiere im Zusammenhang mit Onkel Lawrence' verrücktem Plan?"

„Ein paar Notizen, die er mich nach einem seiner Treffen mit Mr. Rathburn hat machen lassen."

„Dann holen Sie sie, Mr. Nunn. Ich will sie sehen." Nunns Tasse klapperte gegen die Untertasse, als er sie auf das Teetablett stellte und aus dem Zimmer eilte.

Lady Agnes wandte sich an Dennett. „Sie wussten nichts von der Spende?"

„Ich habe erst heute auf dem Weg hierher davon erfahren, als ich das Spektakel auf der Straße beobachtet habe." Dennett hatte sich zurückgelehnt und seinen Tee getrunken, sein Blick wanderte hin und her, als Lady Agnes Nunn verhört hatte. Ein kleines Lächeln umspielte Dennetts Mundwinkel, und ich hatte das Gefühl, dass er Nunns Unbehagen genossen hatte. Meine Meinung über Mr. Ernest Dennett – die anfangs nicht sehr hoch gewesen war – sank noch ein Stück tiefer.

Boggs trat ein und reichte Lady Agnes eine dünne Mappe. „Von Mr. Nunn, Milady. Er bat mich, Ihnen mitzuteilen, dass er nach Paddington aufbrechen muss."

Lady Agnes' Augenbrauen hoben sich. „Paddington?"

„Ich glaube, ein Gelehrter kommt, um die Sammlung zu sehen."

„Oh ja", sagte Lady Agnes. „Professor DeWitt. Den hatte ich ganz vergessen. Heute scheint mir so einiges zu entfallen. Boggs, sobald Mr. Nunn zurückkehrt, will ich ihn sehen."

„Sehr wohl, Milady." Boggs ging.

„Da die Unterhaltung für den Moment vorbei zu sein scheint, werde ich Sie auch verlassen." Dennett stellte seine leere Tasse ab. „Nein, stehen Sie nicht auf. Ich finde selbst hinaus. Sie haben viel damit zu tun, das verworrene Netz zu entwirren, das Ihr Onkel für Sie hinterlassen hat." Auf halbem Weg zur Tür drehte sich Dennett um. „Sie wissen, dass mein Angebot noch steht, Lady Agnes." Sein Blick hatte eine Intensität, die mir das Gefühl gab, das fünfte Rad am Wagen zu sein.

Sie schenkte ihm ein kurzes Lächeln. „Und die Antwort ist immer noch dieselbe."

„Ah, wie Sie meinen. Es schadet nie, es zu versuchen. Guten Tag, meine Damen." Ich war überrascht, dass er daran gedacht hatte, mich in seinen Abschied einzubeziehen. Seine ganze Aufmerksamkeit war auf Lady Agnes gerichtet gewesen, mit Ausnahme des kurzen Moments, in dem er gezwungen gewesen war, mich zur Kenntnis zu nehmen, als wir vorgestellt worden waren.

Sobald sich die Tür hinter Dennett schloss, sagte Lady Agnes: „Mr. Dennett versucht seit Ewigkeiten, die Sammlung von Onkel Lawrence zu kaufen. Die Antwort war immer nein und wird immer nein bleiben. Leider scheint er nicht zu verstehen, dass sich die Antwort nie ändern wird."

„Ich verstehe." Ich fragte mich, ob Dennetts Angebot ausschließlich geschäftlicher Natur war. Sein Ton hatte das Angebot so aussehen lassen, als wäre es eher romantischer als geschäftlicher Natur.

Lady Agnes blätterte bereits in der Mappe, die Boggs ihr gegeben hatte. „Hier ist kaum etwas drin – die Originalbestellung für die Vitrinen, ein paar Notizen und ein paar Briefe und Rechnungen. Die Notizen handeln von einem Treffen zwischen Onkel Lawrence und Mr. Rathburn, erwähnen aber nur „Verhandlungen" ohne Details. Sie könnten über alles gesprochen haben – eine Antiquität, über deren Kauf Onkel Lawrence nachdachte oder sogar über seine Grabungsgenehmigung."

„Grabungsgenehmigung?"

„Seine Genehmigung im Tal der Könige, das Gebiet, in

dem Onkel Lawrence graben durfte." Sie sah sich die Unterlagen in der Mappe noch einmal an. „Das ist eine andere Sache, die Mr. Dennett von Onkel Lawrence wollte." Sie klappte die Mappe zu und stand auf.

„Da ist nichts wirklich Bedeutsames drin." Sie warf die Mappe auf ihren Schreibtisch und hob einen kleinen ovalen Stein auf, der wie ein Käfer geschnitzt war. „Onkel Lawrence würde nicht einmal einen einzigen Skarabäus verschenken", sagte sie und strich mit ihrem Daumen über die Schnitzereien. „Ich finde das Ganze immer noch unglaublich." Sie ließ sich auf den Schreibtischstuhl sinken. Lapis steckte ihren Kopf unter dem Schreibtisch hervor und sprang dann leichtfüßig auf Lady Agnes' Schoß. Sie seufzte und streichelte den Rücken der Katze.

Ich füllte ihre Teetasse nach und brachte sie zum Schreibtisch. Wenn man in einer schwierigen Situation ist, konnte man nie zu viel Tee trinken. „Wenn stimmt, was Mr. Nunn sagt, so schockierend die Nachricht auch ist, wäre das ein weiteres Argument gegen den Selbstmord Ihres Onkels."

„Meine Güte, das ist wahr. Daran hatte ich gar nicht gedacht." Sie nickte der Mappe zu. „Sehen Sie sich alles an. Vielleicht fällt Ihnen etwas auf, das ich übersehen habe."

Ich nahm auf dem Stuhl gegenüber dem Schreibtisch Platz und nahm die Mappe. „Sie könnten die Anwälte Ihres Onkels anrufen und fragen, ob sie etwas davon gehört haben. Wenn er seine Sammlung spenden wollte, müssten doch sicher die Anwälte eingeschaltet worden sein."

„Das stimmt." Sie legte den Skarabäus weg und zog das Telefon über den Schreibtisch. Lapis hatte sich auf ihrem Schoß niedergelassen, und Lady Agnes streichelte mit der Hand über den Rücken der Katze, während sie darauf wartete, dass der Anruf durchgestellt wurde.

Als Lady Agnes einer Sekretärin erklärte, dass Sie mit dem Seniorpartner sprechen wollte, öffnete ich die dünne Mappe. Lady Agnes' Stimme wurde zu einem Murmeln, als ich die Dokumente überflog – die ursprüngliche Rechnung für die Vitrinen und ein paar Notizen über Lord Mulverns Treffen mit Rathburn, die kaum mehr waren als die Daten zweier Treffen und eine kurze Erklärung, *Verhandlungsgespräch* und *weitere Detaildiskussionen*. Ein paar Briefe, die Termine bestätigten, vervollständigten die Akte. Es war nicht viel, und Nunn tat mir ein wenig leid, wenn er glaubte, das würde Lady Agnes zufriedenstellen.

Lady Agnes brachte mich zurück in die Gegenwart. „Ich verstehe ... Wenn das der Fall ist, dann gibt es wohl keine Frage." Ihre Stimme war niedergeschlagen. Die Antwort war nicht die, auf die sie gehofft hatte.

„Oh!" Ich nahm einen Bleistift vom Schreibtisch und kritzelte auf die Schreibunterlage. *Fragen Sie nach der Zuwendung an Hodges. Wann hat er es schriftlich festhalten lassen?*

Lady Agnes runzelte die Stirn, doch sie las meine Frage vor. Ihre Augenbrauen schossen in die Höhe, als sie der Antwort lauschte. „Wirklich? Und was waren die Details ...? Nein, keine weiteren Fragen. Danke und guten Tag." Sie legte den Hörer auf. „Onkel Lawrence hatte die Anwälte gebeten, mit der Erstellung der Unterlagen für die Übertragung der Sammlung an das Museum zu beginnen." Sie tippte auf die Notiz, die ich geschrieben hatte. „Und Onkel Lawrence hat im Juni dieses Jahres mit den Vorbereitungen für eine Zuwendung an Hodges begonnen. Es gab eine Bedingung – dass Hodges es absolut vertraulich behandelt."

„Das bestätigt, was Hodges mir gesagt hat, was bedeutet, dass Hodges nicht wirklich ein Motiv hatte, Ihren Onkel zu beseitigen. Wenn er die Zuwendung im Januar erhalten sollte, warum sollte Hodges dann das Risiko eingehen, Ihren Onkel ein paar Monate davor zu töten? Es sei denn, es gab einen Grund, warum er das Geld sofort brauchte?"

„Ich denke, wenn das der Fall gewesen wäre, wäre er einfach zu meinem Onkel gegangen und hätte um eine Änderung des Datums gebeten. Onkel Lawrence war ein vernünftiger Mann. Ich kann mir vorstellen, dass er zugestimmt hätte – natürlich könnte ich falsch liegen. Ich dachte, ich kenne meinen Onkel sehr gut, doch anscheinend hatte er eine Vorliebe für Vertraulichkeit, von der ich nichts wusste."

KAPITEL SECHZEHN

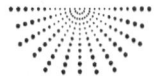

*I*ch drehte die Flaschen auf dem Frisiertisch vor mir. „Oh, ich wollte meinen Maiglöckchenduft heute Abend tragen, aber ich habe vergessen, ihn mitzubringen. Benutzt eine der anderen Damen welchen?"

Martha nahm eine Haarnadel aus ihrem Mund und schob sie in mein Haar, um mein dunkles Haar zurückzunehmen und die Perlenohrstecker freizulegen, die zu der langen Perlenkette meiner Mutter passten. „Nein, Miss. Lady Mulvern hat es getragen, aber ... ähm ..." Röte kroch über ihre Wangen. „Sie tut es nicht mehr."

Es schien, als wäre Martha das ungeschickte Dienstmädchen, das Noras Parfümflasche zerbrochen hatte. Ich hatte keine Beschwerden über Marthas Fähigkeiten, doch ich konnte mir vorstellen, dass Nora schwierig sein konnte.

Ich reichte ihr eine weitere Haarnadel. „Ich habe gehört, dass Nora und Gilbert eine stürmische Romanze hatten", sagte ich und fischte nach Informationen.

Martha konzentrierte sich darauf, mein Haar in eine

glatte Kurve entlang meines Kiefers zu bringen, während sie murmelte: „So hat es angefangen."

„Ich kenne sie nicht gut, doch sie wirken nicht wie ein glücklich frisch verheiratetes Paar ..."

Obwohl wir allein in meinem Zimmer waren, sah Martha sich verstohlen um, bevor sie sagte: „Das sind sie nicht. Sie haben sich andauernd gestritten. Wie Katz und Hund waren sie – jeder hat den anderen in Rage gebracht. Das war, als sie verlobt und frisch verheiratet waren, doch jetzt" – sie schüttelte den Kopf – „ist das Gegenteil der Fall. Sie sind geradezu frostig miteinander. Man braucht keinen Kühlraum, um Fleisch und den Fisch zu lagern, wenn die beiden in der Nähe sind. Lord Mulvern war früher so entspannt, doch jetzt ist er ständig gereizt. Und Lady Mulvern hat Angst."

„Sind Sie sicher?" Die selbstbewusste, launische Nora und Angst?

Martha hatte es aufgegeben, so zu tun, als wollte sie meine Haare ordnen. Die Haarbürste lag unbenutzt in ihren Händen. „Oh ja, Miss. Abends verlässt Lady Mulvern immer als erste den Salon. Sie kommt vor Lord Mulvern nach oben und ruft sofort nach Carol. Dann, nachdem sie ihr Abendkleid ausgezogen hat, lässt sie Carol in ihrem Zimmer bleiben, bis sie bettfertig ist, dann lässt sie Carol das Schloss an der Tür zum Ankleidezimmer überprüfen." Marthas hochgezogene Brauen unterstrichen die Bedeutung dieses Details.

Nora und Gilbert schliefen also nicht nur in getrennten Räumen, Nora sperrte Gilbert auch aus. Martha fügte hinzu: „Lady Mulvern ist nicht gerne allein. Sie ruft immer nach einem Dienstmädchen, das bei ihr sitzt, wenn alle weg sind. Oder wenn sie das Haus verlässt, sorgt sie dafür, dass ihre Freundin Miss Gill bei ihr ist. Lady

Mulvern hat Angst. Die Küchenmädchen denken, es liegt am Fluch."

„Was denken Sie?"

„Es ist kein Phantom, das ihr Angst macht, nicht Lord Mulvern. Sie ist zu –" Martha schien sich plötzlich daran zu erinnern, dass ich kein anderes Dienstmädchen war, mit dem sie schwatzte, und legte die Bürste schnell wieder zurück auf den Frisiertisch. Sie strich ihre Schürze glatt. „Wenn das alles ist, Miss?"

„Ja, danke, Martha." Ich stand auf und entfernte mich vom Schminktisch. Ich wollte nicht, dass sie sich Sorgen machte, dass ich mich darüber beschweren würde, dass sie mit mir tratschte, also sagte ich: „Du bist brillant darin, Haare zu arrangieren."

Sie sah überrascht aus. Ich nahm an, Nora machte ihr keine Komplimente. Martha strahlte und verabschiedete sich mit einem Knicks. „Danke, Miss."

„Soll ich noch einen Cocktail für irgendjemanden machen, während wir warten?", fragte Gilbert. Wir hatten uns vor dem Abendessen im Salon versammelt, und Nunn war noch nicht zu uns gestoßen.

„Nein", sagte Nora mit einer deutlich frostigen Note in ihrer Stimme, die mir sagte, dass die Frischvermählten immer noch nicht glücklich miteinander waren. „Ich denke, wir sollten nicht länger auf Mr. Nunn warten. Er muss diesen Professor in einen Pub gebracht haben. Wir werden beide wahrscheinlich erst morgen früh sehen." Nora stand auf, und die filigranen Perlen an ihrem roten Kleid schimmerten, als sie sich bewegte. Während die Vorderseite des Kleides hochgeschlossen war, reichte der

Ausschnitt hinten fast bis zur Taille, und eine geknotete Perlenkette hing zwischen ihren blassen Schulterblättern herab. Ich war überrascht, dass sie keine Gänsehaut hatte, denn der Abend war kühl geworden.

Dicke graue Wolken waren am Nachmittag aufgezogen, und die Temperatur war gesunken. Nebelschwaden krochen über den Boden, kräuselten sich um Laternenpfähle und Häuserecken und brachten eine feuchte Kälte in die Luft. Ich hatte mein smaragdgrünes Samtkleid mit langen Ärmeln und einer tiefsitzenden Rüsche aus apfelgrüner Seide an einer Seite des Rocks für den Abend gewählt. Im Kamin knisterte ein Feuer, und es war warm im Zimmer, doch wenn ich ein fast rückenfreies Kleid getragen hätte, hätte ich einen Schal geholt.

„Es ist seltsam, dass er uns nicht kontaktiert hat", sagte Lady Agnes. „Ich weiß, dass Professor DeWitt daran interessiert war, die Keramiken zu sehen. Ich kann mir nicht vorstellen, dass er sich davon ablenken lässt."

„Es ist offensichtlich, nicht wahr? Mr. Nunn will sich euch beiden nicht stellen, selbst wenn er dadurch einen Besucher fernhält", sagte Nora.

Gilbert leerte seinen Cocktail. Nora hatte sein Angebot, ihr einen zu machen, erneut abgelehnt. „Er hätte uns über Onkel Lawrence' Pläne informieren sollen."

Nora seufzte. „Wieder Antiquitäten. Warum muss sich in dieser Familie alles um alten Kram drehen?"

„Ich sage, das ist ziemlich unfair." Gilbert pflückte seine Himbeere aus seinem Drink. „Onkel Lawrence hat eine weltberühmte Sammlung zusammengetragen. Apropos Sammlung" – er wandte sich Lady Agnes zu – „ich habe gehört, Dennett ist heute vorbeigekommen."

Lady Agnes, die ins Feuer gestarrt hatte, sah ihn an.

„Wir sollten in die Nationalgalerie gehen, doch ich musste es verschieben."

Gilbert stellte sein leeres Glas ab. „Immer noch hinter dir her, oder?"

„Er ist nicht hinter *mir* her. Er ist hinter der *Sammlung* her."

Nora sah mich an. „Ernest Dennett lechzt nach allem in der großen Galerie, und bei der Erwähnung von Onkel Lawrence' Grabungsgenehmigung sabbert er förmlich." Sie wandte sich wieder Lady Agnes zu. „Und er weiß, dass die einzige Möglichkeit, an die Stücke heranzukommen oder im Tal der Könige zu graben, darin besteht, dich zu heiraten, Aggie."

„So wird er das nicht bekommen. Er weiß, dass ich kein Interesse daran habe, ihn zu heiraten."

„Warum kann Mr. Dennett nicht im Tal der Könige graben?", fragte ich. „Er könnte doch sicher auch eine Genehmigung bekommen."

„Mr. Dennett hat keine guten Beziehungen zu Pierre Dupin, der über die Genehmigungen entscheidet", sagte Lady Agnes. Gilbert sagte: „Ich glaube, Dennett würde sein Erbe aufgeben, wenn er seinen Grabungsort außerhalb von Kairo gegen einen im Tal der Könige eintauschen könnte. Er glaubt, Onkel Lawrence hätte ein neues Grab freigelegt, wenn er nur dort gegraben hätte, wo Dennett es ihm gesagt hat."

„Doch die Pyramiden sind in der Nähe von Kairo", sagte ich. „Ist das nicht ein guter Ort für Ausgrabungen?"

„Die Schatzjäger haben die Pyramiden schon vor langer Zeit ausgeräumt", sagte Lady Agnes. „Auf jeden Fall liegt Dennetts Grabung nicht in der Nähe der Pyramiden. In den letzten drei Grabungssaisons hat er auf einem kleinen

Friedhof in der Wüste — einem Dorffriedhof — gegraben, der weit unter seinen Erwartungen liegt. Dennett will einen weiteren Tutenchamun finden, und die Königsgräber befinden sich nun einmal im Tal der Könige."

Nora rückte ihre Perlenkette zurecht. „Du bist zu wählerisch, Aggie. Mr. Dennett ist attraktiv, und er hat jetzt einen Haufen Geld, da sein alter Onkel endlich das Zeitliche gesegnet hat. Und er mag wirklich das verstaubte alte ägyptische Zeug, das du so liebst. Ihr wärt ein Traumpaar."

„Sie hat Recht, Aggie", sagte Gilbert.

„Ich heirate ihn nicht."

„Gib mir einen guten Grund – keine Ausrede, einen guten Grund", sagte Nora.

„Lapis mag ihn nicht", sagte sie mit einem Schmunzeln, um die Stimmung aufzuhellen.

„Du hast Recht. Sie verschwindet immer, wenn er kommt." Nora drehte sich um, um auf die Uhr auf dem Kaminsims zu blicken. „Wo ist Mr. Nunn? Er hätte schon längst hier sein sollen. Ich weiß, dass er schüchtern ist, aber ich hätte nicht gedacht, dass er so rückgratlos ist, dass er das Abendessen ausfallen lassen würde."

„Er hat eine Menge Fragen zu beantworten", sagte Gilbert.

„Ich verstehe nicht, warum ihr so aufgeregt seid", sagte Nora. „Es ist nicht so, dass die Spende von Onkel Lawrence tatsächlich vollzogen wurde. Nichts hat sich geändert."

Boggs trat ein, und ich erwartete, dass er das Abendessen ankündigen würde, doch er ging zu Gilbert und murmelte etwas in sein Ohr. „Der Inspector?", fragte Gilbert. „Zu dieser Tageszeit?"

„Wie unhöflich, zum Abendessen zu erscheinen", sagte

Nora. „Man sollte meinen, Inspector Thorn könnte mit seinem Besuch zumindest bis morgen warten."

Boggs sagte: „Es ist ein Inspector Longly."

Hatte ich Boggs richtig gehört? Hatte er Inspector *Longly* gesagt?

„Er sagt, es geht um dringende Informationen, und er muss sofort mit Ihnen sprechen", sagte Boggs.

Lady Agnes trat vor. „Dann führen Sie ihn herein. Er muss etwas über die Fingerabdrücke haben. Vielleicht ist Inspector Thorn gerade unabkömmlich und dieser Inspector Longly ist sein Vertreter."

Boggs kehrte zurück und kündigte Inspector Longly an, der den Raum betrat und den Geruch von Feuchtigkeit mit sich brachte. Er hatte hellbraunes Haar und einen dünnen Schnurrbart, und sein leerer rechter Ärmel war wie immer an seine Jacke geheftet. Er ging durch den Raum zu Gilbert. „Guten Abend, Lord Mulvern. Es tut mir leid, dass ich Sie stören muss, doch wenn ich Sie privat sprechen könnte ..."

„Das wird nicht nötig sein." Lady Agnes trat vor. „Ich bin Lady Agnes, Gilberts Schwester, und wir sind alle neugierig auf das, was Sie über die Fingerabdrücke herausgefunden haben."

„Fingerabdrücke? Ich bin nicht wegen irgendwelcher Fingerabdrücke hier."

Ich stand auf und ging zu der Gruppe, die sich um den Inspector versammelt hatte.

Er sah mich und sagte: „Miss Belgrave. Wieder mittendrin, sehe ich."

„Guten Abend, Inspector Longly."

Nora blickte zwischen uns beiden hin und her. „Sind Sie zwei bekannt?"

„Wir haben uns kennengelernt, ja", sagte Longly. Er

wandte sich wieder Gilbert zu. „Wohnt ein Gregory Wilfred Nunn hier?"

„Wilfred – er heißt Wilfred Nunn", sagte Lady Agnes, bevor Gilbert antworten konnte. „Ja, er ist der Kurator unserer Sammlung."

„Ich fürchte, ich habe schlechte Nachrichten für Sie. Mr. Nunn ist heute Nachmittag bei einem Verkehrsunfall ums Leben gekommen."

„Er ist tot?", sagte Lady Agnes. „Mr. Nunn? Sind Sie sicher?"

„Ich fürchte, es besteht kein Zweifel."

„Was ist passiert?", fragte ich.

„Er ist auf der Edgware Road vor einen Lastwagen gelaufen."

„Wie schrecklich", sagte Lady Agnes.

Longlys Blick huschte über die Gruppe und beobachtete die Reaktion jedes Anwesenden auf die Nachricht.

„Wir haben die anderen Fußgänger befragt. Es war ziemlich viel Verkehr. Alle standen auf dem Bürgersteig und haben auf eine Lücke im Verkehr gewartet, als Mr. Nunn plötzlich auf die Straße getreten ist."

„Plötzlich?", fragte ich.

„Ja. Mehrere Zeugen haben diese Beschreibung verwendet." Longly zog ein Notizbuch aus seiner Tasche. „Ich muss wissen, wo ich seine Familie finde. Ich muss auch seine Habseligkeiten untersuchen und wissen, wo jeder von Ihnen sich heute zwischen fünf und sechs Uhr nachmittags aufgehalten hat. Natürlich reine Formsache."

KAPITEL SIEBZEHN

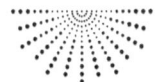

„ *U* nd wo waren Sie zwischen fünf und sechs Uhr, Miss Belgrave?", fragte Longly.

„Ich war hier in Mulvern House." Ich saß Longly gegenüber am Schreibtisch in Nunns Büro. Longly notierte sich meine Aussage, und ich konnte nicht anders, als an Nunn zu denken, der erst Stunden zuvor mit seinen Seiten voller Spalten und Häkchen hinter demselben Schreibtisch gesessen hatte. Longly hatte einen Constable gerufen, der in einer Ecke des Raumes saß und mitschrieb, doch Longly machte sich mit der linken Hand auch eigene Notizen.

Während Longly Nunns Zimmer und Büro durchsucht hatte, waren wir anderen zum Abendessen gegangen, doch es war eine unangenehme Mahlzeit gewesen. Lady Agnes hatte Longly zum Essen eingeladen, doch er hatte abgelehnt. Nach dem Abendessen hatte Longly uns einen nach dem anderen zu einem Gespräch gerufen. Er hatte mich bis zum Schluss aufgehoben, und ich wusste nicht, ob er es getan hatte, um mich nervös zu machen, oder ob er annahm, dass ich die Partei mit den wenigsten Informationen war, weil ich erst so kurz in Mulvern House war.

„Und wann haben Sie Mr. Nunn zuletzt gesehen?"

„Heute Nachmittag beim Tee. Er sprach mit Lady Agnes und mir, dann ging er los, um den Professor am Bahnhof abzuholen. Wo ist übrigens der Professor? War er bei Nunn?"

„Nein", sagte Longly und beantwortete meine Frage nur teilweise. „Ich habe gehört, dass Mr. Nunn recht abrupt von hier weggegangen ist."

„Ja. Er ist gegangen, um Unterlagen für Lady Agnes zu holen, kam aber nicht zurück. Stattdessen hat er Boggs geschickt. Boggs sagte, er sei gegangen, weil Mr. Nunn den Professor treffen musste."

Longly nickte, als ob diese Information mit dem übereinstimmte, was er bereits gehört hatte. „Mr. Nunn hat Informationen über die Pläne des verstorbenen Lord Mulvern für eine Spende an das Britische Museum zurückgehalten. Wie ich höre, ist das heute Nachmittag alles rausgekommen?"

„Ja. Und Mr. Nunn war verzweifelt. Sie glauben nicht ... ich meine, es war kein Selbstmord, oder?"

„Das versuche ich herauszufinden. Anscheinend versuchen Sie das Gleiche festzustellen, doch in Bezug auf den verstorbenen Lord Mulvern. Ja, Lady Agnes hat mir erzählt, dass sie Sie angeheuert hat, um den Fall wieder aufrollen zu lassen."

„Und Sie werden mich warnen, nehme ich an." Ich dachte an den Brief auf Lord Mulverns Schreibtisch, der kürzer geschnitten war als das übrige Briefpapier. Er war für den Moment zu einem ordentlichen Bündel gefaltet und zusammen mit all den Notizen, die ich mir gemacht hatte, in meiner Handtasche verstaut. Ich hatte Lord Mulverns Brief nicht auf dem Schreibtisch in meinem Zimmer liegenlassen wollen.

„Wenn Mord im Spiel ist, muss er ans Licht gebracht werden. Die Ermittlungen in dem Fall sind jedoch abgeschlossen. Ich bezweifle, dass Sie feststellen werden, dass Sie Ihre Zeit produktiv genutzt haben."

Nein, ich würde Longly definitiv nicht Lord Mulverns angeblichen Abschiedsbrief geben – noch nicht. Es brauchte mehr als eine ungewöhnliche Papiergröße, um ihn davon zu überzeugen, dass Lord Mulverns Tod etwas anderes war als Selbstmord. „Sie sagen, Inspector Thorn hat alle Möglichkeiten im Zusammenhang mit Lord Mulverns Tod verfolgt? Denn Inspector Thorn war sicherlich nicht akribisch, als er gestern den Einbruch untersucht hat."

„Ein Einbruch fällt in eine ganz andere Kategorie als ein Todesfall", sagte Longly. „Außerdem endet die Untersuchung, wenn die Schlussfolgerung der Untersuchung Selbstmord lautet. Thorn wäre dumm gewesen, seine Zeit damit zu verbringen, weiter nach Details zu graben. Wir haben eine Menge andere Kriminalfälle zu untersuchen."

Longly würde mich also nicht warnen, doch das nur, weil er glaubte, dass es nichts zu finden gab. „Also ist es Ihrer Meinung nach ein Metzgersgang?"

„Vielleicht", sagte er milde. „Was den Einbruch angeht, ist der Bericht über die Fingerabdrücke gerade eingegangen." Er blätterte die Seite in seinem Notizbuch um und las daraus. „Ein klarer Satz Abdrücke von Mr. Wilfred Nunn, der im Inneren der Vitrine gefunden wurde. Keine anderen erkennbaren Abdrücke."

„Nun, das ist nicht schlüssig", sagte ich. „Mr. Nunn war der Kurator der Sammlung. Ich bin sicher, seine Fingerabdrücke sind auf allen Vitrinen und Objekten in der großen Galerie zu finden. Er war ausgesprochen verstört, als er den Schaden an der Mumie gesehen hat."

„War er?" Longly hob einen Umschlag auf. „Vielleicht war er ein wenig theatralisch." Longly kippte den Inhalt des Umschlags aus. Mehrere glatte, bunte ovale Steine klapperten zusammen mit einer Halskette und einigen Ringen auf den Schreibtisch.

Ich erkannte die ovalen Steine. „Das sind Skarabäen." Sie ähnelten denen, die ich auf dem Schreibtisch von Lady Agnes gesehen hatte, doch einer war viel größer als die anderen. Ich streckte die Hand aus, doch Longly hob warnend die Hand. „Bitte nicht berühren. Fingerabdrücke, wissen Sie. Sie wurden noch nicht untersucht." Er stieß mit dem Umschlag gegen einen der Steine. „Lady Agnes hat mir gesagt, dass das authentische ägyptische Skarabäen sind, wahrscheinlich von der beschädigten Mumie."

„Sie kann sagen, dass sie von der Mumie stammen?" „Anscheinend ist auf dem großen dunkelgrauen ein Name in die flache Oberfläche eingraviert, die die Person identifiziert, für die er gefertigt wurde – ein Herzskarabäus, ja, so hat Lady Agnes ihn genannt. Sie sagte, er wäre auf dem Herzen des Mannes in die Bandagen gewickelt und mit ihm begraben worden." Langsam wedelte der Umschlag über den Skarabäen und dem Schmuck. „Ich habe die hier versteckt unter Mr. Nunns Matratze gefunden."

„Mr. Nunns Matratze? Glauben Sie, Mr. Nunn hat die Mumie beschädigt und sie genommen?" Ich lehnte mich im Stuhl zurück, meine Gedanken rasten.

„Sie scheinen das für eine weit hergeholte Idee zu halten?"

„Nur, weil Mr. Nunn nicht der Typ Mensch zu sein schien, der eine Mumie beschädigen würde – schon gar nicht die Zozar-Mumie", sagte ich und dachte daran, wie er den Namen der Mumie ausgesprochen hatte, als er die

Galerie betrat. War seine emotionale Reaktion eine Scharade gewesen, eine geschickte Finte?

„Aber er hatte eine Leidenschaft für Antiquitäten", sagte Longly. „Und Mr. Nunn war der Meinung, die Mumie sollte ausgewickelt werden, was Lady Agnes, wie ich weiß, abgelehnt hat."

„Dann würde das bedeuten, dass Mr. Nunn das zerbrochene Fenster in der Spülküche und die Fußabdrücke inszeniert hat. Es war alles eine List, um uns glauben zu lassen, dass es ein Außenstehender war."

„Ja." Longly sagte das Wort ohne Überraschung oder Erstaunen in seinem Ton.

Nunn war schmal genug gebaut, um durch das Fenster zu passen. „Wenn das der Fall ist, hatte Thorn Recht, als er sagte, dass es ein Insider-Job war."

„Obwohl Thorn nicht den besten ... Umgang mit Opfern und Zeugen hat, er ist ein schlauer alter Kerl." Longly klappte sein Notizbuch zu, dann schob er mit einem Bleistift die Skarabäen zurück in den Umschlag, den er in seiner Jacke verstaute. „Danke für Ihre Zeit, Miss Belgrave. Das ist alles."

Als ich in den Salon zurückkehrte, sagte Nora: „... der schüchterne kleine Mr. Nunn? Er hat genug Courage zusammengekratzt, um die Mumie zu beschädigen und ein paar winzige ägyptische Schmuckstücke zu stehlen, und sich dann vor den Lastwagen geworfen, weil er es bedauert hat, uns nicht von einer dummen kleinen Spende an ein Museum erzählt zu haben?"

„Es war keine dumme kleine Spende", sagte Lady Agnes. „Es war die gesamte Sammlung von Onkel Lawrence."

„Umso besser", sagte Nora. „Damit wären diese gruseligen alten Dinger endlich aus dem Haus verschwunden."

Sie drehte sich auf dem Sofa um und wandte sich zu Gilbert um, der tief in einem Sessel in der Nähe des Feuers versunken war. „Ja, warum tust du es nicht, Gilbert? Dann hätten wir nicht all diese verstaubten Antiquitäten am Hals."

Bevor Gilbert antworten konnte, sagte Lady Agnes: „Alles weggeben?"

Ihre Stimme zitterte vor Emotion – Wut, erkannte ich. Und mir wurde klar, dass Nunn nicht der Einzige war, der ein Motiv hatte, den verstorbenen Lord Mulvern daran zu hindern, seine Sammlung zu verschenken. Auch Lady Agnes hatte ein erhebliches Interesse. Es war klar, dass sie die Idee, sie zu spenden, nicht begrüßt hätte, was wahrscheinlich der Grund dafür war, dass ihr Onkel seine Pläne vor seiner Familie geheim gehalten hatte.

„Jetzt ist nicht die Zeit, über so etwas zu diskutieren", sagte Gilbert im strengsten Ton, den ich je von ihm gehört hatte.

Nora schob ihre Unterlippe zu einem Schmollmund vor. Sie sprang auf die Füße. „Also, ich werde heute Abend nicht mehr hier herumsitzen. Ich gehe zu Bett – allein."

Ein finsterer Ausdruck legte sich auf Gilberts Gesicht, als er ihr hinterherblickte.

Inspector Longly kam kurz nachdem Nora das Zimmer verlassen hatte. Er sagte, er werde sich am nächsten Tag melden, und ging. Ich erklärte ebenfalls, dass ich mich auf mein Zimmer zurückziehen wollte. Weder Lady Agnes noch Gilbert protestierten gegen meinen frühen Abschied, und ich vermutete, dass sie sich allein unterhalten wollten.

Ich fühlte mich sehr als Außenseiterin, als ich die Treppe hinaufstieg. Ich hatte geglaubt, mit Lady Agnes zusammenzuarbeiten, Verbündete zu sein, die dasselbe

Ziel anstrebten – die Wahrheit über den Tod ihres Onkels. Doch ich hatte heute Abend eine Seite von ihr gesehen, mit der ich nicht gerechnet hatte. Sie liebte die ägyptischen Antiquitäten sehr und wäre nicht glücklich gewesen, wenn sie an das Britische Museum gespendet worden wären. Sie hatte bis zu diesem Tag nichts von der Spende gewusst – oder doch? Spielte sie nur empört, um ihr Wissen zu vertuschen? Doch warum sollte sie mich dann einstellen? Ich hatte geglaubt, dass sie wirklich die Wahrheit finden wollte. Hatte ich mich geirrt? Ich rieb mir die Schläfe und klingelte nach Martha.

Als ich im Morgenmantel dasaß und Martha gegangen war, ließ ich mich am Schreibtisch nieder und notierte alles, was an diesem Tag passiert war. Als ich fertig war, war meine Hand ziemlich verkrampft, und ich hatte immer noch keine Klarheit darüber, was in Mulvern House vor sich ging. Alles schien noch chaotischer zu sein als bei meiner Ankunft.

KAPITEL ACHTZEHN

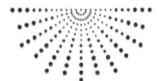

*A*ls ich am nächsten Morgen die Treppe herunterkam, stand Boggs an einer vergoldeten Kommode in der Eingangshalle, in der Nähe des Fußes der Treppe. Die Morgensonne schien nicht in den Eingang, und Boggs' dunkel gekleidete Gestalt war im Dämmerlicht kaum zu erkennen. Nur seine blassen Hände blitzten, als er die hellen Umschläge sortierte. „Guten Morgen, Boggs", sagte ich, als ich vom roten Läufer der Treppe trat. Boggs' Schultern zuckten und ich sagte: „Tut mir leid. Ich wollte Sie nicht erschrecken."

„Überhaupt nicht, Miss." Boggs hielt mir ein Tablett entgegen. „Mit der Morgenpost sind einige Briefe für Sie angekommen."

Auf einem erkannte ich Essies hastige Handschrift, und der andere hatte Jaspers saubere Schwünge. Ich las sie auf dem Weg zum Frühstücksraum. Der erste von Essie wies mich an, sie heute Morgen bei Lyons zu treffen. Normalerweise hätte ich mich bei einer solchen Vorladung gesträubt, doch sie musste Neuigkeiten haben, was mich überhaupt nicht überraschte. Sobald Essie sich etwas in den Kopf gesetzt hatte, gab es kein Halten mehr.

Jaspers Nachricht war ebenfalls kurz.

Bin für ein paar Tage in der Stadt und soll dich von deinen Cousinen und deiner Tante grüßen. Möchtest du dich heute treffen? Da du ein so übermäßiges Interesse an Bewegung hast, wollte ich dich fragen, ob du im Park spazieren gehen möchtest, doch das wäre im dichten Nebel weniger als angenehm und möglicherweise gefährlich. Ich hätte jedoch Lust, durch die Nationalgalerie zu schlendern und bin heute ab 11 Uhr dort, wenn du dich mir anschließen möchtest.

Jasper war also zurück. Er hatte die Neigung, ohne Erklärung zu verschwinden und dann wieder aufzutauchen, ähnlich wie ein Geist, der aus einer Lampe springt. Trotz seiner Tendenz, spontan zu verreisen, wusste ich, dass er sein Wort halten und heute in der Nationalgalerie sein würde. Ich würde ihn dort treffen, nachdem ich mit Essie gesprochen hatte.

Ich steckte die Briefe in meine Tasche, als ich das Frühstückszimmer betrat. Lady Agnes saß bereits am Tisch. Ich sagte guten Morgen und ging meinen Teller füllen. Als ich von der Anrichte zurückkam, trat Boggs ein. „Die Post ist angekommen, Milady."

Lady Agnes nahm den einzelnen Brief vom Tablett und erstarrte.

Ich stellte meinen Teller auf den Tisch. „Geht es Ihnen gut, Lady Agnes?"

„Von Mr. Nunn." Lady Agnes betrachtete den Umschlag einen Moment. „Er muss gestern aufgegeben worden sein, bevor ..." Sie zögerte einen Moment, dann öffnete sie den Umschlag und holte ein Blatt Papier heraus. Sie überflog die Notiz, und die Farbe wich aus ihrem Gesicht, was ihren Teint so weiß wie die Leinentischdecke machte. Sie presste ihre Hand vor den Mund. „Oh du meine Güte."

„Was ist?", fragte ich.

„Es ist schrecklich, aber der Brief enthält auch eine Antwort ..." Sie überflog die Zeilen noch einmal, dann gewann sie etwas von ihrer üblichen autoritären Art zurück. „Boggs, rufen Sie Inspector Longly an. Sagen Sie ihm, er möchte sofort herkommen."

„Sehr wohl, Milady." Boggs verließ den Raum.

Lady Agnes reichte mir den Brief. „Es ist ein Geständnis. Mr. Nunn sagt, er habe meinen Onkel vergiftet, um die Spende der Sammlung zu verhindern, doch er konnte die Schuld nicht ertragen. Es – es ist ein Abschiedsbrief."

KAPITEL NEUNZEHN

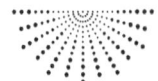

*A*ls ich nach dem Frühstück mein Zimmer verließ, drehten sich meine Gedanken wie ein Kreisel, mit dem ich als Kind gespielt hatte, und schossen in die eine Richtung und dann in eine andere. Nunn ein Mörder? Er hatte auf meiner Verdächtigenliste nicht weit oben gestanden, bis ich von der Spende erfahren hatte, doch sein Wissen darüber gab ihm ein Motiv. Wie jeder im Haus hatte er in jener Nacht Gelegenheit gehabt.

Doch dieser Brief ... irgendwas daran passte nicht.

War es der Ton? Die Wortwahl?

Der Brief selbst war kurz genug, dass ich mich fast wortwörtlich daran erinnern konnte.

Die Schuld ist unerträglich. Ich gestehe, dass ich Lord Mulvern das Leben genommen habe. Da, ich habe es in Worte gefasst. Jetzt bleibt nichts anderes zu tun, als alles zu beenden. Es tut mir leid.

Wilfred Nunn.

Ich war auf halbem Weg die Treppe hinunter und gerade dabei, meine Handschuhe anzuziehen, als ich innehielt. Die Unterschrift! Sie hatte mich gestört. Ich warf einen Blick auf meine Armbanduhr. Ich sollte Essie in einer Viertelstunde treffen, doch ich hatte Zeit für einen kleinen Umweg.

Das Morgenzimmer war leer, und ich eilte zu Lady Agnes' Schreibtisch. Ich wollte tun, wofür ich gekommen war, und so schnell wie möglich gehen. Wenn mich jemand beim Durchblättern der Papiere auf ihrem Schreibtisch finden würde, wäre das ziemlich peinlich. Ich war mir sicher, dass der Brief, den ich Nunn am Vortag unterschreiben gesehen hatte, nicht mehr da war – wahrscheinlich per Post verschickt –, doch die Mappe mit Korrespondenz, die Nunn Lady Agnes gebracht hatte, hatte mehrere Briefe und Formulare mit seiner Unterschrift enthalten. Ich hatte sie auf ihrem Schreibtisch liegen gelassen und war erleichtert, als ich sah, dass sie noch da war.

Ich hakte den kurzen Riemen meiner Handtasche über mein Handgelenk, nahm die Mappe und blätterte darin. Zuvor hatte ich mich auf den Inhalt der Briefe und Formulare konzentriert, doch jetzt interessierten mich nur noch die Unterschriften. Mein Blick wanderte zum Ende der Seiten, während ich sie durchblätterte. Nunn hatte jede Korrespondenz genau so unterschrieben, wie ich ihn den Brief unterschreiben gesehen hatte.

G. Wilfred Nunn.

Ich legte die Mappe wieder auf den Schreibtisch und ging zur Tür, doch bevor ich sie erreichte, hörte ich Stimmen. Die Stimme von Lady Agnes drang durch den Flur. „... ziemlich schockierend, heute Morgen einen Brief von Herrn Nunn zu öffnen."

„Ja, das kann ich mir vorstellen", sagte Longly.

Die Stimme von Lady Agnes wurde deutlicher, als sie näherkam. „Ich habe ihn in meiner Schreibtischschublade eingesperrt."

Mein Herz machte einen Sprung. Sie waren auf dem Weg hierher. Ich wollte mich nicht in die Beantwortung weiterer Fragen von Longly verwickeln. Ich huschte hinter die offene Tür und drückte mich in das Dreieck zwischen Tür und Wand.

„Ich habe immer noch nicht herausgefunden, was aus Professor DeWitt geworden ist." Ich erhaschte einen Blick auf Lady Agnes' schwarze Locken und Longlys dunklen Anzug, als sie durch die Tür traten. „Er hätte gestern Abend eintreffen sollen", sagte Lady Agnes. „In all der Verwirrung habe ich ihn bis jetzt komplett vergessen."

„Er hat Oxford nie verlassen", sagte Longly, als sie den Raum durchquerten. „Er ist vor zwei Tagen erkrankt und hat Ihnen einen Brief geschrieben, dass er seine Reise verschieben muss. Leider hat er den Brief mit der falschen Hausnummer versehen, und er wurde auf der anderen Straßenseite abgeliefert. Ich komme gerade von einem Gespräch mit Mr. Clark."

„Er ging an Mr. Clark? Du meine Güte. Kein Wunder, dass wir nichts davon wussten. Mr. Clark verbringt seine Tage in seinem Club. Er hat ihn wahrscheinlich noch nicht einmal gesehen."

„Ich habe ihn in seinem Club besucht, und er hat mir

die Erlaubnis gegeben, nach dem Brief zu suchen. Er lag auf einem Stapel Post, noch nicht einmal geöffnet."

Das Klirren von Metall ertönte. Lady Agnes musste einen Schlüsselbund herausgeholt haben, um die Schublade aufzuschließen. „Dann muss Mr. Nunn am Bahnhof gewartet haben, und als er bemerkt hat, dass der Professor nicht im Zug war, muss er gegangen sein. Hier ist der Brief."

Ich schob meinen Kopf durch die Tür. Lady Agnes und Longly standen mit dem Rücken zu mir.

Jetzt war die Zeit gekommen, zu verschwinden. Als Longly das Papier aus dem Umschlag zog und auffaltete, machte ich drei vorsichtige Schritte auf Zehenspitzen und huschte dann durch die Tür.

„Ich würde gerne etwas von Mr. Nunns Korrespondenz sehen." Longlys Stimme wurde leiser, als ich den Gang entlang eilte, dankbar für den Teppichläufer, der meine Schritte dämpfte. Gott sei Dank hatte ich schon Mütze und Handschuhe an und konnte sofort gehen. In weniger als einer Minute stürzte ich aus der Haustür und in den Nebel hinaus.

Nachdem ich die runde Auffahrt von Mulvern House verlassen hatte, ging ich weiter, hielt mich dicht an den Gebäuden, während ich geradeaus spähte und nach dem nächsten Laternenpfahl Ausschau hielt, der aus dem Nebel auftauchte, als ich mich ihm näherte. Es wäre nicht gut, vom Bürgersteig auf die Straße abzudriften. Es herrschte nur wenig Verkehr, doch das Dröhnen eines Motors signalisierte alle paar Minuten, dass sich ein Automobil näherte, dann schnitten die gelben Strahlen der Scheinwerfer nur wenige Meter entfernt durch den weißen Dunst. Ich benutzte die verschwommen leuchtende Kette der Straßenlaternen, um durch den Nebel zu navigieren.

Auch ein paar andere Fußgänger waren unterwegs. Diejenigen, die auf mich zukamen, konnte ich erst einen Moment zuvor am Klackern ihrer Absätze hören, bevor sie sich in meiner kleinen Sichtblase materialisierten, dann verschluckte der Nebel sie wieder.

Ich schlug das Revers meines Mantels hoch und zog es fester um meinen Hals, um der Kälte entgegenzuwirken. Würde Longly den fehlenden Anfangsbuchstaben auf der Unterschrift des Briefes, der Lady Agnes am Morgen zugestellt worden war, bemerken? Es war eine Kleinigkeit, das Fehlen eines Anfangsbuchstabens, doch auf allen anderen Papieren, die ich mir angesehen hatte, hatte Nunn immer mit dem Anfangsbuchstaben G vor dem Rest seines Namens unterschrieben. Es war kaum vorstellbar, dass er seine Unterschrift so plötzlich ändern würde.

Wenn die Unterschrift auf dem Brief gefälscht war, hatte Nunn ihn nicht geschrieben, was bedeutete, dass die Wahrscheinlichkeit hoch war, dass er nicht absichtlich vor diesen Lastwagen gelaufen war. Das führte zu einer weiteren langen Liste von Fragen. Wer würde Nunn so etwas antun? Wer *könnte* Nunn das angetan haben? Hatte sich am Abend zuvor jemand aus Mulvern House geschlichen und war Nunn gefolgt? Als der Professor nicht kam, erkannte dieser Jemand, dass das eine Chance war, Nunn zu beseitigen und ihm die Schuld für Lord Mulverns Tod in die Schuhe zu schieben?

Ich musste aufpassen, dass ich die Neuigkeit von Nunns Tod nicht Essie verriet. Wenn sie dachte, es gäbe auch nur den Hauch einer pikanten Nachricht, würde sie mich bearbeiten, bis sie es aus mir herausholte. Es war besser, jetzt nicht daran zu denken. Es war zu früh, um ihr zu sagen, was passiert war. Zu viele Fragen waren unbeantwortet, und ich wusste nicht einmal, ob Nunns Familie bereits informiert worden war.

Ich war froh, endlich die Lichter des Lyons Corner House durch den Nebel scheinen zu sehen. Ich fand Essie oben an einem Tisch am Fenster. Sie trug einen weiteren Glockenhut, diesmal mit geraffter Seide, die zu Blumen geformt war, und mehreren Federn, die ihr ins Gesicht hingen und fast ihre Augen bedeckten.

„Guten Morgen, Essie."

Sie war über ein kleines Notizbuch gebeugt, klappte es jedoch zu. „Olive, ich freue mich, dass du kommen konntest. So aufregende Neuigkeiten –"

Ich legte meine Handtasche auf den Tisch, während ich es mir auf meinem Stuhl bequem machte.

„Meine Güte, Olive. Pass auf, wo du damit hindeutest."

„Was? Oh –" Der Verschluss meiner Handtasche war aufgesprungen, und die Tasche stand offen. Die metallisch glänzende Schminkschatulle in Form einer Pistole glänzte im Licht des Restaurants. Essie stocherte in meiner Handtasche herum und drehte sie so, dass die Mündung der „Waffe" auf mich gerichtet war, nicht auf sie.

„Die ist nicht echt", sagte ich. „Es ist eine Schminkschatulle." Ich drehte die Schatulle so, dass Essie die dünne Linie sehen konnte, an der sich die beiden Metallhälften trafen.

„Wie clever. Ich brauche auch so eine. Wo hast du sie her?"

„Sie war ein Geschenk." Ich schloss meine Handtasche und rückte meinen Stuhl näher an den Tisch. „Du hast die Quelle gefunden, nicht wahr?"

„Ja." Zufriedenheit lag in ihrem Ton.

Ich hatte keinen Moment daran gezweifelt, dass sie es herausfinden würde. „Wer ist es?"

Essie öffnete den Mund, doch dann kam der Kellner.

Wir bestellten beide Tee und Buttertoast.

„Also?" Ich fürchtete, Essie könnte versuchen, die Spannung auszudehnen, doch sie beugte sich über den Tisch und senkte die Stimme, obwohl das Restaurant von Gesprächen und Besteckklappern summte. „Lady Mulvern."

Ich richtete mich auf. „Nora?"

„Ja. Nora Narziss selbst", sagte Essie mit einem Nicken.

Ich sah aus dem Fenster. Der Nebel verwischte das Gebäude auf der anderen Straßenseite zu einem verschwommenen impressionistischen Umriss. „Aber das ergibt keinen Sinn."

„Es hört sich überhaupt nicht nach Nora an, das gebe ich zu, doch nachdem ich Charlie ein bisschen Schnaps aufgeschwatzt hatte, hat er alles erzählt.

Abgesehen von der ursprünglichen Geschichte über den Abschiedsbrief, die direkt nach Lord Mulverns Tod veröffentlicht wurde, stammt alles andere von Nora."

„Aber nicht die erste Geschichte, die veröffentlicht wurde?" „Nein. Das war ein Hinweis der Polizei."

„Interessant." Das war eine Ablenkung, und ich musste konzentriert bleiben. „Unabhängig von der ersten Geschichte, warum sollte Nora dem Reporter noch mehr Geschichten geben? Und wie viele waren es, vier, fünf?"

„Fünf." Essie klopfte auf den Tisch vor mir. „Und was das angeht, zähle ich darauf, dass du es herausfindest. Es muss einen Grund geben."

„Der einzige Grund, den ich mir vorstellen kann, einem Reporter Informationen zu geben, wäre, ihr Bild in der Zeitung zu sehen, doch keiner der Artikel hat sie erwähnt oder ihr Bild abgedruckt." Welches Spiel spielte Nora? Warum pflanzte sie Artikel in die Zeitungen, die die Familie ins öffentliche Interesse zogen? Dachte sie, dass ihr das irgendwie die Wohnung verschaffen würde, die sie wollte? Vielleicht dachte sie, wenn Mulvern House den Ruf hätte, ein unheimlicher, unappetitlicher Ort zu sein, würde Gilbert umziehen wollen?

Die Kellnerin kam mit unserer Bestellung, was meine Aufmerksamkeit wieder auf den Tisch lenkte.

Essie nahm ihren Toast. „Ich habe gehört, du wohnst in Mulvern House."

Natürlich hatte Essie auch diese Information aufgeschnappt. „Lady Agnes hat mich gebeten, ein paar Tage zu bleiben."

„Faszinierend, wenn man bedenkt, dass du und Lady Agnes keine engen Freunde seid."

„Lady Agnes und ich haben uns neulich kennengelernt", erklärte ich.

„Es scheint, dass, wenn dir jemand eine Einladung zu einem Aufenthalt in Mulvern House aussprechen würde, dann Nora. Schließlich kennt ihr euch von der Schule."

Ich lächelte Essie kurz an. „Ich verspreche, dass ich dir alle Details erzählen werde, sobald die Situation geklärt ist."

Sie seufzte und griff nach einem weiteren Stück Toast. „Ich wusste, dass du das sagen würdest. Ich werde jetzt nicht auf Details drängen, weil du so nett warst, mir in der Vergangenheit ein paar ausgewählte Nachrichten zuzuspielen."

„Ich gebe mein Bestes, um deiner Karriere einen Schub zu geben. Wir arbeitenden Mädchen müssen zusammenhalten."

„Und ich brauche jede Hilfe, die ich bekommen kann – vor allem, wenn Charlie all die Sensationsgeschichten an sich reißt." Sie starrte einen Moment aus dem Fenster. „Ich verstehe nicht, wie er das macht, wenn man bedenkt, wie faul er ist. Er bekommt seine Geschichten kaum vor der Deadline getippt. Woher er die Energie nimmt, Nachrichten aufzuspüren, weiß ich nicht."

Wir verbrachten den Rest unserer Zeit damit, dass Essie Klatsch und Tratsch erzählte, und verabschiedeten uns im Nebel vor dem Restaurant voneinander. Essie wickelte sich einen Schal um den Hals und schauderte übertrieben. „Schreckliches Wetter. Was würde ich nicht für einen Blick auf das Mittelmeer geben." Sie hob den Arm und rief ein Taxi. „Das Damentreffen, über das ich als Nächstes berichte, ist nur ein paar Blocks entfernt, aber bei diesem Wetter gehe ich nicht zu Fuß." Sie hielt mit der Hand am Griff der Taxitür inne. „Lass mich wissen, was du herausgefunden hast. Ich kann es kaum erwarten, den alten Charlie zu übertrumpfen."

KAPITEL ZWANZIG

*N*ebelschwaden waberten um mich herum, als ich mich auf den Weg machte. Die Nationalgalerie war nicht weit entfernt, und ich konnte die Extravaganz eines Taxis nicht wirklich rechtfertigen. Sparsamkeit hatte sich in mir fest verwurzelt, und obwohl ich wusste, dass ich Geld auf der Bank hatte und Lady Agnes einen netten Betrag gezahlt hatte, konnte ich mich nicht dazu bringen, Geld für eine so leichtfertige Ausgabe wie eine Taxifahrt über eine kurze Strecke auszugeben.

Ich fand Jasper auf seinen Gehstock gestützt vor einem Gemälde in Schwarz- und Grautönen, das aussah, als hätte jemand eine Szene gemalt, dann einen Lappen genommen und über die Leinwand gewischt, wodurch das Bild verwischt worden war.

Ich blieb ein wenig hinter seiner Schulter stehen. „Das ist furchtbar düster. Vielleicht könnten wir etwas Fröhlicheres finden."

Jasper drehte sich um, und seine Augen verzogen sich, als er lächelte. „Hallo, altes Mädchen. Ich bin froh, dass du gekommen bist. Ich dachte, du würdest wegen des Nebels vielleicht drinnen bleiben."

„Wenn ich mir meinen Ausgang vom Wetter diktieren ließe, würde ich vielleicht nie rausgehen. Wir sind schließlich in London."

„Das Motto eines echten Londoners." Er richtete seinen Stock auf das Gemälde. „Ich dachte, es passt zur Atmosphäre des Tages."

„Es passt zu meinem aktuellen Gemütszustand."

„Und der wäre?"

„Ein Durcheinander."

„Klingt faszinierend." Er streckte seinen Arm aus. „Du kannst mir alles darüber erzählen, während wir auf der Suche nach etwas Freundlicherem spazieren gehen."

„Und mehr ... erkennbar. Eine schöne, anspruchslose Landschaft wäre ideal." Ich hakte meinen Arm unter seinen. „Bevor ich mit meiner Geschichte beginne, muss ich hören, was du getrieben hast, wo du gewesen bist. Du hast gesagt, du hast eine Nachricht von Tante Caroline, Gwen und Violet?"

„Deine Verwandten senden dir ihre Liebe und möchten, dass ich dir mitteile, dass sie vor Ende des Monats zurück sein werden."

„Hast du sie in Südfrankreich gesehen?", fragte ich, während wir uns in behäbigem Tempo durch die Galerien bewegten und gelegentlich vor Gemälden stehenblieben.

„Nein, ich bin ihnen bei einem Spaziergang im Jardin des Tuileries begegnet. Es war die erste Gelegenheit, die sie hatten, die Stadt zu sehen. Offenbar hatten sie den Rest ihrer Zeit bei den Modisten verbracht."

„Ich würde lachen, doch ich weiß, es ist kein Witz. Tante Caroline nimmt Mode sehr ernst."

„Vielleicht das hier?" Jasper nickte zu einem Gemälde mit einem bunten Feld mit Wildblumen und einem weiten blauen Himmel.

„Ja. Genau das brauche ich heute. Etwas Klares und Schönes, das mir beim Denken hilft."

„Und einen Resonanzboden?", fragte Jasper.

„Du weißt, dass du für mich viel mehr bist als nur ein Resonanzboden." Ich räusperte mich. Ich mochte Jasper unglaublich gern – und ich dachte, dass er dasselbe für mich empfand – aber es war eines dieser Dinge, über die wir nicht sprachen, und ich machte mir nicht allzu viele Gedanken darüber. Schnell fuhr ich fort. „In Mulvern House gibt es einige Ungereimtheiten."

„Ach so?"

„Lady Agnes glaubt nicht, dass ihr Onkel Selbstmord begangen hat. Sie glaubt, er wurde ermordet."

„Und sie hat dich gebeten, ihr zu helfen … das zu beweisen?"

„Sie hat mich beauftragt, ja."

„Und hast du bei diesem Unterfangen Fortschritte gemacht?"

„In gewisser Weise. Ich habe mehrere Dinge aufgedeckt, die in Mulvern House vor sich gegangen sind, doch nichts Bestimmtes. Lass mich am Anfang beginnen. Der verstorbene Lord Mulvern ist an einer Überdosis Schlafmittel gestorben, das er gelegentlich einnahm, doch die Dosis, die sein Leben beendet hat, war erheblich mehr, als jeder Mensch freiwillig in sein Glas gießen würde."

„Also kein Unfall."

„Definitiv nicht. Das Fazit der Ermittlung war Selbstmord. Soweit ich feststellen konnte, hatte jeder, der an diesem Abend im Haus war, Gelegenheit, in Lord

Mulverns Zimmer zu schleichen und das Veronal in sein Wasserglas zu mischen, das neben seinem Bett bereitstand. Lord Mulvern hat in der Nacht vor seinem Tod eine kleine Dinnerparty veranstaltet. Die Familie war zusammen mit Mr. Rathburn dort."

Jasper hob eine Augenbraue. „Du lieber Himmel. Albert Rathburn, ein Verdächtiger?"

„Er muss auf der Liste stehen. Er war dort."

„Ich bin sicher, das hat er nicht gut vertragen."

„Er schien einen plötzlichen Fall von Amnesie bezüglich aller Details rund um die Dinnerparty zu haben."

„In gewisser Weise hast du Glück. Es ist wahrscheinlich das einzige Mal, dass Rathburn nicht in epischer Breite gesprochen hat."

„Du kennst ihn also."

„Ich habe ein paarmal mit ihm gegessen."

„Ja, nun, er hat nur mit mir gesprochen, weil Lady Agnes darauf bestanden hat. Doch ich greife voraus. Um zum Anfang zurückzukehren – Nora, erinnerst du dich an sie? Nora Clayton, bevor sie Gilbert geheiratet hat?"

Auf Jaspers Nicken sagte ich: „Sie war sich ziemlich sicher, dass Lord Mulverns Kammerdiener, Hodges, das Veronal ins Glas gegeben hatte, weil Hodges nach Lord Mulverns Tod ein erhebliches Vermächtnis erhalten hat. Ich glaube jedoch nicht, dass er es getan hat. Er sollte dieselbe Zuwendung erhalten, wenn er seinen Dienst in Mulvern House beendet hatte, was in ein paar Monaten der Fall gewesen wäre. Hodges wäre ein großes – und unnötiges – Risiko eingegangen, wenn er Lord Mulvern ermordet hätte."

Jasper deutete auf eine Bank auf der anderen Seite des Raumes. „War es ein großes Vermächtnis?"

„Groß genug, um eine Wohnung in Belgravia zu kaufen."

„Ausgesprochen großzügig von Mulvern."

„Hodges hat mit ihm im Krieg gedient."

„Ah. Ich verstehe."

Als wir uns auf der Bank niederließen, sagte ich: „Mit Ausnahme des Butlers Boggs sind die restlichen Diener praktisch schon seit Äonen bei der Familie, und es gab keine anderen großen Vermächtnisse im Testament. Ich sehe nicht, wie einer von ihnen von Lord Mulverns Tod hätte profitieren können. Ich kann Boggs nicht ganz einschätzen. Er scheint mit einem Antiquitätenhändler verwandt zu sein."

„Dagegen gibt es kein Gesetz."

„Nein, doch es hat einen Einbruch in Mulvern House gegeben, und einige Antiquitäten wurden gestohlen – obwohl das vielleicht erklärt werden kann", sagte ich und dachte an die Skarabäen, die Longly in Nunns Zimmer gefunden hatte, was überaus praktisch war. „Oder vielleicht auch nicht. Um auf die Verdächtigen zurückzukommen: Gilbert will mich nicht dort haben, und er will nicht über den Abend des Todes seines Onkels sprechen."

„Vielleicht trauert er noch."

„Vielleicht. Er will gar nicht darüber reden. Während er jede meiner Fragen abgewiegelt hat, habe ich auf der anderen Seite herausgefunden, dass Nora die Zeitungen mit Details über den Fluch der Mumie versorgt hat."

Jaspers Blick war zu einem nahegelegenen Porträt gewandert, doch er drehte sich zu mir um. „Wie bizarr."

„Das ist es, nicht wahr? Und schließlich hat ihr Kurator gestern Abend Selbstmord begangen – angeblich. Er ist vor einen Lastwagen gelaufen, doch vorher hat er einen

Brief abgeschickt, in dem er gestanden hat, Lord Mulvern ermordet zu haben."

Jasper sah mich lange an. „Er hat einen Brief geschickt?"

„Ja. Er benutzte die Post, um seinen Abschiedsbrief zu schicken, was nur ein Teil des Vorfalls ist, der mir seltsam vorkommt. Wenn Mr. Nunn Lord Mulvern ermordet hat, dann schnürt Mr. Nunns Tod alles in ein hübsches kleines Paket."

„Doch wenn er es nicht getan hat, dann ist ein Mörder nach wie vor auf freiem Fuß.

Ja, ich verstehe deine Sorge."

„Das Problem mit dieser Art von Situation ist, dass es keine Hinweise mehr gibt, keine Beweise, die belegen, dass Mr. Nunn das Schlafpulver *nicht* in das Glas gegeben hat – oder dass jemand anderes es getan hat. Wie ich Lady Agnes gesagt habe, ist es sehr schwierig, etwas zu widerlegen."

„Das ist das Problem."

„Ich habe den Brief von Mr. Nunn gesehen. Etwas war seltsam daran. Es hat eine Weile gedauert, bis ich es begriffen hatte, aber dann wurde mir klar, was es war."

Ich erklärte den Unterschied in den Unterschriften und Jasper fragte: „Glauben Sie, dass Inspector Longly das auffallen wird?"

„Ich denke schon. Als ich heute Morgen Mulvern House verlassen habe, hat Inspector Longly gerade darum gebeten, Mr. Nunns Korrespondenz zu sehen. Wenn es mir schon aufgefallen ist, bin ich mir sicher, dass Inspector Longly es auch sehen wird." Ich erwähnte nicht, dass ich am Schreibtisch von Lady Agnes herumgeschnüffelt hatte. Jasper neigte dazu, bei einigen meiner Aktivitäten ein bisschen zimperlich zu reagieren.

„Apropos Briefe", sagte ich, „ich habe einen weiteren Brief noch nicht erwähnt – du siehst, wie durcheinander mein Verstand ist, dass ich vergessen habe, dir davon zu erzählen. Lady Agnes hat mir den Abschiedsbrief gegeben, der am Morgen des Todes des alten Lord Mulvern auf seinem Schreibtisch gefunden worden ist."

Eine von Jaspers Augenbrauen hob sich. „Sie hat ihn dir gegeben?"

„Sie wollte, dass ich alle Informationen zum Tod ihres Onkels habe." Ich nahm ihn aus meiner Handtasche und gab ihn ihm. Er war immer noch in das größere Blatt Briefpapier eingeschlagen, das ich aus dem Schreibtisch genommen hatte.

Jasper sah mich irritiert an. „Du trägst ihn mit dir herum?"

„Ja. Es könnte ein wertvolles Beweisstück sein." Ich wies auf den abgeschnittenen Teil oben hin.

Jasper holte sein Monokel heraus. „Ich wusste, dass sich das eines Tages als nützlich erweisen würde", sagte er, während er es an sein Auge hielt und dann den Rand des Papiers studierte. Er senkte das Monokel. „Olive, altes Mädchen, du bist unglaublich. Du hast Recht. Es sieht definitiv so aus, als wäre es manipuliert worden." Er runzelte die Stirn. „Du hättest Longly den Brief sofort geben sollen."

„Aber Longly war ursprünglich nicht für den Fall zuständig – und jetzt gibt es keinen Fall. Sie haben ihn abgeschlossen, erinnerst du dich? Und vielleicht hat Lord Mulvern die Seite selbst abgeschnitten. Oder er hat einfach ein Stück Papier aufgehoben, das zu einem anderen Zweck beschnitten worden war – das würde die Polizei sicher sagen. Es ist kein Beweis dafür, dass er keinen Selbstmord begangen hat, nur dass er kein volles

Blatt Papier verwendet hat, um seine Nachricht zu schreiben."

„Trotzdem denke ich, dass es jetzt ratsam ist, das an Longly zu übergeben."

„Ich habe gestern überlegt, genau das zu tun, doch dann hat Inspector Longly mir praktisch gesagt, dass ich an Lord Mulverns Tod nichts Falsches finden würde."

Jasper steckte sein Monokel weg. „Trotzdem sollte die Polizei den Brief haben."

Ich seufzte. „Du hast wahrscheinlich Recht. Die Situation hat sich geändert, besonders jetzt, wo es so aussieht, als ob Mr. Nunn ermordet worden sein könnte. Es gibt einfach so viele offene Fragen, die ich gerne beantwortet wissen möchte."

„Du willst dem Inspector ein hübsches Päckchen mit Schleife obendrauf präsentieren?"

Ich seufzte. „Ich denke, da kommt mein Stolz ein bisschen durch, doch es ist so. Lady Agnes hat mich gebeten zu ermitteln. Ich habe hart gearbeitet, um herauszufinden, was wirklich passiert ist. Ich will sehen, wie es ausgeht."

„Und du willst diejenige sein, die den Fall löst."

„Würdest du das nicht wollen?"

Jasper winkte ab. „Nein. Viel zu anstrengend, all das Nachdenken."

„Es ist nicht nur Nachdenken. Das meiste ist gute altmodische Beinarbeit und viele Fragen."

„Wie das?"

„Nun, nimm Boggs. Ich bin ihm in diesen Antiquitätenladen gefolgt. Ich hatte einfach nur bemerkt, dass er aussah, als wollte er sichergehen, dass ihm niemand folgte, was bedeutete, dass er an einen Ort ging, von dem er nicht wollte, dass jemand davon erfährt." Ich seufzte wieder.

„Da ist irgendetwas mit ihm. Ich habe nur noch nicht ganz herausgefunden, was es ist."

„Wegen seines Verwandten?"

„Meinst du nicht, dass es ein bisschen zu zufällig ist, dass sein Verwandter einen Antiquitätenladen besitzt, und Antiquitäten aus Mulvern House gestohlen wurden?"

„Es *könnte* ein Zufall sein." Jaspers Tonfall hatte eine Spur von Zweifel, als er über die Galerie starrte, sein Blick unfokussiert. Er reichte mir den Brief. „Nun, ich verstehe nicht, warum du das nicht dem guten Inspector übergeben und deine diskreten Ermittlungen fortsetzen kannst. Warum gibst du Inspector Longly diese Nachricht nicht, während ich losmarschiere und diesen Laden von Boggs' Verwandtem besuche? Du warst schon einmal dort, und ich wage zu behaupten, dass er sich an eine junge Frau deiner Bildung erinnern würde. Ich werde nicht annähernd so viel Aufmerksamkeit auf mich ziehen."

„Und an dich würde er sich nicht erinnern?" Ich ließ meinen Blick über ihn gleiten, von seinem goldenen Haar zu seinem makellosen und offensichtlich teuren Anzug. „Glaubst du nicht, dass er sich an einen so eleganten Gentleman wie dich erinnern würde?"

„Ich würde nicht so dorthin gehen. Ich ziehe einen Anzug vom letzten Jahr an."

„Oh, das wird dich fast unsichtbar machen, da bin ich mir sicher."

„Nicht spotten. Zum Glück ist heute Grigsbys freier Nachmittag. Sonst würde er die Tür blockieren, wenn er sehen würde, dass ich meine Zimmer in veralteter Kleidung verlasse."

„Und hast du die Angewohnheit, Antiquitätengeschäfte in eher fragwürdigen Stadtteilen zu besuchen?"

„Ein echter Sammler weiß nie genau, wohin die Suche

ihn führt. Vielleicht hat er Bücher auf Lager. Ich suche nach einem Krimiband, dessen Erstausgabe ausverkauft war, bevor ich zuschlagen konnte."

„Vergiss nur nicht, wonach du eigentlich suchst – Informationen über Boggs, den Butler oder alles, was mit dem Diebstahl von Antiquitäten in Mulvern House zu tun hat."

„Ich erfülle meine Pflichten immer." Jasper griff nach seinem Gehstock.

Ich steckte den Brief wieder in meine Handtasche, und wir standen auf. „Ich weiß es zu schätzen, dass du das für mich tust. Ich hoffe, es stört deinen Zeitplan nicht."

„Ich werde die Stadt erst am Freitag verlassen und habe bis dahin nichts Dringendes in meinem Terminkalender", sagte Jasper, als wir aus der Galerie schlenderten.

„Du gehst so bald wieder? Du bist doch gerade erst zurückgekommen."

„Man muss seinen sozialen Verpflichtungen nachkommen. Ich habe gelernt, dass Gastgeberinnen ziemlich gereizt reagieren, wenn man einer Einladung nicht nachkommt."

„Wo willst du hin?"

„Eine Jagdgesellschaft in Schottland."

„Ich wusste nicht, dass du mit der Jagd begonnen hast." In all den Jahren, die ich Jasper kannte, hatte er nie viel Interesse an diesem Sport gezeigt.

„Nicht mein Ding, doch es gibt jetzt so wenige Männer, die Schüsse ertragen können. Meine Gastgeberin war ziemlich verzweifelt, als sie mir die Einladung geschickt hat."

„Ich bezweifle, dass Verzweiflung im Spiel war. Du giltst als ziemlicher Fang."

„Ja, ich weiß – ich habe noch alle meine eigenen Haare und Zähne."

„Das meinte ich nicht, doch ich stimme zu, dass diese Faktoren dich auf eine Stufe über den meisten Junggesellen erheben, die in letzter Zeit meine Tischherren waren."

Als wir durch die Tür und in den grauen Tag hinaustraten, sagte Jasper: „Ein guter Haarschopf bringt einem Mann endlose Einladungen zum Abendessen ein. Ich schicke dir ein Telegramm, wenn ich etwas Interessantes finde."

KAPITEL EINUNDZWANZIG

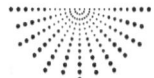

*J*asper bestand darauf, mich in ein Taxi zu setzen und den Fahrpreis zu bezahlen, also lehnte ich mich zurück und genoss den Luxus, nach Mulvern House gefahren zu werden. Als das Taxi unter der Porte-Cochère anhielt, kam Longly aus der Haustür. Ich war mitten in einer weiteren Debatte mit mir selbst darüber, ob ich Longly den Brief übergeben sollte oder nicht, doch ich erinnerte mich daran, dass Nunn möglicherweise gestoßen worden war, und schwang die Taxitür auf. „Inspector!", rief ich. „Würden Sie mit mir eine Runde um den Platz drehen? Ich habe ein paar Informationen, die Sie vielleicht nützlich finden könnten."

„Sicher", sagte Longly. Ich spürte, dass er es nicht wirklich tun wollte, doch er war zu höflich, es abzulehnen.

Ich rutschte auf die andere Seite der Sitzbank, und Longly glitt neben mich.

„Einmal um den Platz, bitte", sagte ich zum Fahrer. „Und bitte langsam."

Der Fahrer schien sich weigern zu wollen, doch Longly sagte: „Scotland Yard wird den Aufpreis bezahlen."

„Wie Sie wünschen."

Wir hatten nicht lange, also verschwendete ich keine Zeit. „Lady Agnes hat mir den Brief gegeben, der nach Lord Mulverns Tod auf seinem Schreibtisch gefunden wurde. Haben Sie ihn gesehen?"

„Nicht mein Fall, also nein."

Ich nahm das Papier aus meiner Handtasche. Er nahm es mir mit dem gleichen überraschten Ausdruck auf dem Gesicht wie Jasper ab, also sagte ich: „Ich habe festgestellt, dass Zimmer in Stadthäusern oft denen in Landhäusern sehr ähnlich sind. Es ist schwierig, Dinge sicher aufzubewahren. Ich fühle mich wohler, wenn ich ihn bei mir behalte."

Er nickte. „Das ist wahr." Er faltete das Blatt auf und überflog die kurze Nachricht. „Und warum glauben Sie, dass ich das jetzt unbedingt sehen muss?"

Mit einem Blick auf den Fahrer senkte ich meine Stimme. „Weil ich glaube, Sie haben dasselbe wie ich bei dem Brief von Mr. Nunn bemerkt, nämlich dass er nicht mit seiner üblichen Unterschrift unterschrieben war. Ich glaube, jemand hat die Notiz von Mr. Nunn gefälscht und die Skarabäen in sein Zimmer geschmuggelt, um Mr. Nunn die Schuld für den Mord an Lord Mulvern in die Schuhe zu schieben."

Das Taxi ruckte plötzlich nach links.

„'Tschuldigung", sagte der Fahrer mit einem langen Blick über die Schulter.

„Fahren Sie weiter", sagte Longly.

Der Fahrer wandte sich wieder der Straße zu, doch ich wusste, dass er auf jedes Wort hörte, das wir sprachen.

„Sehen Sie sich das Papier an." Ich zeigte auf den oberen Rand und den Größenunterschied zu dem einfachen Schreibpapier vom Schreibtisch, das ich auch dabeihatte. Ich wies auf die Scherenkerben und die leichte Neigung hin.

Longly hielt die Papiere gegen das Licht und kniff die Augen zusammen, während er die Kanten studierte, dann senkte er seine Stimme so sehr, dass ich ihn kaum hören konnte. „Also hat jemand Lord Mulverns Abschiedsbrief manipuliert?"

„Es sieht so aus."

Longly faltete den Brief wieder in Drittel, eingeschlagen mit der leeren Seite. „Ich behalte den erst einmal." Er steckte ihn in eine Innentasche. „Wie lange bleiben Sie noch in Mulvern House?"

„Ich bin mir nicht sicher. Lady Agnes hat mich gebeten, auf unbestimmte Zeit zu bleiben."

„Ich denke, es ist besser, wenn Sie in Ihre eigene Unterkunft zurückkehren."

„Wieso?"

Wir hatten die Runde rund um den Mulvern Square beendet. Der Fahrer verlangsamte das Taxi weiter, als wir uns Mulvern House näherten. „Wohin?"

„Durch die Tore, bitte", sagte Longly, und das Taxi fuhr unter die Porte-Cochère. Longly hielt mir die Tür auf, dann beugte er sich wieder hinein, um den Fahrer zu bezahlen. „Da ist ein Trinkgeld für Sie. Sollte ich erfahren, dass dieses Gespräch dieses Automobil verlassen hat, kenne ich die Quelle."

„Keine Sorge, Sir." Der Fahrer nahm das Geld und berührte seine Stirn. „Mein Gehör wird immer schlechter. Kann heute kaum noch was verstehen."

Das Taxi fuhr weg, und Longly wandte sich wieder mir zu. „Wenn sie Recht haben, wenn jemand … den Tod von Lord Mulvern beschleunigt hat – und wir müssen das angesichts der seltsamen Unterschrift auf der Notiz von

Mr. Nunn in Betracht ziehen –, dann hat jemand ein zweites Mal getötet, um zu verhindern, dass der erste Mord aufgeklärt wird. Je mehr Sie herumstochern, desto schlimmer wird es. Im Moment glaubt Lady Agnes nicht, dass Mr. Nunns Tod mehr als ein schrecklicher Unfall war. Es ist sicherer für sie und für Sie, wenn das erst einmal so bleibt."

„Sie hat den Unterschied der Unterschriften nicht bemerkt?"

„Nein. Der Tod von Mr. Nunn hat sie so sehr erschüttert, dass sie es übersehen hat. Ich habe heute darum gebeten, seine Korrespondenz zu sehen, doch ich habe ihr gesagt, dass ich die Handschrift sehen muss. Ich habe sie nicht auf die Unterschrift aufmerksam gemacht. Sie sind viel sicherer, wenn Sie Ihre Nase da raushalten und uns das klären lassen."

„Befehlen Sie mir, Mulvern House zu verlassen?"

„Ihnen befehlen?" Longly lachte. „Als würden Sie irgendwelche Anweisungen dieser Art von mir befolgen. Nein. Ich kenne Sie, Miss Belgrave. Ihre Cousine Gwen würde vielleicht tun, was ich ihr sage, aber Sie nicht." Er zögerte einen Moment, und ich dachte, er würde nach Gwen fragen, doch dann fuhr er fort: „Wenn ich diese Art von Befehl geben würde, würden Sie sich wahrscheinlich nur verschanzen. Ich kann Ihnen nur meinen Rat geben und der wäre, zu gehen. Guten Tag noch, Miss Belgrave." Er lüftete seinen Hut und verschwand im Nebel.

KAPITEL ZWEIUNDZWANZIG

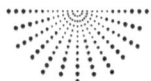

*E*in Diener öffnete mir die Tür. „Wo ist Boggs?",
fragte ich, als ich eintrat.

„Er wurde wegen eines Familiennotfalls weggerufen.
Seine Mutter ist plötzlich erkrankt."

„Tut mir leid, das zu hören. Wo ist er hingegangen?"
„Northumberland, Miss."

Der Zeitpunkt von Boggs' plötzlichem Verschwinden
schien verdächtig. Vielleicht war seine Mutter tatsächlich
krank … oder vielleicht hatte es mehr mit dem Brief zu tun,
den ich Lady Agnes zu schreiben gebeten hatte, um seine
Referenzen zu überprüfen. Er war auf dem Flur gewesen,
also musste er mitbekommen haben, dass wir darüber
gesprochen hatten. Dann kam mir ein anderer Gedanke –
konnte es mit Nunns Tod zu tun haben?

Bevor ich meine Gedanken analysieren konnte, welches
das wahrscheinlichere Szenario war, kam Nora mit einem
Hut auf dem Kopf die Treppe herunter. Ihre behand-
schuhte Hand strich über das Geländer, und ihr Rock
bauschte sich, als sie praktisch die Treppe hinunterrannte.
„Ist der Inspector weg?", fragte sie den Diener.

„Ja, Milady, vor ein paar Augenblicken gegangen."

Etwas, das ich für einen erleichterten Ausdruck hielt, huschte über Noras Gesicht.

„Musstest du mit ihm sprechen?", fragte ich.

„Nein, ich wollte nur sichergehen, dass er weg ist", meinte Nora und sagte dann zu dem Diener: „Ich brauche meinen Mantel, den Nerz."

Als der Diener ging, um den Mantel zu holen, fragte ich: „Nora, hast du einen Moment Zeit?"

Sie blinzelte auf die Standuhr auf der anderen Seite des Eingangs. „Nicht wirklich. Dorothy sollte jeden Moment hier sein. Sie geht mit mir zu Madame LaFoy. Ich habe gerade genug Zeit, vor dem Abendessen meinen neuen Hut abzuholen."

„Es ist ziemlich wichtig."

„Oh, wenn es so ist", sagte sie. „Was ist es?"

Ich nickte zur Treppe. „Vielleicht könnten wir nach oben in den Salon gehen."

Sie seufzte. „Wenn du meinst." Sie stapfte nicht gerade die Treppe hoch, doch sie zeigte deutlich, dass sie nicht glücklich darüber war, mit mir zu reden. Als wir den Salon betraten, ließ sich Lapis von der Fensterbank fallen und ging über den Teppich, um um Noras Füße zu streifen.

Ich vergewisserte mich, dass sich keine Diener im Flur aufhielten, dann schloss ich die Tür. „Warum hast du die Zeitungen mit Informationen versorgt?"

Nora hob die Katze hoch und schmiegte ihr Kinn an ihren Kopf. „Ich weiß nicht, wovon du redest."

„Nora, jetzt ist nicht die Zeit für Schauspielerei."

„Aber das ist absurd. Du solltest nicht auf Gerüchte hören."

„Es ist wahr. Der Reporter, mit dem ich gesprochen habe, hat dich namentlich erwähnt."

Nora vergrub ihre Wange einen Moment lang gegen das cremefarbene Fell der Katze, blickte auf und hob das Kinn. „Und was, wenn ich es getan habe? Es gibt kein Gesetz, das besagt, dass ich nicht mit jedem sprechen kann, mit dem ich sprechen will."

„Aber du verbreitest absichtlich Gerüchte – absurde Gerüchte, möchte ich hinzufügen – über den Fluch einer Mumie auf diesem Haus. Warum tust du das?"

„Das geht dich nichts an. Ich weiß nicht, warum du glaubst, du kannst hier reinkommen und deine Nase in unsere Angelegenheiten stecken." Sie hielt Lapis an ihre Brust und streichelte mit ihrer Hand schnell über die Wirbelsäule der Katze. „Du bist nicht einmal eine enge Freundin der Familie. Ich bin dir keine Antwort schuldig."

Lapis wand sich, und Nora ließ sie gehen. Die Katze landete leichtfüßig, dann kam sie herüber und schnupperte an meinen Schuhen. Nora strich Katzenhaare von ihren Ärmeln. „Ich erwarte, dass du das für dich behältst."

„Das kann ich nicht. Lady Agnes hat mich beauftragt, herauszufinden, was mit ihrem Onkel passiert ist, und den Gerüchten ein Ende zu setzen, und das habe ich vor."

Noras Hand wurde still. „Du würdest Aggie nicht sagen –"

„Ich fürchte, du lässt mir keine andere Wahl."

Obwohl Nora und ich uns aus dem Mädchenpensionat kannten, war sie keine enge Freundin, und sie hatte nie etwas getan, um meine Loyalität zu verdienen. Es war Lady Agnes, die mich beauftragt hatte.

Nora musste an meinem Gesichtsausdruck erkannt haben, dass ich es ernst meinte und sie meine Meinung nicht ändern konnte. Sie stieß einen verärgerten Laut aus und wandte sich ab. Sie schritt zu einem der Fenster auf der anderen Seite des Zimmers, von wo aus sie auf den

Park blickte, der noch immer fast vollständig vom Nebel verdeckt war.

„Ich bin zuerst zu dir gekommen, Nora", sagte ich. „Ich hätte direkt zu Lady Agnes oder Gilbert gehen können, doch ich wollte zuerst mit dir reden."

„Und ich weiß, wie hartnäckig du bist. Du wirst nicht aufhören, oder?"

„Nein." Ich hatte Inspector Longly nicht versprochen, dass ich aufhören würde, Fragen zu stellen, und das hatte ich auch nicht vor.

„Also gut", seufzte sie. „Ich werde es dir sagen. Ich wusste nicht, was ich sonst tun sollte." Sie wandte sich vom Fenster ab und hielt sich an der Rückenlehne eines Ohrensessels fest. „Ich weiß nicht, woher diese erste Geschichte über den Fluch kam, doch als ich sie gesehen habe, wurde mir klar, was für eine gute Ablenkung das war."

„Eine Ablenkung?"

„Ja. Es war vor Abschluss der Ermittlungen. Ich wollte nicht, dass sich die Zeitungen auf die Familie konzentrieren. Es schien besser, dass alle Zeitungen über einen übernatürlichen Fluch sprachen, etwas, das vollkommen absurd war. Niemand würde es wirklich glauben, doch alle waren von der Idee begeistert."

„Aber warum wolltest du sie überhaupt ablenken?"

„Weil ich gesehen habe, wie Gilbert an diesem Abend Onkel Lawrence' Zimmer verlassen hat."

Ihre Stimme war so leise und so zögerlich, dass ich mich anstrengen musste, sie zu hören.

„Aber Gilbert sagte, er sei in dieser Nacht nicht in das Zimmer seines Onkels gegangen."

Sie stieß sich vom Stuhl ab und sagte in ihrem normalen Ton: „Nun, er hat gelogen. Er hat die Ermittler, mich, seine Schwester und dich angelogen." Ihre Stimme war grimmig, als sie fortfuhr. „Ich konnte ihm nicht widersprechen. Er ist schließlich mein Mann. Und ich wusste, wenn bekannt wurde, dass er da drin war, würde jeder denken, dass Gilbert Onkel Lawrence wegen seines Geldes getötet hat."

„Das war ein umstrittenes Thema zwischen dir und Gilbert und zwischen dir und Lord Mulvern."

„Wir haben uns um Geld gestritten, Gilbert und ich. Wir wollten nicht viel." Sie wedelte mit einer Hand durch den Raum. „Stell dir vor, wie viel dieses Stadthaus gekostet hat – all diese Einrichtung, die endlosen Antiquitäten. Onkel Lawrence hätte Gilbert und mir leicht eine Wohnung zur Verfügung stellen können. Er wollte das Geld einfach nicht ausgeben. Wenn etwas keine Antiquität ist, war Onkel Lawrence nicht interessiert."

Sie ließ sich auf das Sofa fallen. „Ich habe am Nachmittag mit Onkel Lawrence gestritten. Unsere Stimmen waren ... nicht gerade leise. Gilbert hat uns gehört."

„Als du Gilbert also in das Zimmer seines Onkels gehen gesehen hast, hast du gedacht ..."

„Ich habe mir damals nichts gedacht. Ich war selbst erst wenige Minuten zuvor in seinem Zimmer gewesen."

„Du bist an diesem Abend auch in Lord Mulverns Zimmer gewesen?" Es schien, dass Gilbert nicht der einzige Lügner in Mulvern House war.

„Ich war nur kurz drin", sagte Nora, als ob die Kürze ihres Besuchs ihre vorherige Aussage nicht zu einer Lüge machen würde. „Ich war auf dem Weg zum Abendessen und habe einen von Onkel Lawrence' Manschettenknöpfen auf dem Boden im Flur gefunden. Es war ein Manschettenknopf aus Rubin und Diamanten. Lapis hat damit auf dem Teppich gespielt, und das Funkeln der

SARA ROSETT

Steine hat meine Aufmerksamkeit erregt. Nur deshalb ist es mir aufgefallen. Ich konnte ihn nicht auf dem Teppich liegen lassen. Er ist ziemlich wertvoll, weißt du? Es war direkt vor der Tür von Onkel Lawrence' Zimmer. Es war am einfachsten, hineinzugehen und ihn in die kleine Schale auf seiner Kommode zu legen, was ich getan habe."

„War noch jemand bei dir im Flur, als du den Manschettenknopf gefunden hast?"

„Nein. Ich habe den Manschettenknopf aufgehoben. Lapis war ziemlich verärgert, dass ich ihr Spiel unterbrochen habe." Nora ließ den Blick durch den Raum schweifen. Lapis schlenderte zum Fensterbrett, hielt inne, sprang dann lotrecht hinauf und landete auf dem Sims. „Ich habe den Manschettenknopf in die Schale in Onkel Lawrence' Zimmer gelegt und bin gegangen." Noras selbstbewusster Ton stockte plötzlich. „Ich war auf halbem Weg die Treppe hinunter, als ich beschlossen habe, meine Schuhe zu wechseln. Sie waren neu und haben furchtbar um die Zehen gedrückt. Ich stieg also wieder die Treppe hinauf, um in mein Zimmer zurückzugehen, und da habe ich Gilbert gesehen. Ich war noch ein paar Stufen tiefer, und ich bin sicher, dass mein Kopf das Einzige war, was man vom Flur aus sehen konnte – deshalb hat Gilbert mich nicht bemerkt, als er aus Onkel Lawrence' Zimmer kam. Gilbert ist den Flur hinunter in seine Ankleide gegangen und hat mich nicht gesehen."

„Hast du es ihm gegenüber erwähnt, als du deine Schuhe gewechselt hast?"

„Nein. Ich wollte nicht mit ihm reden." Nora untersuchte die Nagelhaut ihres Daumennagels. „Gilbert und ich hatten an diesem Nachmittag auch einen kleinen Zusammenstoß. Er war nicht glücklich, dass ich wieder versucht hatte, Onkel Lawrence davon zu überzeugen, uns in einer Wohnung unterzubringen. Also habe ich beschlossen, lieber unbequeme Schuhe zu tragen, als mit Gilbert sprechen zu müssen."

„Und du hast ihn nicht einfach später danach gefragt?"

„Wir haben nicht gesprochen. Und am nächsten Tag war keine Zeit mehr. Onkel Lawrence war ... weg. Es war schrecklich mit dem Arzt und dann der Polizei im Haus. Dieser furchtbare Inspector kam – Thorn – und er hat gleichzeitig mit Gilbert und mir gesprochen. Gilbert sagte, er sei an diesem Abend überhaupt nicht in Onkel Lawrence' Zimmer gegangen, also konnte ich ihm natürlich schlecht widersprechen. Das kannst du verstehen, nicht wahr?"

Meine Gedanken schwirrten. Sie vermutete, dass ihr Mann ihren Schwiegervater ermordet hatte. Kein Wunder, dass sie Gilbert aus ihrem Zimmer ausgesperrt hatte.

Ich machte ein Geräusch, das man als mitfühlend interpretieren konnte. Ich hätte nicht geschwiegen, doch ich nahm an, dass sie das Gefühl hatte, sich selbst schützen zu müssen.

Nora sagte: „Die Reporter haben ständig herumgeschnüffelt. Du hast keine Ahnung, wie hartnäckig sie sein können."

Ich hatte eine recht gute Ahnung. Immerhin kannte ich Essie, doch diesen Gedanken behielt ich für mich. Ich wollte Nora jetzt nicht ablenken, da sie ehrlich zu erzählen schien, was passiert war.

„Also entschied ich, dass es eine gute Ablenkung wäre, wenn ich ein bisschen über die Mumie erzähle." Sie zuckte eine Schulter. „Es hat funktioniert. Die Reporter haben sich darum gerissen, über die Mumie zu schreiben. Die Ermittlungen wurden nur am Rande erwähnt."

„Was ist mit all den jüngsten Geschichten über den

Fluch? Warum fütterst du die Zeitungen weiter mit Geschichten?"

„Weil dieser schreckliche Reporter, mit dem ich das erste Mal gesprochen habe, mich kontaktiert und mir gesagt hat, wenn ich keine Details zu einer neuen Geschichte über die Mumie liefere, dann würde er eine Geschichte drucken, die mich als seine Quelle nennt. Das konnte ich nicht zulassen."

„Erpressung durch einen Journalisten", sagte ich. „Interessant."

Essie hatte gesagt, Charlie, der Reporter, der die Geschichten schrieb, sei notorisch faul. Er musste entschieden haben, dass es einfacher war, Geschichten zu erfinden, als neue wahre Geschichten zu finden, über die er berichten konnte.

„Hast du die Amulette und den Schmuck der Mumie gestohlen?" So, wie ich sie einschätzte, traute ich es ihr nicht zu, den Diebstahl inszeniert zu haben, um Futter für die Zeitungsberichte zu schaffen.

Ein angewiderter Ausdruck huschte über Noras Gesicht. „Nein. Ich würde so etwas nie anfassen."

Ihre Abscheu schien echt, und wahrscheinlich sagte sie die Wahrheit.

Es klopfte an der Tür und ein Diener kam herein. „Entschuldigen Sie die Störung. Ihr Taxi, Lady Mulvern."

„Ich bin gleich unten", sagte Nora. Der Diener zog sich zurück, ließ jedoch die Tür offen. Nora stand auf. „Ich betrachte alles, was ich dir gesagt habe, als streng vertraulich und erwarte, dass du es für dich behältst", sagte sie, als sie aus dem Raum fegte.

Sie war kaum gegangen, als ein anderer Diener hereinkam. „Lady Agnes möchte Sie im Morgenzimmer sprechen, Miss Belgrave."

KAPITEL DREIUNDZWANZIG

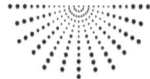

*I*ch machte mich auf den Weg zum Morgenzimmer und bemerkte kaum die opulente Einrichtung und das Dekor.

Ich war lange genug in Mulvern House, dass sie mir so vertraut wurden, dass ich ihre Schönheit nicht wahrnahm. Meine Gedanken waren beschäftigt mit dem, was Nora mir erzählt hatte. Nora wollte, dass ich ihr Geheimnis bewahre, und das hatte ich vor – vorerst. Ich hatte das Gefühl, als wäre ein winziges Licht eingeschaltet worden, das eine kleine Ecke eines höhlenartigen Raums beleuchtete. Ich musste herausfinden, was der Rest der dunklen Ecken enthielt, bevor ich mit Lady Agnes sprach.

Ich hatte das Gefühl, endlich die Wahrheit über das herauszufinden, was in der Nacht, in der Lord Mulvern gestorben war, passiert war, doch Nora hatte mich einmal angelogen, und Gilbert hatte anscheinend dasselbe getan. Bevor ich zu Lady Agnes ging, um ihr von meinen Entdeckungen zu berichten, wollte ich Noras Geschichte überprüfen.

Ich klopfte an die offene Tür zum Morgenzimmer und

trat ein. „Guten Tag, Miss Belgrave", sagte Lady Agnes. „Ich habe Ihnen einen Scheck ausgestellt." Sie kam durch den Raum, einen Zettel in der Hand. „Es ist der Rest des vereinbarten Betrages. Ich kann Ihnen nicht genug danken für das, was Sie getan haben."

Ich blickte erschrocken vom Scheck auf. „Was ich getan habe?"

„Wenn Sie keine Fragen gestellt hätten, wären Mr. Nunns Aktivitäten nie ans Licht gekommen."

„Ich fürchte, ich verstehe nicht. Es gibt keinen stichhaltigen Beweis dafür, dass Mr. Nunn Ihren Onkel getötet hat."

Zwischen den Augenbrauen von Lady Agnes bildete sich eine Falte. Jetzt, wo sie näher war, bemerkte ich, dass ihre Augen rot und ihre Augenlider geschwollen waren. Sie hatte geweint. „Dank Ihnen haben wir Mr. Nunns Geständnis. Es ist eine tragische und traurige Situation." Sie wandte den Blick ab und presste ihre Finger auf ihren Nasenrücken, während sie die Tränen unterdrückte. „Es tut mir schrecklich leid", sagte sie und holte tief Luft. „Aber jetzt, da wir wissen, was passiert ist, bin ich ein bisschen emotional." Sie schniefte und straffte ihre Schultern. „Doch zumindest weiß ich jetzt, was passiert ist, was einen – wenn auch beunruhigenden – Schlussstrich unter die Sache setzt. Ich glaube fest daran, die Wahrheit kennen zu müssen, auch wenn sie unangenehm oder schwierig ist. Wir haben diese Wahrheit jetzt. Mr. Nunn war nicht, wofür wir ihn gehalten haben, doch zumindest wissen wir, was passiert ist."

„Aber soweit ich weiß, untersucht Inspector Longly immer noch den Tod von Mr. Nunn."

„Untersucht? Was gibt es da zu untersuchen?"

„Vielleicht war Mr. Nunn nur ein bequemer Sündenbock", sagte ich, wohl wissend, dass ich zu weit gegangen war, und alle Besonnenheit verschwunden war. Lady Agnes hatte im Grunde gesagt, meine Arbeit sei getan. Als Nächstes würde sie mir sagen, dass ich meine Koffer packen sollte, und mich zur Tür begleiten.

„Nein, das ist sicher nicht der Fall. Mr. Nunn war verzweifelt. Er wollte den Verlust seines Arbeitsplatzes verhindern. Er war in der Nacht, in der Onkel Lawrence starb, hier in Mulvern House, und er hat den Brief geschrieben, in dem er die Tat gestanden hat. Nein, ich bin sicher, Mr. Nunn war dafür verantwortlich, und er hat sich aus Reue das Leben genommen."

Wie ironisch. Lady Agnes war so hartnäckig gewesen, dass der Tod ihres Onkels kein Selbstmord gewesen war, doch sie akzeptierte schnell Selbstmord als Erklärung für Nunns Tod. Offensichtlich wollte sie so dringend Antworten über den Tod ihres Onkels, dass sie diese Lösung akzeptiert hatte und daran festhielt.

„Aber es gibt noch so viele Fragen –"

„Nein", sagte Lady Agnes mit unnachgiebigem Ton. „Es gibt keine Fragen mehr, zumindest keine, die Sie betreffen, Miss Belgrave."

Sie würde ihre Meinung nicht ändern. Alles, was ich von diesem Moment an sagte, würde mich nur weiter in das Loch bringen, das ich gerade zu graben angefangen hatte, indem ich ihre Schlussfolgerung in Zweifel zog. Ich hielt ihr den Scheck entgegen. „Ich kann das nicht annehmen."

„Natürlich können Sie. Ich wollte Antworten über den Tod meines Onkels, und jetzt habe ich sie." Sie schenkte mir ein kurzes, angespanntes Lächeln und ging dann zurück zu ihrem Schreibtisch. „Ich werde ihn nicht zurücknehmen. Er gehört Ihnen. Behalten Sie ihn oder vernichten Sie ihn, doch ich bezahle meine Schulden."

Ich erkannte einen hartnäckigen Charakterzug in Lady Agnes, den auch ich besaß. Tatsächlich war die Interaktion mit ihr jetzt ein bisschen so, als würde ich in einen Spiegel blicken. Ich wusste, dass sie ihre Meinung nicht ändern würde, also faltete ich den Scheck und steckte ihn in meine Tasche. Ich würde ihn nicht einreichen, und ich würde nicht aufhören, nach der Wahrheit über Lord Mulverns Tod zu suchen. Auch wenn Lady Agnes die Angelegenheit für erledigt hielt, bedeutete das nicht, dass es so war.

Das Telefon auf ihrem Schreibtisch klingelte, und Lady Agnes sagte: „Ich hoffe, Sie bleiben zumindest bis morgen bei uns und besuchen die Ausstellungseröffnung, dann haben Sie sicher Verpflichtungen, denen Sie nachkommen müssen."

Ah, Manieren – nur die besten Leute konnten einem sagen, dass ihre Gastfreundschaft einem gegenüber endete, und es so gestalten, dass es klang, als ob sie einem einen Gefallen tun würden. Nun, ich war genauso eine Lady wie Lady Agnes und konnte mit ihrem Anstand mithalten. „Das tue ich gern", sagte ich. Ich würde bis zum nächsten Tag bleiben und jeden Moment meiner Zeit in Mulvern House nutzen, um meine Ermittlungen auf eigene Faust fortzusetzen.

KAPITEL VIERUNDZWANZIG

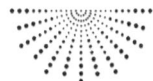

*J*ch war auf dem Weg in den Salon vor dem Abendessen später am Abend, als ich meinen Namen hörte. Ich drehte mich um. Gilbert stand in der Tür des Billardzimmers, an dem ich gerade vorbeigekommen war. „Ein Wort, Miss Belgrave, bevor wir in den Salon gehen."

„Natürlich", sagte ich, doch seit meinem Gespräch mit Nora empfand ich ihm gegenüber einen neuen Argwohn. Er sah jedoch unverändert aus. Er hatte denselben offenen, eher leeren Gesichtsausdruck, und seine Kleidung war zwar von bestem Schnitt, konnte aber nicht über seinen schlampigen Stil hinwegtäuschen. Seine Krawatte saß nicht mittig, und eines seiner Revers hatte Knitter. Er bedeutete mir, vor ihm ins Billardzimmer zu gehen, und mein Zögern verflog.

Er musste geübt haben. Drei Billardkugeln und ein Queue lagen auf dem Tisch. Er schloss die Tür, was mich nervös gemacht hätte, wenn nicht eine zweite Tür zur Bibliothek offen gestanden hätte. Ich nahm nicht Platz, sondern lehnte mich an die Kante des Billardtisches.

Gilbert ging zur gegenüberliegenden Seite des Tisches und nahm eine Billardkugel in die Hand. „Ich habe gehört, dass Sie meine Frau bestürzt haben, Miss Belgrave."

„Nora hat Ihnen von unserem Gespräch erzählt?"

Gilbert legte die Kugel zurück auf den Tisch und gab ihr einen Schubs. Sie rollte über die glatte Oberfläche und traf eine andere Kugel mit einem Schlag. „Nein. Aber ich kenne Noras Stimmungen. Ich habe kurz mit ihr gesprochen, bevor sie heute Nachmittag gegangen ist, und sie war ziemlich aufgewühlt. Sie kam gerade von einem Gespräch mit Ihnen. Sie haben wahrscheinlich bemerkt, dass Nora keine tiefgründige Person ist. Daher müssen Sie das Problem sein."

Ich konnte es entweder leugnen oder ihn herausfordern. Es konnte meine einzige Chance sein, ihn mit dem zu konfrontieren, was ich erfahren hatte. Mein Aufenthalt im Mulvern House würde nach morgen sowieso enden. „Ich bin nicht der Grund für ihren Zustand – Sie sind es."

Gilbert hielt inne, als er nach einer weiteren Billardkugel griff. „Ich?"

„Ja. Sie macht sich Sorgen um Sie."

Er streckte sich über den Tisch nach der anderen Kugel. „Sie hat eine interessante Art, es zu zeigen."

Ich nahm einen der Queues aus dem Regal. Es war Jahre her, dass ich Billard gespielt hatte. Jasper, Peter, Gwen und ich hatten an regnerischen Tagen in Parkview gespielt, doch jetzt hatte ich kein Interesse daran, das Spiel zu spielen. Die Nervosität, die ich beim Gespräch mit Gilbert empfunden hatte, war zurückgekehrt. In seiner Haltung lag eine Aggressivität – oder vielleicht eine Frustration, ich war mir nicht sicher, was es war –, die ich noch nie zuvor gesehen hatte. Ich fühlte mich besser mit etwas Schwerem in meinen Händen. „Warum sind Sie am

Abend seines Todes in das Zimmer Ihres Onkels gegangen?"

Gilbert drehte die Billardkugel auf dem Tisch, wobei seine Hand jedes Mal eine schnelle Drehung machte, wenn sie langsamer wurde. „Bin ich nicht."

„Sie wurden gesehen."

Er drehte weiter die Billardkugel, doch er wandte den Blick von meinem ab.

„Im Moment denkt Ihre Schwester, dass Mr. Nunn für den Tod Ihres Onkels verantwortlich ist, aber ich muss mich fragen, ob Mr. Nunn vielleicht einer Tat beschuldigt wird, die jemand anderes begangen hat."

Er blickte auf, eine Frage in seinem Gesichtsausdruck.

„Vielleicht Sie", sagte ich und meine Handflächen wurden klamm. Der Queue fühlte sich rutschig an, und ich schloss meine Finger fester um das Holz.

„Moment, Sie denken ..." Er trat vom Tisch zurück. „Sie glauben, ich habe Onkel Lawrence getötet ... und habe auch etwas mit Nunns Tod zu tun?" Er wandte sich ab und wirbelte dann wieder herum. „Das unterstellen Sie doch, nicht wahr? Dass ich zuerst Onkel Lawrence und dann Nunn getötet habe, um es zu vertuschen?"

Er sah angesichts der Idee absolut fassungslos aus. Hatte ich mich geirrt? Ich hatte gedacht, er könnte schuldig sein, doch wenn er kein vollendeter Schauspieler war, konnte ich nicht sehen, wie er in seiner Verwirrung so überzeugend sein konnte. Er ging am Billardtisch auf und ab und drehte sich dann zu mir um. „Ich habe meinen Onkel geliebt, Miss Belgrave", sagte er mit zitternder Stimme. „Das ist kein Gefühl, das die meisten Männer in Worte fassen werden, doch ich gebe es gerne zu. Onkel Lawrence hat meine Schwester und mich aufgenommen und sich um uns gekümmert. Ja,

Onkel Lawrence und ich hatten einige Meinungsver-
schiedenheiten, doch ich würde nie – niemals – etwas
tun, um ihn zu verletzen." Gewissheit hallte durch seine
Worte.

„Ich glaube Ihnen." Es war nicht so sehr seine leiden-
schaftliche Verteidigung, die mich überzeugt hatte,
sondern seine schiere Verwirrung bei der Vorstellung, er
könnte ein Mörder sein. „Aber warum haben Sie dann
gelogen?"

Gilbert beugte sich vor und packte die Kante des
Billardtischs. „Um jemanden zu beschützen. Jemanden,
der mir sehr am Herzen liegt."

„Es war für Nora, nicht wahr?", fragte ich, und die
Worte kamen in dem Moment aus meinem Mund, als sie
mir durch den Kopf schossen. Ich war mir sicher, dass die
einzigen beiden Menschen, die Gilbert am Herzen liegen
würden, Lady Agnes und Nora waren. „Sie haben gesehen, wie Nora in das Zimmer Ihres Onkels gegangen ist,
und sie hat Sie das Zimmer verlassen sehen", sagte ich,
während ich meine Gedanken sortierte. „Doch sie waren
beide dumm und haben nicht miteinander geredet. Sie
haben die Wochen seitdem damit verbracht, sich gegenseitig zu verdächtigen."

Gilbert ging um den Tisch herum und verringerte den
Abstand zwischen uns. Bevor er mich erreichte, riss ich
den Queue hoch und versetzte ihm einen kräftigen Stoß
gegen den Torso, der ihm die Luft nahm und mir erlaubte,
fortzufahren. „Keiner von Ihnen hat es getan. Nora ist ins
Zimmer gegangen, um einen Manschettenknopf, den sie
gefunden hatte, zurückzubringen. Sie haben sie gesehen,
aber nichts gesagt, dann kam sie wieder nach oben und
hat Sie das Zimmer verlassen gesehen."

Gilbert packte den Billardtisch und holte geräuschvoll

Luft. „Nora ist ins Zimmer gegangen, um einen Manschettenknopf zurückzubringen?"

„Ja, sie hat ihn auf dem Boden im Flur gefunden. Das sagt sie zumindest."

Gilbert schloss kurz die Augen, während er seinen Arm auf dem Billardtisch abstützte. Er war erleichtert. „Ich habe sie nicht gesehen, doch ich habe ihren Maiglöckchenduft gerochen, als ich das Zimmer betreten habe. Ich wusste, dass sie da drin war."

„Doch warum sind Sie ins Zimmer gegangen?"

„Nora und Onkel Lawrence hatten früher am Tag einen – äh – Streit gehabt, doch wahrscheinlich wissen Sie auch alles darüber, nehme ich an, da Sie anscheinend alles andere wissen. Ja, das dachte ich. Ich wollte die Wogen glätten. Ich dachte, Onkel Lawrence könnte in seiner Umkleide sein. Ich wollte mit ihm reden, bevor er zum Abendessen hinunterging, doch sein Zimmer und sein Ankleidezimmer waren leer. Und bevor Sie fragen: ich habe mich dem Nachttisch nicht genähert. Ich habe nichts angerührt."

„Dann müssen Sie mit Nora sprechen und ihr genau sagen, was passiert ist."

„Ja. Ja, Sie haben absolut Recht", sagte er, und sein Gesicht nahm einen glücklichen Ausdruck an. Ich wusste, dass er keinen Gedanken an mich verschwendete, als er an mir vorbeiging und zur Tür hinauseilte. Ich steckte den Queue in das Regal zurück und folgte Gilbert in den Salon.

Ich kam gerade herein, als er neben Nora, die eine Zeitschrift durchblätterte, auf dem Sofa Platz nahm. Sie zog sich von ihm zurück, doch Gilbert beugte sich vor und sprach schnell mit leiser Stimme auf sie ein. Ich konnte nicht hören, was er sagte, doch die Bandbreite der Gefühle, die über Noras Gesicht huschten, reichte von Argwohn über Überraschung bis hin zu Erleichterung.

Sie warf die Zeitschrift beiseite und wandte sich ihm zu. Sie antwortete ihm, ebenfalls in gedämpftem Ton.

Lady Agnes und ich mussten an diesem Abend die Unterhaltung beim Essen am Laufen halten. Sie benahm sich mir gegenüber vollkommen korrekt, doch da war eine neue Zurückhaltung. Wir unterhielten uns jedoch über verschiedene Themen. Gilbert und Nora tauschten lange Blicke aus und versäumten es ständig, Gesprächsfäden aufzugreifen, die für sie wiederholt werden mussten. Wenn stimmte, was sie gesagt hatten, wenn sie einander nur aus fehlgeleiteter Loyalität gedeckt hatten, dann hatte keiner von ihnen das Schlafpulver in das Glas auf Lord Mulverns Nachttisch gegeben, womit mir kaum Verdächtige blieben.

KAPITEL FÜNFUNDZWANZIG

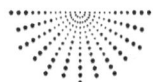

*A*ls ich am nächsten Morgen vom Mulvern House aufbrach, hatte sich der Nebel gelichtet.

Anstelle der fast undurchdringlichen trüb-grauen Dunkelheit, die die Stadt erstickt und die Sicht auf wenige Meter reduziert hatte, war der Nebel jetzt perlmuttartig, und ich konnte mehrere Meter den Weg hinunter sehen, als ich durch den Hyde Park ging.

Ich hatte beschlossen, dass ich bestätigen musste, was Nora und Gilbert mir über die Nacht erzählt hatten, in der ihr Onkel gestorben war. Sie wirkten nun sicherlich wie Turteltauben und als wäre alles richtig in ihrer Welt, doch ich konnte nicht einfach akzeptieren, was sie gesagt hatten, ohne es zu überprüfen. Mir fiel nur eine Person ein, die in der Lage sein könnte, ihre Geschichten zu bestätigen. Am Vorabend nach dem Abendessen hatte ich Hodges eine Nachricht geschrieben, in der ich ihm mitteilte, dass ich noch ein paar Fragen hätte und dass ich morgen früh zu einem Besuch vorbeikommen würde und hoffte, dass es nicht ungelegen sei.

Ich hatte keine Antwort erhalten, und als ich an seine

Tür klopfte, wusste ich, dass er vielleicht ausgegangen war oder mich abweisen könnte. Doch Hodges öffnete die Tür. „Guten Morgen, Miss Belgrave. Kommen Sie doch bitte herein."

Seine Art war noch immer zurückhaltend, doch seine Begrüßung war wesentlich einladender als bei meinem letzten Besuch. Er lächelte sogar, als er mir bedeutete, ihm durch den Flur voranzugehen. „Danke, dass Sie sich Zeit für mich nehmen", sagte ich. „Ich entschuldige mich für die kurzfristige Ankündigung."

„Das ist überhaupt keine Unannehmlichkeit. Mutter wird sich freuen, Sie wiederzusehen. Möchten Sie eine Tasse Tee oder Kaffee?"

„Nein, danke", sagte ich, als ich das Wohnzimmer betrat, das sich seit meinem letzten Besuch nicht verändert hatte, außer, dass Mrs. Hodges jetzt an einem Strickstück aus gelbem Garn arbeitete. Ich nahm das Knäuel hellblaues Garn, das ich mir auf dem Weg gekauft hatte, aus meiner Tasche. „Guten Morgen, Mrs. Hodges. Ich habe Ihnen ein bisschen Wolle mitgebracht."

Sie legte ihre Stricknadeln hin und strich mit ihren knorrigen Fingern federleicht über die Wolle. „Das ist ein schöner Blauton. Blau ist meine Lieblingsfarbe, wissen Sie?"

„Ich freue mich, dass er Ihnen gefällt."

Mrs. Hodges zog einen Korb in ihren Schoß und wühlte darin herum. Als ich auf dem Sofa Platz nahm, hatte sie bereits einen neuen Satz Nadeln gefunden und begann, mit dem blauen Garn zu arbeiten.

„Das war sehr aufmerksam von Ihnen, Miss Belgrave", sagte Hodges, als er sich mir gegenüber auf einen Stuhl setzte.

„Ich freue mich, dass es ihr gefällt. Nun, ich möchte

nicht zu viel von Ihrem Morgen in Anspruch nehmen, also komme ich direkt zur Sache. Ich habe ein paar Fragen, bei denen Sie mir hoffentlich helfen können."

„Ich helfe gerne, wo ich kann."

„Danke. Zunächst, erinnern Sie sich, ob Lord Mulvern kurz vor seinem Tod einen Manschettenknopf verloren hat?"

Offensichtlich war die Frage nicht, was Hodges erwartet hatte. Er neigte den Kopf, die Augen zusammen-gekniffen. „Ja, das tue ich. Es war am Tag vor Lord Mulverns Tod. Er ging zum Abendessen hinunter, trug seine Diamant- und Rubin-Manschettenknöpfe, doch als er nach dem Abendessen zurückkam, fehlte einer. Wir haben das Zimmer durchsucht, das Esszimmer, den Salon – das ganze Haus sogar. Doch wir haben ihn nicht gefunden."

„Ist er jemals aufgetaucht?"

Hodges kniff die Augen noch weiter zusammen. „Ja. Interessanterweise habe ich ihn am nächsten Abend – vor der Nacht, in der Lord Mulvern gestorben ist, gefunden. Er war bereits zum Abendessen hinuntergegangen. Ich ging nach unten, um die Taschentücher zu holen, und als ich zurückkam, fand ich den Manschettenknopf in der Schale auf seiner Kommode. Ich habe ihn an seinem rich-tigen Platz weggeräumt und nicht mehr darüber nachge-dacht, bis Sie es jetzt erwähnt haben. Es war ziemlich seltsam, dass er so wieder auftauchte."

„Und als Sie ins Zimmer zurückkamen und den Manschettenknopf fanden, war das, als Ihnen der Duft von Maiglöckchen aufgefallen ist?"

„Oh, ja, das war es."

„Danke, das ist hilfreich. Nur noch ein paar Fragen. Ist Gilbert jemals in Lord Mulverns Zimmer vorbeigekom-men, um seinen Onkel zu besuchen?"

„Ja. Es kam nicht häufig vor, aber gelegentlich schon", sagte Hodges. „Seit er und seine Schwester Kinder waren, haben sie Lord und Lady Mulvern oft in ihren Räumen besucht. Die Suite von Lord und Lady Mulvern war nicht tabu."

„Es wäre also nicht ungewöhnlich, dass Gilbert dort war, um seinen Onkel auf dem Weg zum Abendessen zu sehen?"

„Nein, überhaupt nicht."

„Danke. Eine andere Sache. Hat Lord Mulvern den Schreibtisch in seinem Zimmer benutzt, um Korrespondenz zu beantworten?"

Hodges nickte. „Wenn es eine persönliche Nachricht war, hat er den Schreibtisch benutzt. Wenn es eine geschäftliche Angelegenheit war, war das etwas, das er an Mr. Nunn delegiert hat." Hodges erlaubte sich ein kleines Lächeln. „Lord Mulverns Handschrift war nicht die beste, und er hat oft einige Blätter Papier gebraucht, bis er eine perfekt geschriebene Nachricht hatte. Er fand es sehr lästig, selbst auf Nachrichten und Einladungen zu antworten, doch er hatte oft das Gefühl, dass die Antwort aus seiner Feder kommen sollte, nicht aus der von Herrn Nunn."

„Danke, Mr. Hodges. Was Sie mir gesagt haben, ist sehr hilfreich. Ich werde Ihre Zeit nicht länger in Anspruch nehmen." Ich stand auf und verabschiedete mich von Mrs. Hodges. Sie nickte im Takt ihres Schaukelstuhls, während sie das hellblaue Garn in einen Stoffstreifen verwandelte, der bereits mehrere Zentimeter lang war.

Als wir den kurzen Flur entlanggingen, sagte Hodges zu mir: „Es tut mir leid zu hören, was mit dem jungen Mr. Nunn passiert ist."

„Haben Sie davon in der Zeitung gelesen?" Ich hatte

heute Morgen nicht nachgesehen. Ich war so darauf bedacht gewesen, Hodges zu sehen, dass ich schnell gefrühstückt und nicht einmal einen Blick in die Morgenausgabe geworfen hatte. Ich hatte auf meinem Spaziergang auch keine Zeitung von einem Zeitungsjungen gekauft.

„Ja. Eine ziemliche Tragödie."

Ich stimmte zu, doch darüber hinaus schwieg ich. Ich hielt es nicht für klug, meinen Verdacht über Nunns Tod zu erwähnen.

Hodges griff nach dem Türknauf. „Kommen Sie mit Ihren Ermittlungen voran?"

„Ich glaube, das tue ich. Einiges ist klarer geworden, und die Informationen, die Sie mir heute gegeben haben, haben zusätzlich noch einiges geklärt. Mehr kann ich im Moment leider nicht sagen, aber ich werde Sie wissen lassen, wie sich die Situation entwickelt."

„Das würde ich zu schätzen wissen."

Wir verabschiedeten uns, und ich war schon auf dem Flur vor der Wohnung, als mir eine weitere Frage einfiel. Ich drehte mich um, bevor Hodges die Tür schloss. „Oh, Mr. Hodges, noch etwas – der neue Butler Boggs. Was haben Sie von ihm gehalten?" Es könnte noch ein paar Tage dauern, bis Lady Agnes eine Antwort von den Piedmont-Schwestern erhielt, je nachdem, wie schnell sie ihren Brief beantworteten. Boggs war an diesem Morgen nicht im Frühstücksraum gewesen, und als ich nach ihm gefragt hatte, sagte der Diener, mit dem ich gesprochen hatte, dass Boggs voraussichtlich noch ein paar Tage weg sein würde.

„Ich habe nur kurze Zeit mit ihm zusammengearbeitet, doch er schien ein anständiger Kerl zu sein. Fair und besorgt um die Mitarbeiter unter ihm."

„Wie ist er bei seiner Arbeit vorgegangen?"

„Er hatte seine eigene Art, Dinge zu tun, einiges ein bisschen ... ungewöhnlich, würde ich sagen, aber nichts, was Probleme verursacht hat."

„Ich verstehe. Nochmals vielen Dank, Mr. Hodges", sagte ich schnell und ging, bevor er mich fragen konnte, warum ich nach dem Butler gefragt hatte. Ich hätte ihm keine gute Antwort geben können. Ich wusste nicht genau, wonach ich in Bezug auf Boggs suchte.

Ich machte mich auf den Weg zurück durch den Park, die Sonne war jetzt ein verschwommener, heller Ball hinter dem Filter des Nebels. Ich blinzelte in das stärker werdende Licht. Die vielen Wassertröpfchen im sich lichtenden Nebel schienen das Sonnenlicht, das es schaffte, den Dunst zu durchdringen, zu verstärken. Ich beschloss, nach Mulvern House zurückzukehren und zu sehen, ob Jasper ein Telegramm über Boggs geschickt hatte.

Wenn ich keine Nachricht von Jasper hätte, müsste ich ihn anrufen – etwas, das Jaspers Butler Grigsby überhaupt nicht mochte –, doch ich musste einfach dem Zorn eines perfekten Butlers trotzen, um die Informationen zu bekommen, die ich über Boggs brauchte. Wenn Jasper nicht zum Antiquitätenladen gegangen war, musste ich an diesem Tag selbst gehen. Während ich ging, überlegte ich, ob ich eine mentale Grenze zwischen zwei Namen auf meiner Verdächtigenliste ziehen konnte, Gilbert und Nora. Allem Anschein nach schienen sie nichts mit Lord Mulverns Tod zu tun zu haben, doch ich hatte gelernt, dass der Schein trügen konnte. Konnte ich, was sie anging, vollkommen falsch liegen? Vielleicht hatten Gilbert und Nora zusammengearbeitet, um Lord Mulvern zu töten, und dann hatten sie ihr Verhalten seitdem sorgfältig inszeniert, um den Anschein zu erwecken, dass sie sich gegenseitig verdächtigten.

Ich schüttelte den Kopf. Es war eine absurde Idee – und eine, die keinen Sinn ergab. Für wen hätten sie es in den Wochen vor meiner Ankunft gespielt? Lady Agnes? Hätten sie die ganze Anstrengung der Scharade fortgesetzt, als Lord Mulverns Tod bereits als Selbstmord eingestuft worden war? Für ein uninteressiertes Publikum wäre das eine Menge Arbeit.

Ich bog um die Ecke des Parks am Mulvern Square. Der Nebel hatte sich so weit gelichtet, dass ich Mulvern House tatsächlich aus dieser Entfernung schon sehen konnte. Durch den Nebel konnte ich Jaspers Gestalt mit dem welligen blonden Haar unter seinem dunklen Hut erkennen, als er die Auffahrt hinaufschlenderte.

„Jasper!", rief ich und eilte die runde Auffahrt hinauf, um ihn einzuholen, bevor er die Porte-cochère erreichte.

„Hallo, Olive. Ich wollte dich nur besuchen, alte Bohne."

„Du hast Neuigkeiten?"

„Würde ich sagen. Hast du Zeit für ein Mittagessen?"

„Sicher."

Ich hakte meine Hand unter seinen Arm, als er mir seinen Ellbogen anbot, und wir machten uns wieder auf den Weg die Auffahrt hinunter. „Was hast du im Sinn?"

„Ich fürchte, nicht das Savoy", sagte er. „Da ist ein Junge, der mich in einem Pub nicht weit von hier erwartet."

„Ein junger Mann?"

„Ein informativer Junge, vor allem im Vergleich zu seinen Kollegen. Ich konnte nicht viel aus den Burschen im Antiquitätenladen herausbekommen, doch dieser Junge ist dort an drei Tagen in der Woche beschäftigt. Ein halbes Kind. Dreizehn erst."

„Was hat er zu sagen?"

„Ich möchte lieber, dass er es dir in seinen eigenen Worten sagt."

„Meine Güte, das macht mir ein bisschen Sorgen."

„Ich finde, es ist ein guter Test für seine Geschichte. Mich interessiert, wie sehr sie sich ändert, wenn er sie wiederholt."

„Du vertraust ihm nicht?"

„Das tue ich, doch Vorsicht schadet nie."

„Genau mein Gedanke", sagte ich und informierte ihn über das, was in der Nacht zuvor und während meines Besuchs bei Hodges passiert war. Als ich fertig war, hatten wir den Pub erreicht.

„Also denkst du, Gilbert und Nora haben es nicht getan?"

„Sieht so aus."

Jasper öffnete die Tür und ließ den Lärm, vermischt mit Zigarettenrauch herausdringen. Jasper musste sich unter dem niedrigen Sturz hindurch ducken, doch für mich war das kein Problem. Er nickte durch das verrauchte Zimmer. „Der Junge hat die erste Prüfung bestanden. Er ist hier."

„Er sieht anständig aus", sagte ich und betrachtete seine Kleidung, die zwar etwas abgenutzt, aber sauber und gut gebügelt war. Er hatte seine Schiebermütze abgenommen und hielt sie in beiden Händen, während er mit den Fingern den Stoff knetete. Eine Strähne rotbraunen Haares fiel ihm über die Augen, doch er warf mit einer schnellen Kopfbewegung die Fransen aus seinem Gesicht, als er Jasper sah.

Als wir durch den Pub zu ihm gingen, sagte Jasper mit leiser Stimme: „Ich habe mich über seine Familie informiert. Bobbys Vater ist an der Somme gestorben. Seine

Mutter wäscht und bügelt, während er drei Tage die Woche im Antiquitätenladen arbeitet."

„Oh, wie traurig", war alles, was ich sagen konnte. Dieser skizzenhafte Umriss von Bobbys Leben war eine Geschichte, die heutzutage zu häufig war. Ein schmerzendes Gefühl legte sich um mein Herz, als ich seine großen dunklen Augen und seine sommersprossige Nase ansah.

Jasper stellte uns vor, und ich setzte ein strahlendes Lächeln auf. Angesichts der Tatsache, dass ich Bobby gerade erst kennengelernt hatte, wäre ein Ausdruck von Mitgefühl für seine Situation unangemessen gewesen, also unterdrückte ich den Impuls.

Bobby hatte ausgezeichnete Manieren. Er begrüßte mich höflich und wartete wie Jasper darauf, dass ich zuerst am Tisch Platz nahm. Nachdem wir alle ein einfaches Mittagessen aus Brot und Käse bestellt hatten, wandte sich Jasper dem Jungen zu. „Bobby, ich möchte, dass du meiner Freundin genau erzählst, was du mir erzählt hast."

Er schluckte, als sein Blick von mir zu Jasper wanderte. „Sie meinen wegen des Ladens?"

„Ja", sagte ich. „Was machst du im Antiquitätenladen?" Seine Schultern entspannten sich, und ich konnte sehen, dass es ihm nichts ausmachte, diese Frage zu beantworten. „Ich fege, staube die Vitrinen ab und packe alles ein, was die Leute kaufen."

„Mr. Boggs muss dir vertrauen."

„Denke ich." Bobby sah Jasper an. „Soll ich ihr von dem Typen erzählen, der das ägyptische Zeug gebracht hat?"

„Ja, tu das."

„Da ist dieser alte Mann", sagte Bobby und schüttelte

wieder die Strähnen aus seinem Gesicht. „Er hat weiße Haare und arbeitet in einem dieser eleganten Häuser. Er bringt ägyptische Sachen und verkauft sie an Mr. Boggs."

Ich tauschte einen Blick mit Jasper. Boggs war der einzige Grauhaarige in Mulvern House.

Ich fragte: „Was für ägyptische Sachen?"

Er zuckte mit den Schultern. „Sachen, wie sie in den Pyramiden und Gräbern und so weiter zu finden sind. Statuen und Krüge und kleine Steine, die wie Käfer geschnitzt wurden."

Jasper holte ein Notizbuch heraus und reichte es mir. „Bobby hat ein paar der Stücke, an die er sich erinnert, skizziert."

Ich legte das Notizbuch auf den Tisch und strich mit der Hand über die Falte, um es offen zu halten. „Du meine Güte", hauchte ich. Ich war kein Experte für ägyptische Antiquitäten, doch viele der Zeichnungen sahen ähnlich aus wie die Gegenstände, die ich in der großen Galerie gesehen hatte.

Bobbys kleine Finger berührten die grobe Skizze einer Katzenstatue. „Die hatte einen goldenen Kragen mit grünen Steinen. Und die …" Sein Finger wanderte zu einer Reihe von vier Gläsern mit Deckeln in Form von Menschen- und Tierköpfen. „Die waren aus einem weißen Stein, durch den man fast durchsehen konnte. Mr. Boggs sagte, ich muss vorsichtig damit sein, weil sie wertvoll sind."

„Und dieser Mann, der die ägyptischen Sachen bringt, kennt ihn der Ladenbesitzer?"

„Würde ich sagen. Er ist ein Verwandter von Mr. Boggs. Das macht die ganze Sache verwirrend, zwei Leute namens Mr. Boggs zu haben."

„Da bin ich sicher", sagte ich, doch meine Gedanken

waren woanders. Hausangestellte wussten nicht nur viel über die Familie – ihre Gewohnheiten und Schwächen –, sie wurden auch mit der Pflege von kostbarem Schmuck, Kunst und Antiquitäten betraut. Ich versuchte mir vorzustellen, wie Brimble, der Butler in Parkview Hall, Stücke von meiner Tante und meinem Onkel klaut … nein, das würde nicht passieren. Brimble würde niemals das Vertrauensverhältnis zwischen sich und der Familie brechen. „Wie lange geht das schon?", fragte ich Bobby.

Er zuckte eine Schulter. „Ein paar Monate, denke ich. Aber es ist schon eine Weile her, dass ich den alten Mann gesehen habe. Mr. Boggs – das heißt der Besitzer – hat neulich gesagt, dass er gerne mehr Sachen aus Mulvern House haben würde, weil es leicht war, sie zu verkaufen mit ihrer … ähm … Pro – Provo …" Er runzelte die Stirn. „Provenienz?", fragte Jasper.

„Ja. Genau das hat er gesagt."

Boggs stahl also nicht nur von der Familie, sondern sein Verwandter gab beim Verkauf an, dass die Stücke aus Mulvern House stammten, einer guten Provenienz, die ihren Wert sicher steigerte.

Unser Essen wurde gebracht, und während Bobby sich darüber hermachte, verschwanden all sein Zögern und seine Unbeholfenheit. Wir sprachen beim Essen über London und das neblige Wetter. Sobald sein Teller leer war, warf Bobby einen Blick auf die Uhr hinter dem Tresen. „Danke für das Mittagessen, Sir."

„Gern geschehen, Bobby. Ich weiß es zu schätzen, dass du deine Geschichte für meine Freundin wiederholt hast."

Bobby drückte seine Mütze in seiner Hand. „Ich sollte los. Ich muss bald im Laden sein."

„Dann geh", sagte Jasper.

Bobby senkte den Kopf. „Madam", sagte er und rannte durch den überfüllten Raum davon.

„Stimmt seine Geschichte mit der, die er dir erzählt hat, überein?", fragte ich und beobachtete Bobbys schlanke Gestalt durch das Fenster, als er draußen vorbeiging.

„Fast Wort für Wort."

„Dann denkst du, er sagt die Wahrheit – dass Boggs Antiquitäten aus Mulvern House stiehlt und sie an seine Verwandten verkauft?"

„Sieht so aus, ja."

„Das würde erklären, warum Boggs – der Butler Boggs – verschwunden ist." Auf unserem Spaziergang zum Pub hatte ich Jasper erzählt, dass Boggs noch nicht zurückgekehrt war. „Vielleicht hatte Boggs den Verdacht, dass er entdeckt werden würde, und hat die Geschichte über seine kranke Mutter erfunden."

„Ich glaube, du hast Recht." Das Notizbuch lag immer noch aufgeschlagen auf dem Tisch, und Jasper nahm es auf und blätterte zu einer neuen Seite. „Nachdem ich gestern mit Bobby gesprochen habe, bin ich ins Somerset House gefahren und habe ein paar Aufzeichnungen nachgeschlagen. Rein aus Neugier." Jasper warf mir einen Blick aus dem Augenwinkel zu. „Diese Neugierde muss ansteckend sein."

„Nein!", sagte ich in gespieltem Entsetzen. „Du, Stadtmensch, so blasiert und gelangweilt, interessierst dich für etwas anderes als den Schnitt deines Anzugs oder die Farbe deiner Weste?"

„Sei nicht albern. Grigsby kümmert sich um meine Garderobe. Ich verschwende nie einen Gedanken an das, was ich trage."

„Das glaube ich nicht einen Moment, aber jetzt hast du *meine* Neugier geweckt. Was hast du gefunden?" Ich strengte mich an, über seine Schulter zu lesen. „Es muss interessant sein."

„Ziemlich. Ich habe in der Geburtsurkunde des Antiquitätenhändlers Samuel Boggs nachgesehen. Er wurde 1886 in Dover geboren. Seine Eltern sind Timothy und Susanna Boggs. Ein wenig mehr Recherche in den Archiven brachte Samuels Bruder Fredrick zum Vorschein."

„Bruder? Bist du sicher? Ich dachte, der Besitzer des Antiquitätenladens sei Boggs' Neffe – oder vielleicht Enkel. Obwohl Lady Agnes neulich den Vornamen des Butlers erwähnt hatte, und es war Fredrick. Vielleicht ist Fredrick ein gebräuchlicher Name in der Familie?"

„Nein, ich konnte keinen anderen Fredrick Boggs finden", sagte Jasper. „Interessanter ist, dass Susanna Boggs 1905 in Dover gestorben ist."

„Also wurde Boggs nicht weggerufen, um seine kranke Mutter in Northumberland oder anderswo zu besuchen."

„Wohl nicht."

Die Tatsache, dass Boggs' Geschichte einer Überprüfung nicht standhielt, überraschte mich nicht. Was wirklich seltsam war, war die Nachricht, dass Fredrick Boggs, der Butler, und Samuel Boggs, der Besitzer des Antiquitätenladens, Brüder waren. „Vielleicht hatten sie verschiedene Mütter …? Könnte das den Altersunterschied erklären?"

„Nein. Die Namen der Eltern sind bei beiden gleich." Jasper drückte das Notizbuch auf den Tisch und zeigte mit einem manikürten Fingernagel auf ein Datum. „Schau dir das Geburtsjahr von Fredrick Boggs an."

„1891?", fragte ich, und mein Blick wanderte vom Notizbuch zu Jasper, der nickte.

„Richtig. Ich habe es zweimal überprüft."

„Das kann nicht richtig sein", sagte ich, aber Jaspers

ordentliche Schrift war tadellos. „Dann ist Fredrick Boggs … zweiunddreißig Jahre alt."

„Ganz genau. Du warst immer gut in Mathematik. Dein alter Butler scheint nicht der zu sein, für den er sich ausgibt."

KAPITEL SECHSUNDZWANZIG

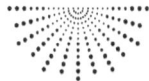

„*I*ch finde es immer noch schwer zu glauben, dass sich jemand als Butler ausgeben würde", sagte ich, als das Taxi vor Mulvern House anhielt.

Jasper bezahlte den Fahrer und hielt mir die Tür auf. „Die Position gibt ihm die Leitung des Hauses und die Autorität über die meisten Angestellten."

„Das stimmt, aber denk doch nur an die ganze Arbeit – das Personal verwalten, jede Mahlzeit beaufsichtigen, den Wein und die Speisekammer im Auge behalten. Wann würde er Zeit haben, Antiquitäten zu stehlen?"

„Wenn die Bezahlung groß genug war, bin ich sicher, dass er sie in seinen vollen Terminkalender einpassen konnte. Was wirst du tun?", fragte Jasper.

Ich sah zur Haustür des großen Hauses. „Ich muss es Lady Agnes sagen. Sie muss wissen, dass die Person, die für sie arbeitet, nicht Frederick Boggs ist und dass er ägyptische Antiquitäten aus dem Haus stiehlt und sie an einen Antiquitätenladen verkauft." Ich atmete aus und drückte eine Hand auf meinen protestierenden Magen. Ich fürchtete mich davor, Lady Agnes die Neuigkeit mitzuteilen. Ich wusste, dass sie nicht erfreut sein würde.

„Möchtest du, dass ich mitkomme?", fragte Jasper.

„Ja, das wäre schön, zumal du derjenige bist, der die Aufzeichnungen in Somerset House gesichtet hat. Mir ist gerade noch eine Frage eingefallen", sagte ich, als wir die Treppe zur Haustür hinaufgingen. „Wo ist der echte Frederick Boggs?"

„In der Tat eine sehr gute Frage."

Lady Agnes war zu Hause, und wir fanden sie in der großen Galerie, wo sie zwei Dienern Anweisungen gab, während sie eine neue Vitrine ausrichteten. „Ein bisschen nach links ... perfekt. Jetzt holen Sie die letzte Kiste vom Dachboden und bringen sie zum anderen Ende der Galerie", wies sie die Männer an, dann bemerkte sie Jasper und mich. „Miss Belgrave und Mr. Rimington. Ich freue mich, Sie wiederzusehen", sagte Lady Agnes, die durch den Raum kam, um uns zu begrüßen.

„Das Vergnügen ist ganz meinerseits", sagte Jasper. Ich mochte aus irgendeinem Grund in Lady Agnes' Ungnade gefallen sein, doch sie nahm Japser meine Verbindung zu ihm nicht übel, als sie ihm ein herzliches Lächeln schenkte.

Jaspers Blick wanderte durch den Raum. „Wunderbarer Ort, den Sie hier haben."

„Danke. Die Galerie zeigt sich gerade nicht von ihrer besten Seite", sagte sie und deutete auf die Kisten und das Verpackungsmaterial, die im Raum verstreut waren. „Da so viele unserer Antiquitäten für die Ausstellung ins Museum gebracht worden sind, fülle ich die Lücken hier mit ein paar Dingen, die wir normalerweise auf dem Dachboden aufbewahren."

Vieles, was Lady Agnes mir bei meinem ersten Besuch

gezeigt hatte, war verschwunden, darunter mehrere Mumiensärge und das große Tongefäß, das ihr Onkel aus Scherben rekonstruiert hatte. Ich richtete meine Aufmerksamkeit auf sie. „Ich habe eine ziemlich heikle Angelegenheit mit Ihnen zu besprechen", sagte ich. „Etwas, das Sie wissen müssen."

Lady Agnes' Lächeln verschwand. „Das hört sich ziemlich ernst an."

„Ich fürchte, das ist es."

Sie blickte von mir zu Jasper.

„Mr. Rimington hat eine große Rolle bei der Aufdeckung der Informationen gespielt. Ich denke, er sollte auch dabei sein", fügte ich hinzu.

„Also gut." Sie warf einen Blick auf ihre Uhr. „Aber ich kann Ihnen nur ein paar Augenblicke geben. Mit der Ausstellungseröffnung heute Abend habe ich den ganzen Tag viel zu tun."

Ich holte tief Luft und versuchte, meinen rebellierenden Magen zu ignorieren. Lady Agnes war schon verärgert meinetwegen, doch vielleicht würde sie die Informationen schätzen, die ich für sie hatte. Tief in meinem Inneren wusste ich, dass es ein Schuss ins Blaue war, doch Lady Agnes musste wissen, was ich über Boggs herausgefunden hatte. „Bei meinen Nachforschungen zum Tod Ihres Onkels war ich neugierig auf jeden, der am Abend seines Todes im Haus gewesen war, einschließlich Ihres Butlers Boggs."

„Natürlich."

„Ich habe entdeckt, dass Boggs Verbindungen zu einem Antiquitätenladen hat. Zunächst habe ich keine weiteren Informationen bekommen können, doch Jasper hatte Gelegenheit, mit einem anderen Mitarbeiter des Ladens sprechen, und hat dabei erfahren, dass Boggs in den letzten

Monaten antike Stücke an den Ladenbesitzer verkauft hat."

„Was?" Lady Agnes' Blick war wieder zum anderen Ende der Galerie geschweift, doch jetzt schwenkte ihr Kopf zu mir.

Jasper hatte sein Notizbuch auf der Seite mit den Skizzen aufgeschlagen.

Ich sagte: „Es scheint keine Frage, dass die Stücke ägyptische Antiquitäten waren, und im Laden war allgemein bekannt, dass sie aus Mulvern House stammten."

„Unsere Antiquitäten verkaufen? Nein, das ist unmög–" Sie brach ab, nahm das Notizbuch und betrachtete die Skizzen. Sie machte ein paar Schritte zurück und fuhr sich mit den Fingern durchs Haar, um ihre Locken zu entwirren.

„Ich fürchte, da ist noch mehr."

„Mehr?" Ihre Arme sanken an ihre Seite, das Notizbuch baumelte in ihrer Hand.

„Jasper ist nach Somerset House gegangen, um Nachforschungen über Boggs' Familie anzustellen. Laut seiner Geburtsurkunde ist Frederick Boggs zweiunddreißig Jahre alt."

„Zweiunddreißig? Aber dann – wer ist unser grauhaariger Butler?"

„Ich bin mir nicht sicher. Und die andere Frage ist, wo ist der zweiunddreißigjährige Frederick Boggs?"

Ich wollte gerade die übrigen Details ansprechen und ihr sagen, dass Boggs' Mutter bereits verstorben war und dass die Familie anscheinend in Dover wohnte, nicht in Northumberland, doch Lady Agnes klappte das Notizbuch zu. „Kommen Sie mit", sagte sie, während sie Jasper das Buch in die Hand drückte. Sie ging zügig durch die Räume. Jasper und ich folgten ihr. Es erinnerte mich daran, dass ich versucht hatte, mit Boggs Schritt zu halten, als ich ihn zum Antiquitätenladen verfolgt hatte. Wir kamen ins Morgenzimmer. Lady Agnes holte einen Schlüsselbund aus ihrer Schreibtischschublade, drehte sich auf dem Absatz um und ging nach unten in das Dienstbotenzimmer. Jasper und ich tauschten einen Blick aus, als wir die Treppe hinabstiegen. Die Gespräche im Dienstbotenzimmer verstummten, sobald wir eintraten. Mrs. Ryan legte ihren Stift auf ihren Schreibtisch und stand auf. „Lady Agnes –"

Lady Agnes winkte ab. „Machen Sie nur weiter, Mrs. Ryan. Entschuldigen Sie die Unterbrechung, aber ich muss etwas aus der Vorratskammer holen."

Lady Agnes' Worte schickten die Dienerschaft wieder an die Arbeit. Mrs. Ryan nahm langsam wieder ihren Platz ein, warf jedoch mehrmals einen Blick über ihre Schulter, als Lady Agnes einen Schlüssel von ihrem Schlüsselbund nahm und eine Tür aufschloss.

Jasper und ich folgten ihr in den Raum, der vom Boden bis zur Decke mit Schränken möbliert war. Die oberen Schränke hatten Glastüren und enthielten silbernes Serviergeschirr und teures Porzellan. Es gab ein kleines, mit Blei ausgekleidetes Holzwaschbecken zum Abwaschen der empfindlichen Gegenstände, und ein großer Tisch erstreckte sich in der Mitte des Raumes.

„Hier entlang." Lady Agnes ging um die Ecke zu einer kleinen Nische, die ein eisernes Bettgestell, eine Kommode und einen Kleiderschrank enthielt. Lady Agnes ging zum Kleiderschrank und riss die Türen auf. Über ihre Schulter sagte sie: „Mr. Rimington, Sie sehen in der Kommode nach. Miss Belgrave, wenn Sie so freundlich wären, unter dem Bett nachzusehen … Ich bin sicher, wenn hier etwas ist, werden wir es schnell finden."

Lady Agnes arbeitete sich durch die wenigen Anzüge und Hemden, die im Schrank hingen. Jasper zuckte eine Schulter und öffnete die oberste Schublade der Kommode. Ich ging auf die Knie und spähte unter das Bett. Ein kleiner Koffer war bis an die Wand geschoben. Als ich ihn zu mir zog, sagte Jasper: „Wie seltsam."

Ich setzte mich auf die Fersen und wedelte die Staubwolke, die ich aufgewirbelt hatte, weg. Jasper hielt einen dicken Stapel Umschläge aufgefächert, während er die Adressen darauf las. „Die sind alle an Mr. Frederick Boggs adressiert und reichen mindestens zehn Jahre zurück."

„Also ist er entweder schon so lange ein Betrüger, oder er ist irgendwie an die Korrespondenz des echten Fredrick Boggs gekommen", sagte ich mit einem leicht angewiderten Gefühl. Ich wollte mir nicht vorstellen, wie man in den Besitz von zehn Jahren Korrespondenz einer anderen Person kam.

„Aha!" Lady Agnes trat vom Kleiderschrank zurück. Sie wog zwei Skarabäen in ihrer Handfläche. Sie waren beide flach und länglich mit Linien, die in die Oberfläche eingraviert waren. Einer war blass türkisfarben, der andere schwarz. „Sie waren in der Tasche einer Hose hinten im Kleiderschrank." Sie legte sie auf die Kommode und machte sich dann wieder auf die Suche.

Ich öffnete die Riemen des Koffers. Ich rümpfte die Nase angesichts des stark antiseptischen Aromas, als ich den Deckel öffnete, dann schreckte ich zurück. Neben einigen zerlumpten Krawatten, einem Glas Gesichtscreme und mehreren abgenutzten Kragen lag eine große Menge Haare. Dann wurde mir klar, dass die Haare eine Perücke waren – eine graue Perücke.

„Aggie, was in aller Welt tust du da?"

Wir drehten uns alle drei zur Tür, wo Gilbert stand und

seinen Blick durch den kleinen Raum schweifen ließ. „Der Diener an der Tür sagte, dass du unten bist …" Seine Worte verstummten, als er die Skarabäen entdeckte.

Lady Agnes zeigte auf die Skarabäen. „Boggs ist ein Dieb. Miss Belgrave und ihr Freund Mr. Rimington haben die Wahrheit über ihn herausgefunden. Boggs hat Stücke, wahrscheinlich vom Dachboden, gestohlen und an einen Antiquitätenladen verkauft. Kein Wunder, dass er verschwunden ist, da andauernd irgendjemand von der Polizei im Haus ist. Ich bezweifle, dass seine Mutter krank ist. Boggs hatte wahrscheinlich Angst, dass er entdeckt wird, und ist geflohen."

Gilbert betrat den kleinen Raum und beugte sich über die Skarabäen. Als er sich aufrichtete, sah er aus, als würde ihm schlecht werden.

„Geht es Ihnen gut, Gilbert? Möchten Sie sich einen Moment hinsetzen?", fragte ich.

„Nein." Er räusperte sich, und es schien, als ob er seine nächsten Worte herauszwingen müsste. „Aggie, Boggs ist kein Dieb."

„Was meinst du? Ich habe dir den Beweis gezeigt. Er liegt dort auf der Kommode." Lady Agnes riss eine Anzugsjacke aus dem Schrank und begann, jede Tasche zu durchsuchen.

Gilbert schloss kurz die Augen. „Die gehören mir, Aggie. Was Boggs verkauft hat, hat er für mich verkauft."

Lady Agnes erstarrte. „Was?"

„Ich habe ihn beauftragt, einige Stücke zu verkaufen – alles meine eigenen Stücke, die mir Onkel Lawrence geschenkt hat."

„Aber warum? Warum würdest du das tun?"

Gilbert warf Jasper und mir einen verlegenen Blick zu, während er seinen Hals neigte und an seinem Kragen zog.

„Nora und ich – nun, wir sind nicht die Sparsamsten. Wir schlagen gerne über die Stränge. Ich fürchte, unsere finanzielle Situation ist aus dem Ruder gelaufen. Onkel Lawrence hat die Schulden nicht begleichen wollen. Ich musste etwas tun. Ich bat Boggs, einen Ort zu finden, um die Stücke zu verkaufen. Er sagte, er würde sich darum kümmern. Ich habe Boggs mehrere kleine Gegenstände gegeben, und er kam mit Bargeld zurück, also habe ich ihm noch ein paar mehr gegeben." Jasper nickte den Skarabäen zu. „Die haben ihm sehr gut gefallen, und ich habe sie ihm geschenkt … als eine Art Trinkgeld."

„Ich verstehe." Lady Agnes studierte einen Moment lang Gilberts Gesicht, dann seufzte sie. „Du hättest zu mir kommen können."

„Nein, konnte ich nicht", sagte er mit einer Endgültigkeit in seinem Ton, die mich überraschte. Gilbert war mir als jemand erschienen, dessen Standards flexibel waren, doch scheinbar gab es Grenzen, die selbst er nicht überschreiten würde.

„Nun, dann hat uns zumindest unser Butler nicht bestohlen", sagte Lady Agnes. „Doch warum steht dann in den Aufzeichnungen in Somerset House, dass Boggs Anfang dreißig und nicht sechzig ist?"

„Boggs? Dreißig?", fragte Gilbert, seine Augen weiteten sich.

„Laut seiner Geburtsurkunde ist Fredrick Boggs zweiunddreißig", erklärte Jasper.

„Himmel", sagte Gilbert. „Wer ist dann unser Butler?"

„War unser Butler", sagte Lady Agnes. „Ich nehme an, das ist eine Sache für Inspector Longly." Lady Agnes reichte Gilbert die Skarabäen. „Die nimmst du besser wieder an dich. Es sieht nicht so aus, als ob Boggs – oder wer auch immer er ist – zurückkehren wird." Lady Agnes hängte das Jackett zurück in den Kleiderschrank, und Jasper legte die Briefe wieder zurück und schloss die Kommode.

„Ich glaube …", sagte ich und verstummte dann, als Lady Agnes mir einen Blick zuwarf, der mich dazu brachte, meine Lippen zusammenzupressen. Sie wollte meine Meinung nicht mehr hören. Ich hatte keinen Dieb in ihrem Haus entlarvt. Stattdessen hatte ich eine peinliche Situation in ihrer Familie aufgedeckt. Lady Agnes hatte mich angeheuert, um ihr zu helfen, ein heikles Thema diskret anzugehen, und nicht, unangenehme Angelegenheiten innerhalb der Familie aufzudecken.

Ich schloss die Riemen des Koffers und schob ihn unter das Bett zurück. Ich hatte eine Vorstellung davon, was mit Boggs passiert war, doch ich würde jetzt nicht darauf eingehen. Ich wollte Lady Agnes gegenüber keine weitere Aussage machen, ohne sie vorher gründlich zu überprüfen. Einmal am Tag damit umgehen zu müssen, dass man sich geirrt hatte, reichte vollkommen aus, und Lady Agnes' Lippen waren missbilligend zusammengepresst.

Sie schloss die Tür. „Miss Belgrave", sagte sie mit angespannter Stimme. „Ich muss Sie bitten, sich nicht mehr in die Angelegenheiten hier in Mulvern House einzumischen." Sie fegte aus der Tür und verschwand mit Gilbert an ihrer Seite die Treppe zum Hauptteil des Hauses hinauf.

Ich folgte langsamer. Jasper hielt mir die Tür auf, dann folgte er mir.

„Ich glaube kaum, dass ich eine Empfehlung von Lady Agnes bekommen werde", sagte ich.

„Hör auf, altes Mädchen. Ich habe keinen Zweifel, dass du sie am Ende für dich gewinnen wirst. Und du machst

Fortschritte bei der Klärung der Situation hier in Mulvern House."

„Denkst du das wirklich? Ich habe das Gefühl, als hätte ich ein oder zwei Knoten gelöst, damit aber nur ein schlimmeres Gewirr verursacht."

KAPITEL SIEBENUNDZWANZIG

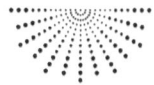

*I*ch war erleichtert, als ich an diesem Abend den Salon betrat und sah, dass Dorothy Gill, Noras Freundin, bereits angekommen war und sich mit Nora und Lady Agnes unterhielt. Es war vorgesehen, dass Lady Agnes und Gilbert mit dem von ihrem Chauffeur gefahrenen Automobil zur Ausstellungseröffnung fuhren, während Dorothy und ich in einem Taxi folgen würden.

Ich nahm neben Dorothy auf dem Sofa Platz. „Guten Abend, die Damen." Mit Dorothy zwischen Lady Agnes und mir konnten wir jede Peinlichkeit vermeiden. Dorothys Kleid war ein eher schlichtes schwarzes Kleid mit dezentem Perlenbesatz entlang des breiten U-Boot-Ausschnitts. Dazu jedoch trug sie einen ägyptisch inspirierten Turban mit langen Perlenfransen aus Gold, Grün und Rot, die ihr Gesicht umrahmten und bis fast unter ihr Kinn hingen.

Die Fransen klirrten, als Dorothy herumschwang. „Hallo, Miss Belgrave. Oh, was für ein schönes Kleid. Dieser Blauton bringt ihre Augen wunderbar zur Geltung."

Das Samtoberteil meines Kleides war aufwendig mit Perlen bestickt, und ich hatte gedacht, es wäre für die Veranstaltung vielleicht zu dick, doch im Vergleich zu Dorothys Turban-Kopfschmuck sah ich eher ... schlicht aus. Bevor ich das Kompliment erwidern konnte, sagte Dorothy: „Ist das nicht aufregend? Ich war noch nie bei einer privaten Eröffnung einer Museumsausstellung." Sie wandte sich wieder Lady Agnes zu, und wieder flogen die Perlenfransen. „Ich kann mir nicht vorstellen, vor all diesen Leuten zu sprechen. Früher bin ich schon erstarrt, wenn der Lehrer mich aufgefordert hat, im Unterricht laut vorzulesen. Wie sind Sie so ruhig?"

„Es ist nur eine kurze Begrüßungsrede, nichts Großartiges", sagte Lady Agnes und sah von der Notizkarte auf, die sie überflogen hatte. Ihr Ton war unbeschwert, doch sie bog die Notizkarte hin und her, und ich konnte sehen, dass die Ränder abgegriffen waren. Lady Agnes trug ein elegantes Chiffonkleid in Jadegrün mit vielen winzigen Goldperlen, die den V-Ausschnitt einrahmten. Der Rock saß eng an ihrer Hüfte, war aber am Saum ausgestellt und erinnerte an die Silhouetten anmutiger ägyptischer Damen auf den Töpferwaren, die ich in der großen Galerie gesehen hatte.

Gilbert betrat den Raum, und Nora streckte ihm die Hand entgegen. Er begrüßte uns alle, zog dann einen Stuhl näher an Nora heran und murmelte etwas leise in ihr Ohr, was ihr ein Lächeln ins Gesicht zauberte. Ein verärgerter Ausdruck huschte über Dorothys Gesicht, als sie Nora und Gilbert beobachtete. Es schien, dass die neue Nähe zwischen Gilbert und Nora Dorothy verdrängte. Sie schien zu spüren, dass sich ihr Status geändert hatte, und war nicht glücklich darüber.

Ein Diener kam und kündigte an, dass das Automobil

und das Taxi warteten. Wir gingen in die Eingangshalle und ließen uns beim Anziehen unserer Mäntel helfen, als Dorothy Noras Handtasche aufhob, die sie auf einem Tisch abgestellt hatte, während sie ihren Mantel zuknöpfte. Dorothy hielt ihr die Handtasche entgegen. „Vergiss deine Handtasche nicht wieder im Taxi wie neulich Abend." Es schien ein verbales Zupfen an Noras Ärmel zu sein, eine kleine Erinnerung daran, dass Dorothy ihr in der Vergangenheit geholfen hatte und dass sie jetzt nicht übersehen werden wollte.

Nora verdrehte die Augen, als sie den Handtaschenriemen nahm. „Guter Gott. Das wirst du mir wohl ewig vorhalten." Nora hakte sich bei Gilbert unter und stolzierte davon. Als wir durch die Porte-cochère gingen, blickte Nora über ihre Schulter, das Kinn im Kragen ihres Nerzes vergraben. „Du hast dafür gesorgt, dass ich sie zurückbekomme. Ende gut, alles gut." Ihr scharfer Ton sagte jedoch: *und erwähne das nicht noch einmal.*

Nora, Gilbert und Lady Agnes stiegen in das Automobil, während Dorothy und ich ins Taxi stiegen. Dorothy warf sich zurück gegen die Rückenlehne. Die Fransen ihres Turbans schwangen gegen ihre Wangen und umrahmten ihren verärgerten Gesichtsausdruck. „Sie tut so, als wäre es meine Schuld! Sie hat sie vergessen, nicht ich." Dorothy rückte das Revers ihres Wollmantels zurecht. „Jetzt wird Nora den ganzen Abend zänkisch sein", fügte sie mürrisch hinzu. „Und sie hat sie sowieso nur dank Mr. Dennett zurückbekommen. Er hat sie gefunden, nachdem sie den Nachtclub verlassen hatten, doch *ihm* wäre sie nie böse."

„Ich verstehe nicht."

„Wir haben uns alle ein Taxi geteilt, als wir das Bluebird – den Nachtclub – verlassen haben", erklärte sie, als sie meine Verwirrung sah. „Mr. Dennett, Aggie, Gilbert, Nora und ich. Es war ziemlich eng. Das Taxi fuhr zuerst nach Mulvern House. Ich sollte als Nächstes abgesetzt werden, und erst als Mr. Dennett vor seiner Wohnung aus dem Taxi gestiegen ist, hat er Noras Handtasche zusammengequetscht auf dem Sitz gefunden.

Er war jedoch im Begriff zu verreisen und hatte keine Zeit, sie Nora zurückzugeben, doch ich wohne gleich um die Ecke von ihm, also hat er sie am nächsten Tag bei mir abgegeben, und ich habe sie ihr zurückgegeben. Nora sollte mir danken und mich nicht schelten." Das Taxi machte eine Wende auf der Straße und hielt vor dem Museum an. „Oh, sehen Sie sich ihren Mantel an", sagte Dorothy und beobachtete eine Frau am Ende der Straße, die in ein Taxi stieg. „Wäre ein knöchellanger Nerz bei diesem Wetter nicht göttlich?"

„Ähm, ja. Er wäre bestimmt warm", sagte ich. Ein bodenlanger Pelz jeglicher Art lag weit außerhalb meines und wahrscheinlich auch Dorothys Budgets, doch ich dachte gerade sicherlich nicht an Pelzmäntel. Ich packte sie am Ärmel, um sie daran zu hindern, aus dem Taxi zu steigen. „Der Nachtclub, den Sie besucht haben, war das die Eröffnungsnacht des Clubs?"

„Ja, es war der Bluebird Club. Waren Sie auch da?"

„Nein, war ich nicht", sagte ich, als wir aus dem Taxi stiegen und uns auf den Weg ins Museum machten. Ich war in Gedanken versunken, und alles um mich herum schien verschwommen. Dorothy plauderte über Pelze, als wir unsere Mäntel an der Garderobe ließen, dann gesellten wir uns wieder zu Lady Agnes, Gilbert und Nora am Eingang der Galerie, in der die Ausstellung untergebracht war.

„Gut gemacht, Aggie", sagte Gilbert und blickte zu

dem Stoffbanner über dem Türsturz auf, auf dem *The Mulvern Collection* stand. „Onkel Lawrence würde das gefallen."

„Danke, Gilbert. Ich freue mich, dass du so denkst", sagte Lady Agnes. Wir gingen unter dem Banner hindurch in den großen, hohen Raum. Reihen von Mumiensärgen, die aufrecht standen, säumten beide Seiten des langen Raumes, und zwei echte Mumien lagen in ihren Vitrinen in der Mitte. Ich stellte mir vor, dass diese beiden das größte Interesse wecken würden. Weitere Vitrinen standen im Raum verteilt, und ich fragte mich, ob sie aus Lord Mulverns Sonderbestellung stammten. Als ich mich umsah, konnte ich den Inhalt mehrerer Vitrinen erkennen, die Skarabäen, Töpferwaren, Werkzeuge und Schmuck enthielten. Die größeren Töpfe und Statuen standen auf Sockeln und waren zwischen den Vitrinen verstreut. Mir wurde klar, dass eine dieser Vasen das Gefäß war, das Lord Mulvern aus Scherben zusammengesetzt hatte.

Wir waren unter den ersten gewesen, die angekommen waren, doch Rathburn war am anderen Ende des Raumes und sprach mit einem Kellner, und Mr. Dennett stand vor den Sarkophagen, eine Zigarette in der einen und einen Drink in der anderen Hand. Sein Gesicht war gerötet, und sein Blick folgte unserer Gruppe, als wir den Raum betraten. Ich beobachtete, wie Mr. Dennett seinen Drink austrank, und meine Gedanken verflüchtigten sich.

Lady Agnes ging, um mit Rathburn zu sprechen, und Dorothy schlenderte zu einer der Vitrinen. „Miss Belgrave", sagte sie in einem Ton, der darauf hindeutete, dass es nicht das erste Mal war, dass sie meinen Namen rief. „Das müssen Sie sehen."

Ich riss mich aus meinem nachdenklichen Zustand. Ich war bei einer fabelhaften Soirée. Es zeugte von schlechtem

Benehmen, allein zu stehen und seinen Gedanken nachzu-
hängen. Ich könnte später nachdenken. Die Idee, die ich
hatte – nun, sie erforderte einige ernsthafte Überlegungen,
und das konnte ich nicht mitten in einem gesellschaftli-
chen Ereignis tun. Ich ging zu Dorothy und spähte in die
Vitrine, in der ein breiter halbrunder Kragen lag, der aus
Tausenden winziger grünlich-türkisfarbener röhrenför-
miger Perlen bestand.

„Ist das nicht spektakulär? Wäre es nicht zu schön, so
etwas zu tragen?"

Hinter uns ertönte eine männliche Stimme. „Ich
fürchte, Sie müssten wahrscheinlich tot sein, um das zu
tragen."

Wir drehten uns beide um, und ich sagte: „Jasper! Ich
wusste nicht, dass du hier sein würdest."

„Ach, habe ich es nicht erwähnt? Ich habe die Einladung schon vor Ewigkeiten angenommen. Niemand kann
einer Mumie widerstehen."

Dorothy wandte sich wieder dem Schmuck zu. „Sind
Sie sicher? Darüber, dass so etwas nur von Mumien
getragen wird?"

Jasper sagte: „Laut der hilfreichen kleinen Karte da ist
es Grabschmuck, der in den Bandagen einer Mumie
gefunden wurde."

Dorothy rümpfte die Nase. „Oh. Aber warum hätten
sie es nicht zu Lebzeiten getragen? Es ist so schön. Es
scheint eine Schande, es unter Stoffschichten zu
verstecken."

„Ich weiß nicht. Ich bin sicher, Lady Agnes könnte es
Ihnen sagen."

„Ja, Sie haben Recht." Dorothy ging zu Lady Agnes,
und ich sagte zu Jasper: „Ich glaube nicht, dass Lady
Agnes dir dafür dankbar sein wird."

Er winkte ab. „Lady Agnes kann mit Dorothy umgehen." Jasper nahm zwei Champagnergläser vom Tablett eines vorbeigehenden Kellners und reichte mir eines. „Sollen wir uns die Antiquitäten ansehen?"

„Ja, lass uns ein bisschen herumlaufen." Mehr Gäste kamen an, und der Raum füllte sich. Der Lärmpegel war gestiegen, ein stetig dicker werdender Geräuschteppich, der von der hohen Decke und den Marmorwänden widerhallte. Wir gingen durch die Vitrinen und hielten bei Mumien, Töpferwaren und Statuen inne, doch meine Aufmerksamkeit war nicht auf die Auslagen gerichtet. Ich hatte versucht, meinen verrückten Gedanken zu verdrängen, um später darüber nachzudenken, doch die Idee wollte nicht verschwinden. Ich war damit beschäftigt, Informationen zu sortieren, die ich in der letzten Woche gesammelt hatte, und ordnete jeden Informationssplitter in eine Richtung, dann in eine andere in meinem Kopf, wie es Lord Mulvern mit den zerbrochenen Keramikstücken getan haben musste. Ich hatte den Schimmer einer Idee, mit der ich die Fragmente zu einem sinnvollen Muster anordnen konnte, doch es war eine so unglaubliche Idee, dass ich sie nicht laut aussprechen wollte.

„... meinst du nicht?"

Ich erschrak ein wenig und sah Jasper an. „Tut mir leid, ich habe nicht gehört, was du gesagt hast. Ich bin ein bisschen in Gedanken."

„Egal. Möchtest du darüber sprechen? Ich bin dein Watson, erinnerst du dich?"

„Du bist viel mehr als Watson", sagte ich und drückte seinen Arm.

„Nun, dann gibt es keine Entschuldigung. Woran hast du denn gedacht, anstatt meinen unterhaltsamen gedanklichen Ergüssen zu lauschen?"

Ich lächelte über seinen spöttelnden Ton. „Tut mir leid, dass ich es verpasst habe. Ich bin sicher, du wirst mir später davon erzählen." Einer der Kellner kam an uns vorbei, und ich stellte mich auf die Zehenspitzen, um über Jaspers Schulter zu spähen.

„Irgendwas Interessantes hinter mir?" Jasper drehte sich um.

Ich deutete mit dem Rand meines Glases. „Der Kellner da. Siehst du ihn? Der mit den dunklen Haaren? Er sieht aus wie ... Boggs. Es ist Boggs, doch ohne graue Haare und Falten." Also hatte ich Recht gehabt, zumindest in einer Sache. Ich stellte mein Glas ab und schob mich durch die Menge. Es gelang mir, den Mann am Ärmel zu fassen, bevor er mit seinem leeren Tablett durch eine Tür in einer Ecke des Raumes verschwand.

KAPITEL ACHTUNDZWANZIG

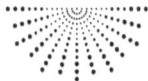

„Boggs?" Die Beleuchtung in der Galerie war nicht sehr hell, doch ich war nah genug, um zu sehen, dass ich Recht hatte. Sein Haar war schwarz, und die tiefen Falten auf beiden Seiten seines Mundes und seiner Stirn waren geglättet, doch seine Züge waren dieselben. „Sie sind es."

Die Tür neben ihm ging auf, und ein Kellner kam mit einem Tablett mit Vorspeisen heraus. Boggs trat mit resignierter Miene zur Seite. „Ja, Miss Belgrave. Womit kann ich Ihnen behilflich sein?"

„Perfekte Manieren, auch wenn Sie kein Butler sind? Kein Wunder, dass Sie die Rolle so gut gespielt haben. Warum haben Sie sich als alter Mann verkleidet, wenn Sie doch eindeutig ein fitter, jüngerer Mann sind? Warum die Maskerade?"

Boggs warf Jasper einen Blick zu, der neben mich getreten war. Jasper warf Boggs einen langen Blick zu und sagte dann zu mir: „Fredrick Boggs ist nicht vermisst, oder?"

233

„Nein. Er hat sich als betagter Butler ausgegeben und wollte mir gerade sagen, warum er es getan hat."

Für einen Moment dachte ich, Boggs würde durch die Tür flüchten, doch er drückte das Tablett an seine Brust und sagte seufzend: „Es ist jetzt schwer an Arbeit zu kommen, Miss. Sie wissen das vielleicht nicht, aber es ist wahr."

„Das verstehe ich voll und ganz. Aber ich verstehe die Schminke und die Perücke nicht."

„Die Leute erwarten von einem Butler eine gewisse ... Gravitas – eine Präsenz. Er muss distinguiert sein. Ich bin zu jung, um das zu sein." Er gestikulierte mit einer Hand über sein glattes Gesicht und sein dichtes schwarzes Haar.

„Doch wenn Sie Erfahrung hatten – oh, ich verstehe", sagte ich, als sein Gesicht sich verschloss. „Sie hatten keine Erfahrung, wollten aber die Stellung."

Er straffte die Schultern. „Ich hatte viel Erfahrung. Nun, eine Art Erfahrung."

„Was meinen Sie? Waren Sie ein Diener?"

„Nein, ein Butler." Ein Mundwinkel hob sich, und in seinen Augen erschien eine Verschlagenheit, die ich in seiner Rolle als Butler im Mulvern House noch nie gesehen hatte. „Auf der Bühne."

„Sie haben auf der Bühne einen Butler gespielt und dachten, Sie könnten durch Ihre Bühnenerfahrung eine Anstellung in einem guten Haus im echten Leben bekommen?", fragte ich. „Kein Wunder, dass Sie Ihr Empfehlungsschreiben gefälscht haben."

Er atmete tief durch. „Ich habe nichts gefälscht. Ich habe lediglich die Piedmont-Schwestern als Empfehlung aufgeführt. Wenn sie die Fragen einer Agentur nicht beantworten ... nun, dafür konnte ich nichts, oder?"

Als ich erkannt hatte, dass das Haar im Koffer eine

Perücke war, und den unverwechselbaren Duft von Kosmetika gerochen hatte, hatte ich vermutet, dass Boggs ein jüngerer Mann war, kein älterer. Das erklärte, warum sein Haar am Morgen des Einbruchs schief gescheitelt gewesen war. In seiner Eile, nach oben zu kommen, hatte er seine Perücke nicht richtig aufgesetzt. Sein schneller Schritt und seine blassen Hände, frei von Altersflecken, hätten es mich früher erkennen lassen sollen. Ich warf einen Blick zurück in den Raum und fragte mich, wie lange es dauern würde, bis Lady Agnes mit ihrer Begrüßungsrede begann. Ich hatte noch so viele Fragen. Seine Geschichte hatte noch einige ziemlich große Lücken. „Doch woher wussten Sie dann überhaupt, dass in Mulvern House eine Stelle für einen Butler frei war? Und wie sind Sie darauf gekommen, die Piedmont-Schwestern als Referenz aufzuführen?"

„Einer unserer Bühnenarbeiter war Lakai bei den Piedmonts und hat uns über sie erzählt. Es sind zwei exzentrische ältere Schwestern, die nie ihre Post öffnen, aus Angst, dass die Umschläge Rechnungen enthalten könnten. Handwerker aus dem Dorf müssen zur Bezahlung persönlich vorsprechen. Die Schwestern sammeln ihre Korrespondenz auf einem Tisch im Flur und lassen sie dann von den Dienern als Anzünder für das Feuer im Kamin verwenden. Ich war mir recht sicher, dass sie auf eine Anfrage einer Agentur nicht antworten würden." Während er sprach, verlor sich sein geschliffener Akzent, und seine Aussprache verlagerte sich in einen entspannteren Rhythmus, der auf seinen bescheidenen Hintergrund hindeutete.

„Hat die Agentur nicht reagiert, als sie keine Antwort bekommen hat?", fragte Jasper.

Das schelmische Funkeln in Boggs' Augen verblasste.

„Vielleicht habe ich der Agentur einen Anreiz gegeben, gewisse – äh – Lücken in meinem Hintergrund zu übersehen. Das ist das einzig wirklich Falsche, das ich getan habe", fügte er schnell hinzu, „und ich habe ein schlechtes Gewissen deswegen, doch immer weniger Leute wollen heutzutage als Dienstboten arbeiten. Ein ausgebildeter Butler ist schwer zu finden, daher war es nicht allzu schwer, die Agentur davon zu überzeugen, wegzuschauen."

Jasper sagte: „Meine Güte, Sie sind ein mutiger Kerl – gleich die Spitze der Leiter anzustreben."

„Nun, Sir, ich nahm an, wenn ich aussehe und mich benehme wie ein distinguierter Butler und das mit dem kombinierte, was mir mein Bühnenfreund über den Piedmont-Haushalt erzählt hatte, könnte ich es schaffen. Es konnte nicht schwieriger sein, als auf der Bühne zu stehen, und ich würde mein eigenes Zimmer und meine Mahlzeiten bekommen – dachte ich zumindest."

Sein Ton deutete darauf hin, dass er das nicht mehr dachte. „Doch Sie haben Ihre Meinung geändert?"

„Oh ja. Jeden Tag ein paar Stunden auf der Bühne zu stehen, ist eine Sache. Ständig eine Rolle zu spielen eine ganz andere. Das ist anstrengend." Die Tür ging auf, und ein anderer Kellner kam mit einem Tablett mit Getränken heraus. Boggs sprach schneller und zog sich in Richtung Tür zurück. „Ich wusste auch, dass Sie Fragen über mich stellen, Miss Belgrave. Ich entschied, dass ich genug hatte, und bin mit einer Ausrede gegangen, doch ich habe Lady Agnes einen Brief mit meiner Kündigung geschickt."

„Und das machen Sie jetzt?" Ich deutete auf das Tablett.

„Ich arbeite für das Catering-Unternehmen, bis sich etwas anderes bietet. Ich habe die Abende mit einem

Freund getauscht, damit ich hier sein kann. Ich wusste, dass das ein wichtiger Abend für die Familie ist, und ich wollte sicherstellen, dass alles gut läuft." Er legte eine Hand an die Tür. „Ich muss zurück, bevor ich meine Anstellung verliere. Ich hoffe, Sie behalten mein Geheimnis für sich, Miss Belgrave?"

„Nun, Lady Agnes kennt bereits Ihr wahres Alter, doch sie weiß nichts über Ihren Hintergrund." Ich konnte sicher nachvollziehen, verzweifelt genug zu sein, um mit unkonventionellen Mitteln eine Anstellung zu bekommen, und die Tatsache, dass er an diesem Abend hier sein wollte, zeigte, dass er, obwohl er kein ausgebildeter Butler war, das Wesentliche des Berufs verstand. „Ich sehe keinen Grund, Lady Agnes oder ihrem Bruder gegenüber etwas davon zu erwähnen."

„Danke, Miss Belgrave", sagte Boggs und verneigte sich dann. „Ich wünsche Ihnen einen schönen Abend." Er ging durch die Tür hinaus.

„Nun", sagte Jasper, als wir zurück in den Raum schlenderten, „das war großzügig von dir, zu sagen, dass du nichts über seinen Hintergrund verraten würdest."

„Was wäre der Sinn? Er arbeitet nicht mehr für sie. Er hat sie nicht bestohlen, und er hat eine andere Anstellung – ich weiß, wie schwer es ist, heutzutage eine Anstellung zu finden. Ich werde ihn sicherlich nicht sabotieren."

„Ganz Recht", sagte Jasper, als er zwei neue Gläser von einem Kellner nahm, der neben uns stehengeblieben war. Jasper reichte mir eines. „Bevor wir abgelenkt wurden, wolltest du mir gerade sagen, was du denkst."

Ich atmete tief durch und wählte meine Worte mit Bedacht, als würde ich einen Bach überqueren und vorsichtig von einem freiliegenden Felsen zum anderen schreiten. „Ich habe eine Idee. Ich habe mehrere Teile zu einem Muster zusammengefügt, das einen Sinn ergibt, doch es ist ziemlich unglaublich – sogar fantastisch – und ich bin der Sache noch nicht ganz auf den Grund gegangen."

„Was sind die Teile –" Jasper brach ab, als eine einzelne Stimme über das allgemeine Gemurmel hallte.

„Gentlemen." Dennetts normalerweise ruhige Stimme war verschwunden, ersetzt durch ein begeistertes Bellen, und ich fragte mich, wie viele Drinks er vor seiner Ankunft getrunken hatte. Er stand bei einer Gruppe von Männern. Seine Wangen und seine Nasenspitze waren noch roter als zuvor. Er hielt sein Champagnerglas in die Höhe. „Auf die Grabung im Tal der Könige."

Die wieder aufbrandende Unterhaltung übertönte seine nächsten Worte. „... Grabungsgenehmigung. Ich habe heute Neuigkeiten von Dupin erhalten. Er hat Mulverns Genehmigung zurückgezogen und sie mir gegeben."

Einer der Männer klopfte ihm auf die Schulter. „Herzlichen Glückwunsch! Mögen Sie genauso erfolgreich sein wie Lawrence." Er hob sein Glas, und die anderen Männer stießen auf ihn an.

Ein anderer Mann fragte: „Werden Sie an derselben Stelle wie Mulvern weitergraben?"

„Er war ein guter Grabungsleiter und hat ein paar schöne Stücke gefunden." Er deutete auf den Sockel, neben dem er stand und auf dem das große Gefäß stand, das Lord Mulvern zusammengesetzt hatte. „Doch ich glaube nicht, dass Mulvern das ganze Bild gesehen hat. Ich muss da rein und alles selbst begutachten. Ich habe vor, abzureisen, sobald ich die nötigen Vorkehrungen getroffen habe."

Mein Herz flatterte. Ich drehte mich zu Jasper um und

packte seinen Arm. „Das ist es – das letzte Stück, und es passt perfekt", sagte ich leise.

Der Klang eines Silberlöffels, der gegen ein Glas geschlagen wurde, hallte durch die Luft, und die Unterhaltung verstummte, als sich alle Lady Agnes zuwandten. Sie war auf ein kleines Podest in einer Ecke des Raumes gestiegen, auf dem ein Rednerpult aufgestellt war. Neben ihr stand auf einer Staffelei ein Ölgemälde ihres Onkels. Rathburn stand auf der anderen Seite des Podiums ein paar Schritte hinter Lady Agnes.

„Später", flüsterte ich Jasper zu. Da Lady Agnes gerade sprechen wollte, konnte ich mich im Moment nicht im Flüsterton mit Jasper unterhalten, doch ich ging in Gedanken eifrig durch, was ich herausgefunden hatte, und überlegte, wie ich es ihm – und Longly – so schnell wie möglich erklären konnte, sobald ihre Rede vorbei war.

„Guten Abend, meine Damen und Herren." Die klare aristokratische Stimme von Lady Agnes hallte durch den Raum, und das übrige Geplauder verstummte. „Danke, dass Sie heute Abend gekommen sind, um meinen Onkel und alles, was er auf dem Gebiet der Ägyptologie geleistet hat, zu ehren. Ich wünsche Ihnen viel Vergnügen beim Betrachten der schönen Antiquitäten, die wir hier zusammengestellt haben, damit Sie sie in dieser privaten Eröffnungsveranstaltung sehen können."

Ein Applaus folgte ihren Worten, und als das Klatschen verstummte, fuhr Lady Agnes fort: „Ich verspreche, dass ich Ihren Abend nicht zu sehr mit meinem langweiligen Monolog stören werde, doch Gilbert und ich dachten, dass es angemessen ist, uns einen Moment Zeit zu nehmen und die Arbeit unseres Onkels zu würdigen. Er war kein professionell ausgebildeter Ägyptologe, doch was ihm an Ausbildung fehlte, machte er mit begeistertem Selbststu-

SARA ROSETT

dium wett. Diese Ausstellung zu organisieren war einer seiner größten Wünsche. Er wollte, dass alle Londoner die schönen Kunstwerke und den anspruchsvollen Lebensstil der Ägypter sehen konnten. Der einzige Wermutstropfen heute Abend ist, dass er nicht bei uns sein kann. Einige von Ihnen werden gehört haben, dass sein Tod ursprünglich für Selbstmord gehalten wurde, doch heute Abend kann ich Ihnen versichern, dass Onkel Lawrence sich nicht das Leben genommen hat – es wurde ihm genommen. In einer unglücklichen Wendung des Schicksals hat sich jemand, dem er vertraut hat, gegen ihn gewandt."

Ein Raunen ging durch die Menge, ein leises Gemurmel, doch ich hörte deutlich, dass mehrere Leute den Namen Nunn erwähnten.

„Aber das ist nicht wahr", sagte ich. Lady Agnes hatte innegehalten, und meine Worte fielen in dieses Schweigen. Köpfe wandten sich mir zu. Ich hatte lauter gesprochen, als mir bewusst gewesen war. Lady Agnes warf mir vom Rednerpult aus einen stählernen Blick zu. „Ich fürchte, Miss Belgrave vertritt einen anderen Standpunkt –"

„Den richtigen Standpunkt", sagte ich selbstbewusst. Eine Rede zu unterbrechen zeugte von furchtbar schlechten Manieren, doch jetzt, wo ich die Teile zusammengefügt hatte, wusste ich genau, was passiert war, und es war nicht richtig, Nunn die Schuld zu geben. „Ach, wirklich?", fragte Lady Agnes. „Würden Sie das gerne erklären?" Ihr Ton triefte vor Sarkasmus.

Mein Puls pochte, als ich das Gewicht der Blicke der Menge auf mir spürte. Ich war mir sicher, sie erwartete, dass ich eine Entschuldigung murmelte und ging, doch sie hatte mir die perfekte Gelegenheit gegeben, den Mörder aus der Reserve zu locken.

KAPITEL NEUNUNDZWANZIG

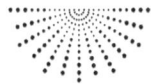

$\mathscr{J}$ch war nie jemand, der zurückschreckte, wenn er herausgefordert wurde, und diese Gelegenheit war zu gut, um sie mir entgehen zu lassen, also stürzte ich mich hinein. Das Herz pochte in meiner Brust, und ich stellte mein Champagnerglas ab, damit niemand sehen konnte, wie sehr meine Hand zitterte. „Ja, ich möchte es erklären. Vielen Dank für die Gelegenheit."

Jemand keuchte angesichts meiner Dreistigkeit, und am äußeren Rand der Menge wurde getuschelt. Jasper zwinkerte mir zu und sagte leise: „Viel Glück, Miss Sherlock", als er einen Schritt zurücktrat und mir das Wort gab.

Ich räusperte mich und sprach über das Gemurmel und Gekicher hinweg. „Ich habe die letzten Tage damit verbracht, den Tod des verstorbenen Lord Mulvern zu untersuchen. Lady Agnes selbst war davon überzeugt, dass ihr Onkel nicht Selbstmord begangen hat, und wollte Beweise für seine Ermordung."

Ein Raunen ging durch die Menge. „Miss Belgrave, ich muss darauf bestehen –" begann Lady Agnes.

„Ich hatte eine Reihe von möglichen Verdächtigen",

sagte ich und hob meine Stimme über ihre und das Getuschel. „Lord Mulvern ist nach einer abendlichen Dinnerparty in seinem Haus gestorben, und jeder Anwesende hatte die Möglichkeit, sich von der Gruppe zu entfernen und Schlafpulver in das Wasserglas auf seinem Nachttisch zu mischen."

Es ist schwer, einem Rätsel zu widerstehen, und ich konnte die Neugierde spüren, die an der Menge zerrte. „Jeder, der an diesem Abend am Dinner teilgenommen hat, hätte Lord Mulvern ermorden können, und fast jeder hatte ein Motiv. Lord Mulverns Kammerdiener Hodges hat bei Lord Mulverns Tod eine ansehnliche Summe geerbt. Der Butler war neu, und ich habe einige Dinge über ihn in Erfahrung gebracht, von denen er vielleicht nicht gewollt hätte, dass Lord Mulvern sie erfährt." Boggs bewegte sich mit einem neuen Tablett mit Champagnerflöten durch die Menge. Seine Schritte wurden nicht langsamer, doch er fixierte mich, während er zwischen den Gästen hindurch navigierte.

„Andere Familienmitglieder hatten mit Lord Mulvern über Geld und finanzielle Arrangements gestritten." Mein Blick wanderte zu Gilbert und Nora, die am Podium standen. Nora trat näher an Gilbert heran, und er legte einen Arm um ihre Schultern. „Der Kurator von Lord Mulvern, Mr. Nunn, hat auch an diesem Abendessen teilgenommen. Mr. Nunn wusste, dass seine Stelle bald gestrichen werden würde, was ihm ein ausgezeichnetes Motiv gab." Ich deutete auf das Podium. „Sogar Lady Agnes selbst ist mir als Verdächtige in den Sinn gekommen."

Lady Agnes hatte sich umgedreht und jemandem hinter sich etwas zugeflüstert. Zweifellos hatte sie die Anweisung gegeben, mich von jemandem aus der Galerie begleiten zu lassen. Sie wirbelte mit einem Blick, der die

Menge versengte, zu mir zurück. Eine Frau in der Nähe des Podiums wich tatsächlich einen Schritt zurück.

Ich schluckte und fuhr eilig fort, denn ich war mir nicht sicher, wie lange es dauern würde, bis ich entfernt wurde. Ich hatte bereits jede Brücke zwischen Lady Agnes und mir niedergebrannt. Es brachte nichts, jetzt vorsichtig zu sein. „Vielleicht war die Bitte von Lady Agnes, Nachforschungen anzustellen, ein Bluff. Ohne ihren Onkel würde sich ihr Bruder ihr höchstwahrscheinlich in allen Angelegenheiten, die mit den ägyptischen Antiquitäten zu tun hatten, unterordnen. Sie konnte die Sammlung führen, wie sie wollte."

Zustimmendes Gemurmel brandete um mich herum auf. Alle wussten, dass Lady Agnes Mulvern House leitete und die treibende Kraft der Aktivitäten in Ägypten war. Die Röte in Lady Agnes' Wangen konkurrierte jetzt mit Dennetts Färbung.

Ich sah Rathburn an. „Und Mr. Rathburn war auch anwesend. Lord Mulvern hatte eine Spende an das Museum geplant. Es wäre tollkühn von Mr. Rathburn gewesen, irgendetwas zu tun, das diese Spende gefährden würde, doch er war der einzige Gast, von dem ich bestätigen konnte, dass er sich von der Gesellschaft entfernt hatte und an diesem Abend eine Zeitlang allein war."

Rathburn hüstelte, doch ich fuhr fort: „Jeder dieser Leute hätte Lord Mulvern ermorden können, doch erst heute Nacht wurde mir klar, dass ich die ganze Zeit am falschen Ort gesucht hatte. Die wichtige Frage war nicht, wer beim Abendessen war, sondern wer *nicht*. Eine Person, die Lord Mulvern unbedingt aus dem Weg schaffen wollte. Der Mörder war an diesem Abend nicht beim Abendessen, doch er war in Mulvern House." Ich drehte mich um und blickte durch den Raum. „Nicht wahr, Mr. Dennett?"

Die Menge summte wie ein aufgebrachter Bienenstock. „Ich weiß nicht, wovon Sie reden." Dennett nippte an seinem Champagner. „Wie soll ich in Mulvern House gewesen sein, ohne dass jemand davon wusste?"

Er sah so unbekümmert aus, dass ich ein ungutes Gefühl bekam. Lag ich wieder falsch? Hatte ich mich gerade vor aller Welt zum Narren gemacht? Ich unterdrückte meine Zweifel und legte Überzeugung in meinen Ton. Ich musste Recht haben – es war die einzige Antwort, die einen Sinn ergab. „Sie haben sich mit einem Schlüssel selbst eingelassen. Nora hatte ihre Handtasche am Vorabend in einem Taxi vergessen. Sie haben eine Kopie des Schlüssels anfertigen lassen, dann haben Sie Noras Freundin die Handtasche zurückgegeben, damit Sie unbemerkt in Mulvern House ein- und ausgehen konnten."

Ich machte ein paar Schritte auf Dennett zu, und meine Absätze hallten im nun erneut totenstillen Raum wider. Sogar die Kellner hatten aufgehört, zwischen den Gästen umherzuwandern. Boggs stand unbeweglich mit seinem Tablett ein paar Meter von Dennett entfernt.

„Die Essensstunde ist die perfekte Zeit, um einen Mord zu begehen, finden Sie nicht?", sagte ich zu Dennett. „In Zeiten reduzierten Hauspersonals werden alle im Speisezimmer oder in der Küche gebraucht. Es gibt keinen Lakaien, der in der Eingangshalle an der Haustür sitzt und wartet. Er ist im Esszimmer und bedient die Gäste. Die Familie, das Personal und die Gäste sind alle im Speisezimmer versammelt, was Ihnen freien Zugang zum ganzen Haus gab. Sie konnten durch die Haustür hinein und direkt die Treppe hinaufgehen. Alles, was Sie tun mussten, war, Hodges, Lord Mulverns Kammerdiener, aus

dem Weg zu gehen. Nachdem er das Zimmer fertig vorbereitet und sich unten zurückgezogen hatte, haben Sie das
Schlafpulver in das Glas gegossen. Dann haben Sie es sich
bequem gemacht und gewartet, um sich zu vergewissern,
dass sie ihre Mission tatsächlich erfolgreich abgeschlossen
hatten. Sie konnten den Abschiedsbrief nicht auf dem
Tisch lassen, bis Hodges nach dem Abendessen Lord
Mulverns Zimmer wieder verlassen hatte. Sobald er
gegangen war und Mulvern das Veronal getrunken hatte
und gestorben war, konnten Sie den Abschiedsbrief auf
den Tisch legen."

Inzwischen war die Atmosphäre in der Galerie aufgela-
den. Alle waren gefesselt, ihre Blicke wanderten von mir
zu Dennett, der mit seiner Champagnerflöte in meine
Richtung gestikulierte. „Wie dumm Sie doch sind. Warum
sollte ich das tun? Ich hatte keinen Grund, Lord Mulvern
tot sehen zu wollen."

„Hatten Sie nicht? Jeder weiß, dass Sie von Ägyptologie besessen sind. Sie sind entschlossen, im Tal der
Könige zu graben. Es ist allgemein bekannt, dass Sie
geglaubt haben, dass Lord Mulvern an der falschen Stelle
gräbt. Wenn Sie nur das Sagen hätten, könnten Sie das
Grab eines Pharaos finden. Doch Lord Mulvern hat sich
nie auf Ihre Theorien eingelassen, oder?"

„Ein noch größerer Narr. Und das werde ich nächste
Saison beweisen."

„Ja, denn jetzt haben Sie ja seine Grabungsgenehmigung."

Lady Agnes keuchte. „Aber die Genehmigung bleibt in
unserer Familie."

Dennett drehte sich zu ihr um. „Nicht mehr, Lady
Agnes. Dupin hat Sie nicht kontaktiert? Er hat Ihrer
Familie die Genehmigung entzogen und sie mir gegeben.

Ein vollkommen legaler Transfer, wie Sie wissen müssen", sagte Dennett.

„Sie haben vor kurzem ein ziemlich großes Erbe angetreten, nicht wahr, Mr. Dennett?", fragte ich.

Dennett drehte sich wieder zu mir um. „Und wenn schon? Der Tod von Onkel Elisha hat damit nichts zu tun." Er hatte ein Lächeln im Gesicht, als er den Männern um sich herum einen Blick zuwarf, als wollte er sagen, lassen wir das dumme Frauenzimmer sich nur weiter um Kopf und Kragen reden.

„Doch das tut er. Er hat Ihnen die Möglichkeit gegeben, die Beamten in Ägypten zu manipulieren. Leider war der oberste Beamte ein Freund von Lord Mulvern. Solange Lord Mulvern am Leben war, hätten Sie nie die Genehmigung bekommen, die Sie wollten. Sie konnten nicht an der Stelle graben, von der Sie wussten, dass Schätze dort vergraben lagen. Doch mit ihrem Erbe hatten Sie jetzt Geld, so viele Beamte zu bestechen, wie Sie wollten, die Dupin unter Druck setzen konnten, Ihnen die Genehmigung zu erteilen. Ihnen stand nichts im Weg … außer Lord Mulvern."

Dennett knallte sein Glas auf eine Vitrine und trat einen Schritt auf mich zu. Sein fröhliches Lächeln war verschwunden. Angst wallte in mir auf, als ich den Hass in seinem Blick sah. Jasper bewegte sich ein wenig auf Dennett zu, doch die Menge hatte sich um Jasper herum gedrängt, und es waren mehrere Leute zwischen ihm und Dennett. „Das ist eine Unverschämtheit", sagte Dennett. „Sie können kein Wort davon beweisen."

Mein Herz machte einen Sprung, als er die Worte ausspie. Die Atmosphäre des Raumes veränderte sich. Was eine unterhaltsame Darbietung gewesen war, über die man morgen beim Tee klatschen konnte, hatte sich zu etwas Hässlichem und Gefährlichem entwickelt. Die anderen Gäste mussten die gegen mich gerichtete Feindseligkeit gespürt haben, denn sie waren zurückgewichen und hatten Raum zwischen Dennett und mir geschaffen.

„Unbegründete Anschuldigungen! Absurde Theorien", sagte er, und Speichel flog. „Wie konnte ich mich nach dem Abendessen in einem Haus voller Diener verstecken? Das ist unmöglich."

„Ist es?", fragte ich und sah mich um. Wenn er auf mich losgehen würde, waren zu viele Leute da, um von ihm wegzukommen. Ich konnte mein Champagnerglas nach ihm schleudern, doch das war keine große Verteidigung. „In Lord Mulverns Zimmer selbst gibt es einen ausgezeichneten Ort, um sich zu verstecken – den Sarkophag." Dann erinnerte ich mich an die kompakte Form einer Waffe in meiner Abendtasche. Sie konnte mir einen Moment oder zwei verschaffen. „Als ich Sie heute Abend vor den Sarkophagen stehen gesehen habe, wurde mir klar, dass der Mumiensarg ein perfektes Versteck ist."

Als alle auf die Sarkophage im Raum blickten, öffnete ich den Verschluss meiner Handtasche und tauchte meine Hand hinein. „Der Sarkophag in Lord Mulverns Zimmer stand aufrecht. Alles, was Sie tun mussten, war, hineinzuschlüpfen und ein paar Stunden zu warten, bis Lord Mulvern nachts aufwachte und aus seinem Wasserglas trank. Nachdem er schläfrig geworden war, stelle ich mir vor, dass Sie seinem Glas noch mehr Schlafpulver hinzugefügt und es ihm eingeflößt haben. Dann haben Sie mit einem Abschiedsbrief die Bühne vorbereitet, und da hatten Sie Glück. Ich bin sicher, Sie waren mit einem gefälschten Zettel vorbereitet, doch dann haben Sie einen weggeworfenen Zettel im Papierkorb gefunden, in Lord Mulverns eigener Handschrift verpasst. Alles, was Sie tun mussten, war, die oberste Zeile abzuschneiden und den gekritzelten Wörtern ein paar Zeichen hinzuzufügen, und Sie waren fertig. Als der Brief dann auf dem Schreibtisch lag, haben Sie sich unbemerkt aus dem Haus geschlichen und die Tür mit Ihrem Schlüssel abgeschlossen."

„Ich werde mir das nicht länger anhören. Das ist absurd!" Die Röte auf seinen Wangen hatte sich immer dunkler verfärbt, und seine Brust hob und senkte sich unter dem schneeweißen Hemd seines Abendanzugs.

„Ist es das? Warum waren dann Ihre Fingerabdrücke im Inneren des Sarkophags?"

„Unmöglich! Ich habe Handschuhe getragen!"

Dennett erkannte seinen Fehler und stürmte auf mich zu. Ich riss mein Schminketui in Form einer Pistole aus meiner Handtasche und richtete es auf Dennett. Eine Frau neben mir kreischte und stolperte rückwärts.

Dennett blieb abrupt stehen, doch er bewegte seine Finger, als ob er sie um meinen Hals legen wollte. Sein Blick wanderte zur Tür, dann wieder zu mir.

„Keine Bewegung, Mr. Dennett. Ich bin sicher, die Polizei wird in Kürze hier sein und mit Ihnen sprechen wollen." Nach Lady Agnes leisen Worten an jemanden hinter dem Rednerpult war ich überrascht, dass nicht schon ein Museumsangestellter oder ein Constable erschienen war und mich aus dem Raum eskortiert hatte. „Vielleicht kann Mr. Rathburn ein paar Wachen rufen, um Sie hier hinaus zu eskortieren und mit Ihnen zu warten, bis die Polizei eintrifft."

Niemand bewegte sich. Rathburn stand noch immer auf dem Podium und war hinter Dennetts Schulter in meinem Blickfeld. Ich nickte zur Tür, als ich sagte: „Mr. Rathburn?"

„Oh, richtig. Natürlich. Das kann – äh – arrangiert

werden." Rathburn trat vom Podium herunter und watschelte zur Tür, doch er bewegte sich so schwerfällig, dass es mehrere Minuten dauern würde, bis jemand eintraf, um Dennett zu bewachen.

Dennett blinzelte auf die Waffe in meiner Hand, dann grinste er so, dass mir eiskalt wurde. Dennett bewegte seine Hand kurz an seine Stirn, als würde er seinen Hut lüften. „Ausgezeichneter Versuch, Miss Belgrave, aber bluffen Sie niemals, es sei denn, Sie sind tatsächlich bereit, es durchzuziehen."

Er wirbelte herum und stieß gegen den Sockel, auf dem das große zusammengesetzte Gefäß stand, dann schoss er durch die Menge in die entgegengesetzte Richtung, während die Töpferware schwankte. Ein kollektives Keuchen ging durch die Menge, als das Gefäß schwankte, kippte und fiel. Boggs ließ sein Tablett fallen. Gläser splitterten und Champagner spritzte, als er auf den Sockel zu hechtete und den Topf auffing und ihn wie einen übergroßen Säugling an seine Brust drückte. Ich hätte erleichtert geseufzt, doch ich hatte mich bereits umgedreht und sah, wie Dennett sich durch den anderen Rand der Menge drängte.

Dann sah ich, wie sich Jaspers blonder Schopf so schnell durch die Menge bewegte, dass ich blinzelte. Ja, es war Jasper. Er zeigte sich selten engagiert, doch jetzt sprintete er zur Tür der Galerie. Einen Moment lang dachte ich, er würde Dennett abfangen, doch das tat er nicht.

Jasper erreichte die Tür vor Dennett und sprintete hindurch. Dennett erreichte sie Sekunden später, als das Banner außerhalb der Galerie herunterkam. Dennett rannte hinein wie ein Sprinter, der das Band an der Ziellinie mit sich riss, nur dass das riesige Stoffbanner nicht zerrissen wurde, sondern sich um ihn verhedderte, während er versuchte, es wegzuschlagen.

Jasper schlenderte gemächlich in mein Sichtfeld und schlang die Schnur, die das Banner gehalten hatte, ein paarmal um Dennett. Jasper zog die Kordel fest und die Stoffrolle mit Dennett darin schwankte und ging dann zu Boden. Jasper stellte seinen Fuß auf das sich windende Bündel.

Ich stürmte durch den Raum zur Tür, und es dauerte ein paar Sekunden, bis mir klar wurde, warum die Leute mir aus dem Weg gingen. Ich hielt immer noch die vermeintliche Waffe in der Hand.

„Schon gut. Es ist nicht wirklich eine Waffe", sagte ich, und eine Lady in meinem Weg wurde ohnmächtig und sank in die Arme ihres Begleiters.

Ich steckte das Etui zurück in meine Handtasche, als ich Jasper erreichte. Er war zurückgetreten. Rathburn war zurückgekehrt und befahl mehreren Männern, die eingewickelte Gestalt hochzuheben und in einen leeren Lagerraum zu bringen. „Schließen Sie ihn ein und halten Sie Wache, bis die Polizei eintrifft", wies Rathburn sie an.

„Das ist ziemlich passend, findest du nicht?", sagte Jasper mit einem Nicken zu den Männern, die Dennett wegschleppten. Eine Strähne seines blonden Haares war ihm in die Stirn gefallen, doch ansonsten sah er immer noch perfekt aus, nicht so, als hätte er gerade einen fliehenden Mörder im Alleingang gefangen genommen. „Er hat sich in einem Mumiensarg versteckt, um ein Verbrechen zu begehen, und jetzt ist er wie eine Mumie eingewickelt."

„Ja, überaus passend", sagte ich. „Ich bin sicher, Inspector Longly wird das zu schätzen wissen."

„Zweifellos." Jasper drehte sich wieder zu mir um, sein

Gesichtsausdruck war so ernst wie damals, als ich in Parkview vom Baum gefallen war und mir den Arm gebrochen hatte. „Du hast mich ziemlich erschreckt, als du mit dem Etui herumgewedelt hast. Es ist dazu gedacht, Kriminelle abzuschrecken – nicht sie festzunehmen."

„Doch genau dafür habe ich es benutzt, um Dennett fernzuhalten. Er wollte sich auf mich stürzen, falls dir das entgangen ist."

„Das ist wohl wahr", sagte Jasper, und ich bemerkte ein Zittern in seinen Händen, als er seine Krawatte zurechtrückte und sein Revers glättete. „Doch was, wenn Dennett auch eine Waffe gehabt hätte – eine echte Waffe? Was hättest du dann getan?"

„Ich hätte meine nach ihm geworfen, denke ich. Ist jetzt aber auch egal, oder? Mir ist nichts passiert. Du hast die Lage gerettet, indem du schnell reagiert hast, als du das Banner auf Dennett heruntergelassen hast." Ich vergaß für einen Moment, wer ich war, strich ihm die Haare aus der Stirn, und sein Gesichtsausdruck veränderte sich und ließ mein Herz noch schlimmer flattern, als es das schon vor ein paar Augenblicken getan hatte. Ich hatte Mühe, mich daran zu erinnern, was ich sagen wollte. „Und – ähm – Boggs, ja, Boggs hat Lord Mulverns Gefäß davor bewahrt, wieder in eine Million winziger Stücke zu zerspringen. Es hat alles wunderbar geklappt, genau wie ich es erwartet hatte."

Jasper lachte. „Das glaube ich keinen Moment. Gib es nur zu – du hattest keine Ahnung, wie es ausgehen würde."

„Gut. Nein, wusste ich nicht, doch es war zu gut, um mir die Gelegenheit entgehen zu lassen. Ich dachte, ich könnte Mr. Dennett eine Falle stellen, was wichtig war, denn ich hatte keinerlei Beweise."

„Und das hast du", sagte Jasper. „Gute Show, Olive. Wirklich gut gemacht."

Ich fühlte, wie ich bei seinem Lob errötete. Ja, das war definitiv der Grund, aus dem ich rot wurde. Ich sagte schnell: „Aber du hast ihn erwischt. Es war brillant, das Banner herunterzulassen."

„Ich konnte ihn nicht entkommen lassen. Wäre nicht richtig, weißt du, doch ich wollte auf keinen Fall einen Rugby-Tackle versuchen. Viel zu ermüdend."

KAPITEL DREISSIG

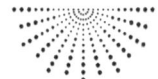

*E*in paar Tage später spazierte ich um den Mulvern Square herum, als die ersten Schneeflocken der Saison vom Himmel schwebten. Ich rückte den Wollschal zurecht, den Mrs. Hodges mir geschenkt hatte, als ich sie besucht hatte, um Hodges über den Ausgang meiner Ermittlungen zu informieren. Er hatte sich für das Ergebnis interessiert und sagte: „Ich dachte immer, dass dieser Mr. Dennett zu verbissen war, wenn Sie verstehen, was ich meine."

Als ich an Dennetts brennenden Blick an diesem Abend bei der Galerieeröffnung dachte, stimmte ich voll und ganz zu. Bevor ich gegangen war, hatte mir Mr. Hodges eine kleine Kiste gegeben. Darin fand sich die hellblaue Wolle, die ich seiner Mutter bei meinem letzten Besuch geschenkt hatte. „Eine Kleinigkeit von Mutter. Er könnte ein wenig – ähm – lang sein."

Es war in der Tat der längste Schal, den ich besaß, doch an einem Tag wie diesem war die Überlänge willkommen, und ich hatte ihn mir zweimal um den Hals gewickelt.

Ich bog am Park um die Ecke und sah eine bekannte

Gestalt in meine Richtung kommen. Es war Boggs, gekleidet in Melone und braunen Anzug. Ich winkte, und er überquerte die Straße. „Miss Belgrave, wie geht es Ihnen?" Er lüftete den Hut, während er sprach.

„Sehr gut. Waren Sie in Mulvern House?"

„Das war ich tatsächlich. Dank des Gesprächs, das Sie mit Lady Agnes geführt haben, trägt sie mir meine kleine ... freie Interpretation der Wahrheit nicht nach."

„Ich muss sagen, es hat wahrscheinlich mehr damit zu tun, dass Sie das ägyptische Gefäß davor bewahrt haben, in tausend Stücke zu zerspringen, als mit dem, was ich gesagt habe."

„Vielleicht, aber nochmals vielen Dank, Miss Belgrave."

„Ich bin froh, dass es geholfen hat." Wir verabschiedeten uns und gingen unserer Wege. Ich war ein paar Schritte die Straße hinunter, als ich mich umdrehte und rief: „Boggs?"

„Ja, Miss?"

„Mir kommt gerade der Gedanke, dass es in meiner Branche nützlich sein könnte, jemanden wie Sie zu kennen. Sie haben eine gute Hand in Sachen Schminke und Kostüme, denke ich. Außerdem können Sie verschiedene Rollen spielen. Wenn ich mich geschäftlich mit Ihnen in Verbindung setzen wollte, hätten Sie Interesse?"

„Ja, Miss. Das hätte ich. Sehr großes Interesse." Er gab mir seine Adresse in Soho, wo er wohnte, und sagte dann: „Doch ich werde vielleicht nicht mehr lange dort sein. Ich habe ein Vorsprechen für die Rolle eines Gangsters in einem neuen Stück. Sie können mich jederzeit über meinen Bruder im Antiquitätenladen erreichen. Er wird mir eine Nachricht zukommen lassen."

„Sehr gut. Das werde ich tun, wenn ich Sie brauche."

Ich ging weiter zu Mulvern House und musterte den neuen Butler eingehend, als ich das Haus betrat.

Soweit ich das beurteilen konnte, war seine Glatze echt und keine Maske. Sein nüchterner Gesichtsausdruck, seine eher beleibte Figur und das langsame Tempo, mit dem er sich bewegte, als ich ihm folgte, zeigten, dass er genau das war, was er zu sein schien – durch und durch ein Butler. Ich folgte ihm den roten Läufer die Treppe zum Salon hinauf, wo er mich ankündigte.

Lady Agnes stand auf und kam durch das Zimmer. Das letzte Mal hatte ich sie am späten Abend gesehen, nachdem die Polizei Dennett aus dem Museum eskortiert hatte. Ich hatte ihr erklärt, dass ich zuvor mit Boggs gesprochen hatte, und dass er darum gebeten hatte, bei der Ausstellungseröffnung zu arbeiten, weil er wusste, dass es ein wichtiges Ereignis für die Familie war. Inzwischen hatte sich Lady Agnes' Ärger über mich abgekühlt. Sie war freundlich gewesen, aber ich hätte sicher nicht gesagt, dass es freundschaftlich war. Ich war mir nicht sicher, wie mein Empfang heute ausfallen würde. Ich hoffte, sie hatte mich nicht zum Tee eingeladen, um mich zu schelten.

„Miss Belgrave, schön, dass Sie heute Nachmittag Zeit für einen Tee mit mir haben", sagte sie, und ich war erleichtert, dass sie nicht den angespannten, gereizten Gesichtsausdruck hatte, den ich hinter dem Rednerpult gesehen hatte. Heute erinnerte mich ihr freundliches Lächeln an den Tag, an dem ich das erste Mal nach Mulvern House gekommen war, als sie mich beauftragen wollte, den Tod ihres Onkels zu untersuchen.

„Es ist mir ein Vergnügen", sagte ich.

„Vielleicht können Sie uns Ihre Meinung sagen", sagte Lady Agnes, als sie mir voraus durch den Raum ging und auf einen Platz gegenüber von Nora deutete, die mich grüßte, während sie einen Satz Blaupausen aufrollte.

Lady Agnes sagte: „Leg die noch nicht weg. Wir wollen Miss Belgraves Meinung zu den Renovierungsmöglichkeiten einholen." Nora entrollte die Blaupausen, und Lady Agnes sagte: „Wir haben mehrere Optionen für die Erweiterung."

„Eine Erweiterung?", fragte ich. Das Stadthaus war bereits ein wirklich geräumiges Zuhause. Ich konnte mir nicht vorstellen, dass sie mehr Platz brauchten.

„Oh, nicht für uns", sagte Lady Agnes.

„Natürlich nicht", sagte Nora. „Sie ist für die Antiquitäten, wie immer in diesem Haus." Die Worte selbst hätten als Kritik verstanden werden können, doch sie hatte sie mit einer Unbeschwertheit ausgesprochen, als würde sie mich an einem Familienscherz teilhaben lassen.

„Nora hat Recht", sagte Lady Agnes. „Wir brauchen sicherlich nicht mehr Schlafzimmer. Eine Möglichkeit besteht darin, die Schlafzimmer im Ostflügel zu benutzen und mit der großen Galerie zu verbinden. Oder wir könnten die große Galerie erweitern, damit wir den Rest von Onkel Lawrence' Sammlung aus dem Lager holen können."

Wir verbrachten die nächsten paar Minuten damit, zwischen den Blaupausen hin und her zu blättern und die Vor- und Nachteile beider Pläne zu diskutieren. Der Tee kam, und Lady Agnes goss ihn für uns ein. Eine Bewegung im Flur zog meine Aufmerksamkeit an. Nora musste sie auch bemerkt haben. Sie setzte sich etwas aufrechter und rief: „Gilbert, bist du das?"

Gilbert steckte seinen Kopf durch den Türrahmen. „Ja, ich bin zurück. Ich schließe mich euch gleich an."

„Unsinn", sagte Nora. „Komm rein und trink deinen Tee jetzt mit uns, solange er noch heiß ist."

„Es dauert nur einen Moment –"

„Nein, ich bestehe darauf. Ich gieße dir eine Tasse ein. Die Köchin hat die Ingwerkekse gemacht, die du so gerne magst. Komm rein."

Gilbert zögerte einen Moment, und Nora runzelte die Stirn. „Also gut", sagte Gilbert, als er den Raum mit einer kleinen Kiste unter dem Arm betrat. Er hatte den Türrahmen benutzt, um sie außer Sicht zu halten. Nora klatschte in die Hände. „Oh, ein Geschenk. Für mich?", fragte sie ohne die Spur eines Zweifels in der Stimme.

„Natürlich ist es für dich, Darling." Gilbert stellte die Kiste auf ihren Schoß und nahm seine Teetasse.

Nora löste die Schleife und öffnete den Deckel. Das cremefarbene Gesicht einer Siamkatze tauchte auf, ihre blauen Augen huschten hin und her. „Ein Kätzchen", hauchte Nora.

Die Katze kletterte aus der Kiste und ließ sich auf Noras Schoß nieder. Um den Hals trug sie eine rosa Schleife. Nora strich dem Kätzchen über den Rücken, wo das blasse Fell kaum dunkler war als die Schneeflocken, die draußen fielen. „Bist du nicht hübsch? Was wird Lapis von dir halten?" Nora warf Lady Agnes einen Blick zu. „Es macht dir nichts aus, noch eine weitere Katze im Haus zu haben, oder?"

„Was? Ach nein. Überhaupt nicht." Lady Agnes warf Gilbert einen vielsagenden Blick zu.

Er räusperte sich. „Nora, ich dachte, das Kätzchen würde uns guttun. Wir brauchen ein wenig Gesellschaft in unserer neuen Wohnung."

Noras Hand verharrte. Sie drehte sich um, um Gilbert ins Gesicht zu blicken. „Unserer Wohnung?"

Gilbert ließ sich neben ihr auf dem Sofa nieder. „Es ist eine Idee, auf die Aggie und ich gekommen sind. Das Stadthaus ist der perfekte Rahmen für ein Museum – *The Mulvern Collection*. Aggie möchte hier wohnen bleiben und es leiten. Wenn wir ausziehen und Aggie in den Westflügel zieht, wird der Ostflügel frei und bietet viel Platz, um alle Artefakte von Onkel Lawrence auszustellen. Ich habe eine kleine Wohnung auf der anderen Seite des Hyde Parks gefunden. Was hältst du von der Idee?"

„Was ich davon halte? Ich finde sie wunderbar. Ich muss nicht mehr mit Mumien im selben Haus leben. Wir werden unser eigenes Zuhause mit unserem eigenen Kätzchen haben", sagte sie, und ihre Stimme nahm eine quietschende Tonlage an. „Nicht wahr, Kätzchen?"

Das Kätzchen tappte zu Gilbert hinüber, erklomm seine Schultern und drapierte sich darüber. „Sie mag mich schon", sagte er und kraulte die Ohren des Kätzchens. „Ich glaube, das könnte meine Katze sein."

„Das werden wir sehen", sagte Nora.

Lapis kam herein, blieb stehen und schlich dann lautlos durch den Raum. Das Kätzchen und Lapis beäugten einander. Gilbert setzte das Kätzchen auf den Teppich. Innerhalb von Sekunden sprangen sie durch den Raum, zwei Blitze blassen Fells. Nach ein paar Runden sprang Lapis auf die Fensterbank, und das Kätzchen verschwand unter dem Sofa.

Nora fand ein Stück Franse, das sich von einem der Kissen gelöst hatte, und kniete sich auf den Boden, um das Kätzchen anzulocken. Ein paar Augenblicke später gesellte sich Gilbert zu ihr und zog das Band, das die Kiste geziert hatte, über den Boden. Eine winzige Pfote schoss vor und schlug auf das Band, als Gilbert daran zog.

„Mehr Tee?", fragte Lady Agnes mich. „Nein danke. Ich sollte mich auf den Weg machen."

Lady Agnes stellte die Teekanne ab. „Bevor Sie gehen." Sie senkte ihre Stimme. „Während Gilbert und Nora beschäftigt sind, muss ich Ihnen sagen, wie dankbar ich für Ihre Hilfe bin. Ich habe festgestellt, dass ich mit meiner Einschätzung von Mr. Nunn etwas ... voreilig gewesen bin. Das weiß ich jetzt. Sie haben weitergemacht, bis der wahre Täter gefasst war. Ich weiß das zu schätzen."

„Das ist ein Fehler, den ich habe. Ich fürchte, ich bin schrecklich neugierig und kann nicht ruhen, bis ich die Wahrheit herausgefunden habe."

„Nun, ich bin froh, dass Sie meiner Anweisung nicht gefolgt sind. Das Ergebnis ist immer noch eine traurige Situation, da Mr. Dennett vor Gericht steht, doch zumindest wissen wir jetzt, was passiert ist."

„Ehrlich gesagt war ich überrascht, dass er nicht versucht hat, sich herauszureden."

„Anscheinend hat die Polizei die Kopie des Schlüssels in seiner Wohnung gefunden. Da wusste er, dass es vorbei war. Das hat mir zumindest Inspector Longly gesagt. Er war ganz nett. Er hat angerufen und mir von dem Schlüssel und Dennetts offiziellem Geständnis erzählt. Ich habe eine Frage an Sie zu dem Brief, den Mr. Dennett als Abschiedsbrief verwendet hat – wie haben Sie herausgefunden, was er getan hat?"

Ich beschrieb, wie ich entdeckt hatte, dass der Abschiedsbrief kleiner war als das Briefpapier auf dem Schreibtisch. „Es kam mir seltsam vor, dass Ihr Onkel einen schmalen Abschnitt von seinem Abschiedsbrief abgeschnitten haben sollte. Ich dachte, der Abschiedsbrief sei wahrscheinlich ein Entwurf für irgendetwas, den Lord Mulvern jedoch verworfen hatte, weil er mit dem Wortlaut oder seiner Schrift nicht zufrieden war. Ich frage mich, ob der richtige Brief jemals gefunden werden könnte. Ich kann mir vorstellen, dass er ihn abgeschickt hat."

„Oh, sie haben ihn", sagte Lady Agnes. „Das hat mir Inspector Longly auch erzählt. Onkel Lawrence hatte einem seiner Freunde geschrieben, der eine archäologische Zeitschrift herausgibt. Er hatte Onkel Lawrence eingeladen, einen weiteren Artikel zu schreiben, doch Onkel Lawrence hat abgelehnt und geschrieben, er könne nicht, weil „der Horus" all seine ganze Zeit in Anspruch nimmt. Das ist der Aufsatz, den er über die verschiedenen Namen und Beinamen geschrieben hat, die mit Horus in Verbindung stehen. Die erste Zeile lautete in etwa: *Danke für deine freundliche Einladung, einen Artikel zu schreiben. Ich würde zu gerne in die geschätzte Publikation aufgenommen werden. Es tut mir schrecklich leid* Das war der Teil, den Mr. Dennett abgeschnitten hat. Die nächste Zeile lautete: *Ich kann nicht mehr. Der Horus hindert mich daran.* Mr. Dennett musste nicht mehr tun, als einen Haken hinter das s des Horus zu quetschen, da Onkel Lawrence' Schrift so unleserlich war, konnte niemand *Horus* von *Horror* unterscheiden. Doch als Inspector Longly den Brief unter dem Mikroskop untersucht hat, ist ihm aufgefallen, dass das r in *Horror* nicht flüssig geschrieben, sondern später angefügt worden war, etwas, das Inspector Thorn nicht bemerkt hat."

„Ziemlich clever", sagte ich.

„Aber unglaublich hinterhältig, was Mr. Dennett ausgesprochen gut beschreibt", sagte Lady Agnes. „Ich kann kaum fassen, dass Mr. Dennett nach dem Tee hier in diesem Zimmer Mr. Nunn verfolgt und die Gelegenheit genutzt hat, ihn in den Verkehr zu stoßen. Dann ist er nach Hause gegangen, hat Mr. Nunns angeblichen Abschiedsbrief geschrieben und ihn abgeschickt."

„Inspector Longly hat Ihnen auch von den Unterschieden dieser Unterschriften erzählt?", fragte ich.

„Das hat er." Lady Agnes runzelte die Stirn. „Das war der Fehler in Mr. Dennetts Plan. Er muss doch sicher angenommen haben, dass die Handschriften überprüft werden würden?"

„Vielleicht dachte er, Inspector Thorn würde die Ermittlungen leiten und den Abschiedsbrief nicht allzu genau untersuchen", sagte ich. „Es muss also Mr. Dennett gewesen sein, der den Herzskarabäus in Mr. Nunns Zimmer gebracht hat, was bedeutet, dass Mr. Dennett eingebrochen ist und die Amulette der Zozar-Mumie gestohlen hat."

Lady Agnes nickte. „Ja, Mr. Dennett sagte, er würde allein hinausfinden, doch anstatt zu gehen, ist er nach oben geschlichen und hat die Amulette in Mr. Nunns Zimmer versteckt, um ihn unehrlich erscheinen zu lassen. Sie hatten Recht, dass Mr. Dennett hinter dem Diebstahl der Amulette steckt, doch er ist nicht selbst in unser Haus eingebrochen. Er hat einen Dieb angeheuert, um die Amulette zu stehlen. Inspector Longly hat den Mann aufgespürt, und der sagte, Mr. Dennett habe ihm genau erklärt, wo er in den Bandagen suchen muss." Lady Agnes presste die Lippen aufeinander. „Es macht mich wütend, wenn ich daran denke. So eine Verschwendung, einfach um seine Neugier zu befriedigen. Mr. Dennett konnte es nicht ertragen zu wissen, dass sich Amulette in den Bandagen befanden und er sie nicht haben konnte. Es klingt ziemlich kindisch, doch es war eine kleine Manifestation seiner Besessenheit."

„Die reichte bis zur Grabungsgenehmigung Ihres Onkels", sagte ich. „Ich bin immer noch überrascht, dass es Mr. Dennett gelungen ist, Monsieur Dupin davon zu

überzeugen, dass wir die Konzession nicht länger wollen",
sagte Lady Agnes, während ihr Blick Lapis und dem Kätzchen folgte. Sie und Lapis rasten wieder durch den Raum,
während Gilbert und Nora sie beobachteten.

Lady Agnes fuhr fort: „Mr. Dennett hat mit genug Geld
um sich geworfen, dass einige der weniger charakterfesten
Beamten Monsieur Dupin davon überzeugt haben, dass es
im besten Interesse des Antiquities Service sei, Mr. Dennett
die Genehmigung zu erteilen. Sie hatten Recht, dass Mr.
Nunn der Sündenbock war. Mr. Dennett muss klar
geworden sein, dass Sie kurz davor waren, die Wahrheit
über Onkel Lawrence' Tod aufzudecken – dass es kein
Selbstmord war –, also hat er Mr. Nunn die Schuld in die
Schuhe geschoben. Mr. Dennett musste den Herzskarabäus aufgeben, den er gestohlen hatte, um Mr. Nunn
verdächtig erscheinen zu lassen, doch ich nehme an, Mr.
Dennett war der Meinung, dass das ein geringer Preis war,
um sicherzustellen, dass er nicht mit Onkel Lawrence' Tod
in Verbindung gebracht wurde. Gott sei Dank habe ich
mich von Lapis' Meinung über Mr. Dennett beeinflussen
lassen. Sonst hätte ich vielleicht zugelassen, dass mir ein
Mörder nahekommt." Lady Agnes schüttelte den Kopf.
„Doch das ist jetzt alles Vergangenheit und dank Ihnen
abgeschlossen."

Ich war froh, dass Lady Agnes meine Leistung zu
schätzen wusste, doch das Lob war mir unangenehm.
„Nur eine Sache ist nicht geklärt. Ich frage mich, wer die
Nachricht mit den hieroglyphischen Flüchen – ähm, ich
meine Warnungen – auf meinem Frisiertisch hinterlassen
hat."

Ein Krachen störte die Ruhe. Ein zarter Tabletttisch war
umgekippt und Bücher und Zeitschriften lagen verstreut.
Lapis und das Kätzchen schossen davon, Lapis zu ihrem

Sitzplatz auf der Fensterbank und das Kätzchen unter das Sofa. Gilbert sprang auf und richtete den Tisch auf. „Entschuldigung, Aggie."

Lady Agnes ging durch den Raum und hob die Bücher auf. „Schon gut. Keine der Bindungen ist gebrochen."

„Das war ich", sagte eine leise Stimme neben meinem Ellbogen.

Ich sah zu Nora hinunter, die immer noch auf dem Boden saß. „Was?"

„Ich habe die Nachricht auf deinen Frisiertisch gelegt." Sie rollte das rosa Schleifenband auf und fuhr leise fort. „Ich war so besorgt, dass du herausfindest, dass Gilbert in Onkel Lawrence' Zimmer war, oder dass ich es war, die der Zeitung diese Geschichten gegeben hat. Ich wusste, dass du jemanden bitten würdest, es für dich zu übersetzen, und ich dachte, es könnte ... ich weiß nicht ... dich dazu bringen, aufzugeben. Es tut mir furchtbar leid, wenn es dich beunruhigt hat."

„Ich wusste nicht, dass du Hieroglyphen lesen kannst."

„Oh, das tue ich nicht, doch in der Bibliothek gibt es endlose Regale mit langweiligen Wälzern über Ägypten. Ich habe einfach eines genommen und gesucht, was ich gebraucht habe. Ich habe es Zeichen für Zeichen aus dem Buch abgeschrieben."

Wie dumm ich gewesen war. Ich hatte geglaubt, dass es jeder *außer* Nora gewesen sein konnte. Ich hatte vollkommen übersehen, dass jedem im Mulvern House eine umfangreiche Bibliothek zur Verfügung stand. Ich hatte nur nie daran gedacht, dass Nora sich die Mühe machen würde, ein wissenschaftliches Buch zu konsultieren.

Gilbert und Lady Agnes hatten den Tisch wieder gerichtet und kamen zurück, als Nora flüsterte: „Es tut mir schrecklich leid, wenn ich dir Angst gemacht habe."

„Nun", sagte Lady Agnes, als sie mir gegenüber Platz nahm. „Wo waren wir stehengeblieben?"

Ich spürte Noras besorgten Blick auf mir. Ein paar Worte würden Lady Agnes an das Thema erinnern, das wir fallengelassen hatten, doch ich wollte die neue Harmonie in ihrem Haushalt nicht ruinieren ...

... und es konnte nie schaden, dass eine Frau wie Nora in meiner Schuld stand.

Ich schenkte Nora ein beruhigendes Lächeln und sagte zu Lady Agnes: „Ob Sie vorhaben, nach Ägypten zurückzukehren, nachdem die Sammlung hier für die Öffentlichkeit zugänglich gemacht wurde."

„Natürlich", antwortete sie sofort. „Ägypten liegt mir im Blut. Ich werde immer dorthin zurückkehren."

Die Schneeflocken fielen schneller und sammelten sich an den Rändern des Bürgersteigs, als ich zu Mrs. Gutlers Haus zurückkehrte. Ich kaufte auf dem Weg eine Zeitung und freute mich zu sehen, dass Essies Geschichte, in der sie den Fluch der Mumie entlarvte – eine mehrteilige Serie – auf der Titelseite abgedruckt und nicht zwischen Verlobungen und Hochzeiten hinten vergraben war. Ich klemmte mir die Zeitung unter den Arm, um sie zu lesen, wenn ich in mein Zimmer kam.

Die Worte von Lady Agnes hallten in meinem Kopf wider, als ich weiterging. Sie wusste, wo sie sich am wohlsten fühlte, und sehnte sich danach, dorthin zurückzukehren, doch so etwas hatte ich nicht. Das empfand ich in Mrs. Gutlers Haus nicht. Es war eine vorübergehende Unterkunft für mich. Ein Ort, an dem ich für den Moment wohnte, doch ich hatte nicht vor, für immer zu bleiben.

Sonia hatte Tate House übernommen, und Nether Woods-moor war zwar immer noch ein charmantes Dorf, doch für mich auch kein bequemer Ort. Ich liebte Parkview und wusste, dass ich immer willkommen sein würde, doch es gehörte mir nicht. Vielleicht würde ich eines Tages eine eigene Wohnung oder ein gemütliches Häuschen haben.

Ich schüttelte die Feuchtigkeit aus meinem Mantel, wischte mir die Füße ab und betrat das Haus. Ich stieg die Treppe zum obersten Stockwerk hinauf und wickelte den langen blauen Schal ab. Mrs. Gutler hatte mir die Post unter der Tür durchgeschoben. Zwischen der Post lag ein weißer Umschlag mit Gwens Handschrift. Das dicke, rein-weiße Papier sah neben den anderen billigen Umschlägen fast exotisch aus.

Es enthielt eine Einladung zu einer Party, um ihre Rückkehr vom Kontinent zu feiern. Gwen hatte eine kurze Nachricht beigefügt.

Liebe Olive,

ich hoffe, du verzeihst uns, dass wir dich nach unserer Rückkehr aus Paris nicht besucht haben. Wir haben nicht einmal eine Nacht in London verbracht. Violet hat das für eine große Tragödie gehalten. Ich habe es nur bereut, weil ich dich nicht anrufen konnte. Mutter war entschlossen, so schnell wie möglich nach Parkview zurückzukehren.

Glücklicherweise habe ich eine Ausrede, um dich sofort nach Parkview zurückzubringen. Sag bitte, dass du zur Party kommen wirst. Ich habe dir so viel zu erzählen. Violet hat Inspector Longly eine Einladung schicken lassen. Mutter war furchtbar aufgebracht, als sie davon erfuhr, doch er stammt aus einer sehr guten Familie und ist ein Jugendfreund von Captain Inglebrook, den wir in Monte kennengelernt haben. Captain Inglebrook hat so viel Klasse und Stil, also konnte Mutter nicht zu viel murren. Ich hoffe, er – Inspector Longly – hält die Einladung nicht für zu unverfroren. Was, wenn er denkt, dass ich dafür gesorgt habe, dass er eine Einladung bekommt? Was, wenn er es ablehnt? Was, wenn er annimmt? Ich weiß nicht, was schlimmer ist. Oh, komm zurück nach Parkview, Olive. Ohne dich werde ich diese Party nie überstehen.

Deine nervöse Cousine Gwen

PS: Wir haben ein paar wirklich schöne Kleider bestellt, darunter ein violettes für dich. Ich weiß, dass du darin absolut umwerfend aussehen wirst.

„Du meine Güte", sagte ich und setzte mich hin, um eine Zusage zu schreiben. Gwen klang fast überschwänglich. Gwen war nie überschwänglich – das war Violets Art. Ich musste auf jeden Fall nach Parkview zurück.

Danke, dass Sie dieses Buch gelesen haben!

Melden Sie sich unter www.SaraRosett.com/signup für Saras Newsletter an, um exklusive Neuigkeiten, Inhalte und Giveaways in ihre Inbox geliefert zu bekommen.

DIE GESCHICHTE HINTER DER GESCHICHTE

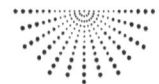

*D*anke, dass Sie *Die Mumienmorde* gelesen haben! Dieses Buch entstand aus meiner Liebe zu Elizabeth Peters Amelia Peabody-Büchern. Als ich das erste Buch der Serie, Mord auf Archly Manor, geschrieben habe, habe ich es bewusst im Jahr 1923 angesiedelt, damit ich über die Faszination für alles Ägyptische schreiben konnte, die Europa nach der Entdeckung des Grabes von König Tutenchamun im November 1922 gepackt hatte.

Ägypten fand man schon immer faszinierend. Die alten Griechen und Römer waren frühe „Touristen" und sind nach Ägypten gereist. Napoleon ist zu Felde gezogen, um Ägypten zu erobern und hat eine Gruppe von Gelehrten mitgenommen, um das Land zu studieren und zu dokumentieren. Als Howard Carters Team 1922 eine Treppe entdeckte, die zum versiegelten Grab eines wenig bekannten jungen Pharaos führte, war das nur die jüngste Welle der Ägyptomanie – *Tutmanie*.

Die Grabkammer wurde im Februar 1923 eröffnet, und die erstaunlichen Funde beeinflussten Kunst, Architektur, Mode und Unterhaltung. Ägyptische Motive und Themen tauchten in Filmen, Musik, Kleidung und Kosmetik auf. Sogar Kriminalschriftsteller dieser Zeit wurden von diesem Thema angezogen. Ich habe die Archive von *The Sketch* im British Newspaper Archive gelesen, wo ich in der Ausgabe vom 26. September 1923 auf die Erstveröffentlichung von Agatha Christies Kurzgeschichte *The Adventure of the Egyptian Tomb* unter der Überschrift *The Grey Cells of M. Poirot* gestoßen bin.

Während ich nach den vermeintlichen Opfern von König Tutenchamuns Fluch recherchiert habe, habe ich von Lord Westbury erfahren, einem Adligen, der aus dem Fenster seiner Londoner Wohnung im siebten Stock gesprungen und gestorben ist. Die Zeitungen berichteten, dass Lord Westbury nach dem Tod seines Sohnes, der als Sekretär von Howard Carter gearbeitet hatte, deprimiert war. Lord Westbury hinterließ einen kaum lesbaren Brief, in dem es hieß: „Ich kann den Horror nicht mehr ertragen." Die Nachrichtenartikel wiesen schnell auf die Verbindung zu König Tutenchamun hin und spielten den Fluch hoch. Der Tod machte sogar in Amerika Schlagzeilen. Die Gettysburg Times vom 22. Februar 1930 wies darauf hin, dass in den Jahren seit der Entdeckung des Grabes acht Menschen gestorben waren, die „mehr oder weniger eng mit der Grabung verbunden" waren, und die meisten waren plötzlich oder eines gewaltsamen Todes gestorben. Lord Westburys Tod war der neunte. Obwohl Lord Westbury 1930 starb, entschied ich, dass das ein faszinierender Ausgangspunkt für den fiktiven Mord war. Als ich den Kern des Mordes hatte, brauchte ich eine Kulisse und habe mein fiktives Mulvern House nach der Wallace Collection entwickelt, einem Museum, das ich in London besuchen durfte und ich nur wärmstens empfehlen kann. Es befindet sich im Hertford House am Manchester Square

und beherbergt eine umfangreiche Sammlung von Gemäl-
den, Möbeln, Keramik, Skulpturen und Rüstungen. Das
Haus selbst ist auch wunderschön! Sie können Bilder von
The Wallace Collection auf meinem Pinterest-Board sehen,
zusammen mit Olives „Pistolen"-Etui. Die Formen der
Etuis aus dieser Zeit gingen weit über runde oder eckige
Formen hinaus. Es gibt auch viele schöne Kleider auf dem
Board.

Monsieur Pierre Dupin ist eine fiktive Figur, die ich
erfunden habe und die nicht dafür verantwortlich war,
Archäologen das Recht zu geben, in Ägypten zu graben. In
Wirklichkeit war diese Person Pierre Lacau. Er war 1923
Generaldirektor der ägyptischen Antikenbehörde. Er und
Howard Carter waren sich nicht immer einig.

Albert Rathburn existierte auch nicht, doch ich habe
seinen Charakter auf Sir E. A. Wallis Budge aufgebaut, der
für das Britische Museum gearbeitet und viele Reisen nach
Ägypten unternommen hat, wo er von örtlichen Händlern
Antiquitäten für das Museum gekauft hat. Alle großen
europäischen Museen wollten Antiquitäten für ihre Samm-
lungen und lagen in einer Art Wettstreit, so viele wie
möglich zu erwerben. Die Methoden zur Beschaffung der
Antiquitäten waren oft fragwürdig. Die Geschichte, die
Rathburn beim Abendessen über den Tunnelbau vom
Luxor Hotel zu einem nahegelegenen Haus erzählt, um
einen wertvollen Papyrus zu stehlen, war eine von Budges
realen Erlebnissen, die in Brian Fagans Buch *The Rape of the
Nile: Tomb Robbers, Tourists, and Archaeologists in Egypt*
sowie in Budges eigenem Buch *By Nile and Tigris: A Narra-
tive of Journeys in Egypt and Mesopotamia on behalf of the
British Museum between the years of 1886 and 1913* erzählt
wurden. Wallis' Buch ist online im Internet Archive
verfügbar. Fagans Buch ist eine faszinierende Lektüre, falls

Sie mehr darüber erfahren möchten, wie so viele Statuen, Obelisken und Mumien ihren Weg nach Europa gefunden haben.

Wenn Sie mehr über neue Bücher von mir, meine persönlichen Buchempfehlungen und exklusive Buchverlosungen nur für Mitglieder erfahren möchten, melden Sie sich unter www.SaraRosett.com/signup für meinen Newsletter an. Nochmals vielen Dank, dass Sie mit mir auf diese Lesereise gegangen sind. Ich hoffe, das Buch hat Ihnen gute Unterhaltung und eine interessante Jagd nach dem Mörder geboten!

ÜBER DEN AUTOR

USA Today Bestsellerautorin Sara Rosett schreibt unterhaltsame Kriminalgeschichten für unbeschwerte Lesestunden für LeserInnen, die interessante Schauplätze, skurrile Charaktere und Rätsel mögen.

Publishers Weekly lobt Saras "gekonnten Schreibstil" und bezeichnet ihre Werke als "erfrischend" und "schillernd".

Sara freut sich über jeden neuen Stempel in ihrem Pass und egal, wohin die Reise geht, dunkle Schokolade ist stets mit im Gepäck.

Erfahren Sie mehr unter: www.SaraRosett.com

BÜCHER VON SARA ROSETT

Registrieren Sie sich unter *SaraRosett.com/signup* für Saras
Newsletter, um exklusive Inhalte sowie weitere Informationen
über Neuerscheinungen zu erhalten.

Detektivin mit Stil

Mord auf Archly Manor

Mord auf Blackburn Hall

Der Mumienmord

Murder in Black Tie

Old Money Murder in Mayfair

Murder on a Midnight Clear

Murder at the Mansions

Murder on Location

Death in the English Countryside

Death in an English Cottage

Death in a Stately Home

Death in an Elegant City

Menace at the Christmas Market (novella)

Death in an English Garden

Death at an English Wedding

On the Run

Elusive

Secretive

Deceptive

Suspicious

Devious

Treacherous

<u>Ellie Avery</u>

Moving is Murder

Staying Home is a Killer

Getting Away is Deadly

Magnolias, Moonlight, and Murder

Mint Juleps, Mayhem, and Murder

Mimosas, Mischief, and Murder

Mistletoe, Merriment, and Murder

Milkshakes, Mermaids, and Murder

Marriage, Monsters-in-law, and Murder

Mother's Day, Muffins, and Murder

www.ingramcontent.com/pod-product-compliance
Lightning Source LLC
Chambersburg PA
CBHW052032240626
47153CB00006B/2055